キャクストン私設図書館

ジョン・コナリー
田内志文 訳

東京創元社

目 次

†

キャクストン私設図書館

セス・カヴァナへ

キャクストン私設図書館

1

さて、始めるとしようか。

人々からすれば、バージャー氏は退屈な人生を送っているように見えたことだろう。いや、当の本人ですらそのように考えていたようにも思える。

バージャー氏は〈締切済勘定係〉という肩書を与えられ、ある小さな役所の都市開発課で働いていた。公営住宅を出ていった人々や、立ち退《の》かされたりした人々をリストにまとめることで、彼らの滞納家賃を記録に残すのも、毎年変わらぬ彼の仕事だった。滞納金は一週間分のこともあれば、一ヶ月分のことも、はたまた一年分にのぼることもあった（というのも、立ち退きというものが簡単にはいかない仕事だからである。役所と住人の関係とは、ぐずぐずと話し合いが続いているうちにだんだんと、要塞都市とそれを包囲する軍隊にも似たものになっていくのが常なのだ）。バージャー氏は問題となるその滞納額を、〈締切済勘定台帳〉と呼ばれる巨大な革表紙の帳面に記録していく。そして年度の終わりになると、上からの指示で、受領予定の家賃と実際に納められた家賃を突き合わせる。計算に間違いがなければふたつの家賃の差額は、台帳に記録された総額とぴったり一致するというわけだ。

バージャー氏本人ですら、退屈すぎて説明する気にもならない仕事だった。タクシーの運転手や、列車やバスで乗り合わせた人々と自分の仕事の話になることはあっても、説明し終えるのも待たずにほとんどの相手が話に飽きてしまう。だがバージャー氏は気にもとめなかった。自分にも、自分の仕事にも、幻想など微塵《みじん》たりとも抱いていなかったのだ。同僚たちとは実にうまくやっていたし、週末になれば、みんなとエールを一杯やるのだって——ただし、それ以上は決して飲まないのだが——やぶさかではない。誰かが退職すれば記念品を贈り、結婚した者があればプレゼントをし、葬儀があれば花を出す。一度は当のバージャー氏が会計課の若い娘とちょっとした恋仲になり、そのような贈答品をもらう側になりかけたことがあった。だが彼が行きつ戻りつ煮えきらない態度で、ふたりが一年にもわたってぐるぐると堂々巡りを続けているうちに、バージャー氏よりも押しの強い男がこの関係に割り込んできたのである。娘はどうやら、自分の周りに張り巡らされた見えない立ち入り禁止区域に足を踏み込んでこないバージャー氏にしびれを切らしたのか、この男とくっついてしまったのだった。そしてバージャー氏はいかにも彼らしく苦々しさなどおくびにも出さず、ふたりの結婚式にはプレゼントを贈ったのである。

記録係として彼が受け取る給料は悪くなく、かといってそれほどいいわけでもなかったが、衣食住を不自由なく整えるのには十分だった。余った金は、ほとんどを書物に費やした。バージャー氏は物語に命を吹き込まれた、空想の人生を歩んでいたのである。アパートには本棚がいくつもずらりと並び、どの本棚にも彼が愛してやまない本がぎっしりと詰まっていた。いちおう作家ごとに分けられてはいたもののアルファベット順というわけでもなければ、ジャンル別に整理しているわけでもない。どこに手を伸ばせば読みたい本が見つかるかは分かっていたし、それだけでよかった。整理など退屈な連中のすることであり、バージャー氏はその見てくれとは裏腹に、退屈などとはほど遠い男だったのである（不幸な人々というものは時として、他人の幸せを退屈と見誤るものなのだ）。バージャー氏もたまさか少々孤独を感じることはあったが、飽き飽きすることはまったくなく、わびしく感じたりもほとんどせず、くる日もくる日も本を読みながら過ごしているのである。

もしかしたら、この物語を伝える私の語り口のせいで、バージャー氏が老人のように感じられるかもしれない。だが、それは違う。彼は三十五歳で、映画俳優に間違えられるほどではまずないにせよ、魅力的でないわけでもないのだ。しかし恐らくは何らかの内面的な理由から、女と寝ることがないわけではないものの、付き合うことにかけては大した興味も持たない人間になっており、会計課に勤める例の娘との間に起きた——そして起きなかった——さまざまな記憶が、そんな気持ちをさらに強く固めていたのだった。そうしてふと気づいてみれば役所では、婚期を逃した独身男女の冴えないグループとひとまとめにされ、彼自身はどれにも当てはまらないというのに、同性愛者だ、変人だ、哀れなやつだ、という目で見られるようになっていたのである。いや、もしかしたらやや哀れではあるかもしれない。決して口には出さなかったし、完全に認めてこそいないものの、彼は会計課の娘に自分の好意をちゃんと伝えることに失敗したのを後悔していたし、誰かと人生を分け合って生きるなど自分の運命ではないのだと密かに諦めてもいたのである。彼はだんだんとただの置物のようになり、本を読むたびに、そこに自分のものの見方を重ねるようになっていった。バージャー氏は素晴らしい恋人でもなければ、悲劇の主人公でもない。それよりも他人の人生を観察する、小説の語り手のようであった。語り手とは、本の登場人物たちがひょいと持ち去っていくその時まで物語の展開をコートのように吊るした、金具のようなものである。心の底から本を愛する貪欲《どんよく》な読者であるあまり、バージャー氏は自分が観察している人生が当の自分のものなのだということもすっかり忘れてしまっていた。

一九六八年秋、バージャー氏の三十六歳の誕生日に、役所が移転の発表を行った。それまで支店のように、ありとあらゆる課が町のあちらこちらに散らばっていたのだが、専用の建物にすべてひとまとめに集め、ばらばらの建物は売り払ってしまうのがよかろう、ということになったのである。

これを聞いたバージャー氏は悲しくなってしまった。都市開発課は、かつて私立学校だったおんぼろの赤レンガ造りの建物をオフィスとしているのだが、役所にしてはどうもしっくりこないその雰囲気が、妙に心地いいのである。それに引き換え新しい庁舎はなんとも冷徹なブロック造りなのだ。個性や奇抜さをとことんまで排除して、鉄、ガラス、そして鉄筋コンクリートを使うことを信条としたスイス生まれの建築家、ル・コルビュジエの信奉者がデザインしたという。新庁舎は今、かつては荘厳なヴィクトリア朝の駅舎があったところにどっしりと建っている。駅舎のほうは倉庫のようにつまらない建物に建て替えられ、新しくできたショッピング街に併設されている。バージャー氏には分かっていた。今ある町の宝石もいずれすべてゴミに変えられ、その醜い建造物が人間まで毒していくのだと。そうならない理由など、どこにも見当たらない。

この新体制では締切済勘定係は用無しとなり、他の役割が与えられることになると、バージャー氏は告げられた。もっと効率のいい新システムが導入されるというのだ。もっともこの構想も、多くの新システムの例にもれず旧来の方法よりも非効率的で金もかかることが、いずれ判明するのだが。この通達と時を同じくして、バージャー氏にとっては最後の近親者であった老母が死に、ささやかながらも息子にとっては重要なものとなる遺産を残してくれた。自分が住んでいた家といくばくかの株券、そして大金とは言わないまでも、用心深く投資すればバージャー氏がささやかながらも安穏な生涯を送ることができるくらいの金である。彼はずっと作家に憧れ続けてきたが、ついに文学的才能を試すまたとない機会が転がり込んできたというわけだ。

こうしてバージャー氏はついにパーティーの主役となり、何人かの同僚たちが別れを告げ、今後の幸運を祈ろうと集まってきた。そして役所からいなくなってほぼすぐに、バージャー氏は忘れ去られたのであった。

2

バージャー氏の母親はグロッサムという小さな町の郊外に建つ小さな家で晩年を過ごした。イギリスではよく見かける美しい住宅地で、この地上で過ごす残り時間がゆっくりと尽きかけている人人や、やたらと心をかき乱されて寿命が縮むことがないようなところで過ごしたいと願う人々にとっては、ぴったりの場所である。地域住人のほとんどはイングランド国教会の信徒であるため、教区を中心とする活動に熱心な人々ばかりが住んでいる。ほとんど毎日、夕方の教会では、アマチュアの劇作家や、地元の歴史家や、静かに世を憂うフェビアン協会（一八八四年設立のイギリスの社会主義改革を目指す団体。後の労働党の母体となる）の面々が催しものを開いていた。

ともあれ、どうやらバージャー氏の母親は人付き合いを避けがちだったらしく、息子が同じようにひっそりと暮らしはじめても、グロッサムの人々はほとんど意に介さないようであった。バージャー氏は毎日、これから書こうと思っている小説の構想を練りながら過ごした。舞台は十九世紀、ランカシャーの毛織工場を舞台とする悲恋ものに、自分の社会的主張をひそかに織り交ぜるのだ。だが間もなく、いかにもフェビアン協会の連中が喜びそうな本ではないかと気づいたとたん、作業は遅々として進まなくなってしまった。そこで代わりにいくつか短編小説と戯《たわむ》れてみたものの、これも同様に報《むく》われぬ作業だとわかると、今度はろくでなし作家の最後の砦《とりで》、詩にすがってもみた。そして結局はそれも投げ出したバージャー氏は、せめて手を動かしていようと思い、国内外の問題に関する投書を新聞社あてに書きはじめた。そのうちの一通、アナグマについての投書が〈テレグラフ〉紙の紙面を飾ったものの、掲載に際して大いに削除されてしまい、バージャー氏が読んでみたところ、まるでアナグマに取り憑かれた男が書いたような、真実とはほど遠い内容にされてしまっていたのだった。

バージャー氏はだんだんと、自分は作家にも、紳士にも、そしてろくでなしにもなれないのではないか、もしかしたら読むだけで満足すべき人間というものもいるのではないか、という気持ちになってきた。そしてすっかりそうに違いないと思ったとたん、両肩にずっしりのしかかっていた大荷物が落ちたような気がした。ブラウン通りの〈スマイソン〉で買ってきた高価な作家用のノートをまとめて片付ける。そして、すっかり軽くなったポケットには、代わりに大河小説《ロウマーン・フルーヴ》、『時の調べのダンス』の最新刊を突っ込んだのだった。

夕暮れになると、バージャー氏はいつも線路沿いを散歩した。家の裏手にある門からそう遠くないところに延びる今や誰も通らなくなった小道は、森を抜け、鉄道が走る土手の上まで続いていた。グロッサムには近ごろまで一日に四本の列車が止まっていたのだが、国鉄収支改善政策《ビーチング》により、駅は閉鎖されてしまった。鉄道はまだその線路を走っており、騒々しいその音が失われた駅を思い出させたが、まもなく行われる予定になっている路線の再編で、その音ももうすぐ消えてしまうだろう。いずれグロッサムを通る線路には雑草がおいしげり、駅はすっかり荒れ果ててしまうのだ。グロッサムに住む人々の中には駅舎を英国鉄道から買い上げて博物館にしてはどうかという者たちもいたが、歴史を振り返っても戦争や名高い権力者、大発明家などとまったく無縁のグロッサムにそんな博物館を作ったところでいったい何を展示すべきかは、よく分からなかった。

しかしバージャー氏は、そんなことにはまったく関心がなかった。ぶらぶら散歩したり、気持ちのいい日には線路のわきに腰かけて読書にかまけたりできる快適な場所さえあれば、それでよかったのだ。古い駅舎からさほど遠くないところに踏み段があるのだが、バージャー氏はそこに腰かけ、南に向かう最終列車を待つのがお気に入りだった。スーツ姿のビジネスマンたちの姿が目の前をびゅんびゅん通り過ぎていくのを眺めていると、自分の労働人生が、早すぎるにせよ悪くない終焉《しゅうえん》を迎えられたことへの感謝が胸にこみ上げてくるのだった。

今や冬の足音が聞こえてきても、バージャー氏は相変わらず夕暮れの散歩を続けていたが、暗くなるのが早くなり空気も日増しに冷えてきたので、足を止めて本を開いたりはしなかった。それでも本を一冊持ち歩くのを忘れることはなく、〈まだら蛙《かえる》亭〉に立ち寄ってワインかマイルド・エールを一杯やりながら一時間ほど読書するのが習慣になっていた。

問題の夜も、バージャー氏は立ち止まって列車がくるのを待っていた。ふと気づくと、列車がやや遅れているようだ。近ごろだんだんと遅れがひどくなっているものだから、彼はこの合理化が本当になんらかの改善につながるのだろうかといぶかしむようになっていた。パイプに火をつけて西に目をやると、日は森の向こうに落ちようとしていた。最後の陽光が裸になった木々の枝の上、まるで燃えるようだ。

そのときふと、線路の少し先にある深いしげみを突っ切っていく女の姿が見えた。以前にも、あちこちでしげみの枝が折れているのを見つけ、誰かが通り道にしているらしいのに気づいてはいたが、自分には歩きにくすぎるようにも思えたし、イバラの棘《とげ》で服や肌を切ってしまうのも嫌だった。女は暗色のドレスを着ていたが、バージャー氏の目を引いたのは彼女が腕にさげた赤いバッグだった。ドレスが暗いせいで、対照的にひどく目立つのだ。顔が見えないかと思ったが、彼のいる角度からでは、すっかり隠れてしまっていた。

そのとき遠くに警笛が聞こえ、腰かけている踏み段ががたがたと揺れはじめた。その夜の最終便となる急行列車が近づいてきているのだ。木々の合間から、列車のライトが見える。バージャー氏は、また右に視線を戻した。例の女も警笛に気づき、立ち止まっていた。てっきり女が足を止めて列車が通過するのを待つものだとバージャー氏は考えたのだが、女は思いがけぬ行動に出た。待つどころか、さらに急ぎ足で進みだしたのだ。バージャー氏は、きっと列車が来る前に線路を渡ってしまおうとしているのだと思ったが、それはあまりにも危険だった。こんな状況では、距離などやすやすと見誤るものだ。それに、枕木につまずいたり、急ぐあまりによろけたりして列車にはねられた人の話を、バージャー氏はいくつか聞いたことがある。

「おおい！　危ないぞ！」彼は大声をはりあげた。

直感的に踏み段を降り、急いで女のほうに向かいだす。彼の声に気づき、女が振り向いた。ずいぶん距離はあったが、バージャー氏にはとても美しい女なのが分かった。ひどく青白い顔だが、狼《うろ》狽《た》えているようには見えない。女にはどこか薄気味悪い、不安を誘うような落ち着きがあった。

「渡っちゃだめだ！」彼はまた叫んだ。「列車が通るのを待ちなさい！」

女がしげみから出てきた。スカートをたくし上げ、足首まで靴紐で縛ったブーツをのぞかせながら、どんどん土手を登っていく。バージャー氏は駆け出した。そして急行列車の音がますます大きくなり、轟音《ごうおん》と光を引き連れて列車が目の前を通り過ぎても、叫び続けた。女の姿が見える。女は赤いバッグを放り出し、顔をまっすぐに上げて両腕を広げ、ぱっと列車の行く手にひざまずいた。

バージャー氏はたじろいだ。彼のいるところからでは衝突の瞬間は見えず、おぞましい音もエンジンの咆哮《ほうこう》に掻《か》き消されてしまっていた。そしてふたたび彼がまぶたを開いてみると女の姿は消え、列車は止まろうともせずに走り続けていたのだった。

女が最後に見えたところへと、バージャー氏は走った。血の海やバラバラになった人体が散乱しているのではないかと想像して最悪の場面を覚悟したが、そこには何もなかった。しかしこのような場面に遭遇したことのないバージャー氏には、あんな猛スピードで列車が人をはねたら、目を覆いたくなるような惨状が残るのか、それとも跡形も残らないのか、見当もつかなかった。列車の勢いで女の肉片があちこちに飛び散ってしまったか、ぼろぼろの遺体を線路のずっと先まで引きずりながら列車が走り去ったか、ということも考えられる。バージャー氏は衝突地点あたりのしげみを調べ回ってから、しばらく線路をたどってみたが、血痕はどこにも見当たらず、遺体のあるような気配もなかった。女が捨てた赤いバッグすら見つからない。だが、あの女を見たという事実は疑いようがなかった。あれは幻などではない。

ここからだと、自宅よりも町のほうが近い。グロッサムには警察署がなく、五マイルほど離れたモアハムまで行かなくてはならない。バージャー氏は古い駅舎の公衆電話へと急いで警察署に電話をかけ、たった今目撃したできごとを説明した。そして指示されたとおりに駅舎の外に置かれたベンチに座り、パトカーの到着を待ったのだった。

3

警察は大勢で押しかけてきて、多額の給料と残業代を費やし捜査したが、成果のほどはバージャー氏のそれと大して変わらなかった。警官たちはしげみや線路を捜索し、誰か女性の行方不明者が出てはいないかとグロッサムで聞き込み調査をした。列車の運転士にも連絡がいった。そして列車はプリマスのプラットフォームで一時間にわたり止められ、どこかに遺体の残骸でも付着してはいないかを調べるため、エンジンと車両をくまなく捜索されたのだった。

その間じゅう、バージャー氏はずっと踏み段に腰かけていたが、やがてモアハム署の警部補から二度目の聞き取り調査を受けた。カーズウェルという警部補だったが、最初の時よりもバージャー氏への態度は冷ややかであった。死体の捜索が始まってまもなく小雨が降りだしたせいで、カーズウェルも部下たちも、今や濡れそぼり消耗していた。バージャー氏もすっかりずぶ濡れで、気づけばかすかではあるが震えが止まらなくなっていた。もしかしたらショックのせいだろうか、と彼は胸の中で言った。人の死を目《ま》の当たりにしたのなど初めてだ。バージャー氏はひどく打ちのめされていた。

だんだんと深まりつつある夜闇の中、カーズウェル警部補は帽子を目深にかぶり、両手をコートのポケットに深く突っ込んで立っていた。部下たちは荷造りをしており、捜索のために駆り出されてきた二頭の警察犬も、乗ってきたバンのほうに連れていかれるところだった。集まってきた町の野次馬たちもひとり、またひとりと、決まって探るような目つきをバージャー氏に向けてから帰っていった。

「さて、もう一度始めから聞かせてもらえますかな?」カーズウェルに言われ、バージャー氏はもう一度だけ自分の目撃談を聞かせた。詳細は、まったく変わらない。彼には、自分が目にした光景に確信があったのだ。

「お耳に入れておきましょう」カーズウェルは、バージャー氏が話し終えるのを待って口を開いた。「列車の運転士は何も見なかったし、衝撃にもまったく気づかなかったと言っています。想像がつくでしょうが、自分の運転する列車に女性が飛び込んだという報告があると聞いて、ひどく衝撃を受けていましたよ。列車の検分に、彼自身も加わってくれましてね。そこで、運転士は不運なことに、以前にもこのような事故を経験しているのが分かったんですよ。運転士になる前は消防士だったんですがね、コールフォード交差点のそばで彼の乗る消防車が男性をはねたとかで。消防車の運転手は道路に男がいるのに気づいてブレーキをかけたが、間に合わなかったんだそうですよ。哀れな男をひいて、消防車は目をそむけたくなるようなありさまになったって話です。何が起きたか一目瞭然だったってね。もし知らないうちに女性をはねたりしたら、遺体の断片なんて探すまでもなく見つかる、とでも言いたげでしたよ」

カーズウェルは、煙草に火をつけた。そしてバージャー氏にも一本差し出したが、彼は断った。もうずっと前に消えてしまってはいるが、パイプのほうが好きなのだ。

「ひとり暮らしですかな?」カーズウェルが訊ねた。

「ええ、そうです」

「聞いた話じゃあ、つい最近グロッサムに越してこられたとか」

「そのとおりですよ。母が他界して、住んでた家を私に残してくれたのでね」

「職業は、作家とおっしゃった?」

「作家になろうとがんばってるところです。まあ正直、もしやまったく向いてないんじゃないかと怪しみだしてるところですがね」

「作家ってのは、孤独な仕事でしょうな。まあ、勝手な想像ですが」

「ええ、そうなりがちなようですね」

「ご結婚は?」

「してません」

「恋人は?」

「いませんよ」バージャー氏はそう言って、付け足した。「今はね」

独身だからといって、奇人変人のたぐいだとカーズウェル警部補に思われたらたまらない、という気持ちからだ。

「それはそれは」

カーズウェルは、深々と煙を吸い込んだ。

「恋しくなりませんか?」

「誰のことです?」

「お母上ですよ」

バージャー氏は妙な質問だと思ったが、とりあえず答えることにした。

「そりゃあ恋しいですとも。暇があれば会いに行って、週に一度は電話をしていたんですから」

カーズウェルは、よく分かったとでも言いたげにうなずいてみせた。

「妙なもんでしょうな、新しい町に越してきて、お母上が亡くなったお宅に住まわれるのは。ご自宅で亡くなられたんでしょう?」

ずいぶんと母のことに詳しいな、とバージャー氏は思った。間違いなく、グロッサムで行った聞き込み調査で、行方不明の女性以外にもあれこれ聞いてきたのだ。

「ええ、そうですよ」バージャー氏はうなずいた。「警部補、失礼ですが、この話が線路での事故と、いったいどんな関係が?」

カーズウェルはくわえていた煙草を手に取ると、灰の中に答えが転がっているとでもいうかのように、燃える煙草の先をしげしげと見つめた。

「どうも、あなたは見間違いをしたんじゃないかという気がしてきていましてね」警部補が言った。

「見間違い？　自殺なんて、見間違うわけがないでしょう」

「遺体が出ないんですよ。血痕も、衣服も、何もです。あなたがおっしゃっていた赤いバッグも見つかりません。線路上で何か恐ろしいできごとがあったような痕跡は、ひとつとしてないんです。ですから……」

カーズウェルは最後のひと口を吸うと、吸い殻を地面に投げ捨て思い切りかかとで踏み消した。

「あなたの見間違いだということにして、それでしまいにしようじゃないですか。もう冬もすぐそこですし、夜には他のことをして過ごしたほうが楽しいんじゃないですかね？　ブリッジ・クラブに入るとか、教会の聖歌隊で唄《うた》ってみるとか。ともすれば、一緒に散歩してくれる若い女性とだって出会えるかもしれませんよ。私が言いたいのは、ずいぶんときつい思いをしてこられたようですし、延々とひとりで過ごされるのはよくなかろう、ということですよ。そうすれば、こういった間違いを犯すことだってなくなるでしょうからね。お分かりになっていただけましたかな？」

警部補が何を言いたいかは明白だった。見間違いは犯罪ではないが、警察に時間を無駄にさせるのは犯罪である、というわけだ。バージャー氏は踏み段から降りた。

「本当にこの目で見たんですよ、警部補」バージャー氏は答えたが、それ以上しゃべれば自信のなさが声ににじみ出てしまいそうだった。頭を悩ませながら、彼は小さな家へと続く道を歩いていった。

4

その夜バージャー氏がおちおち眠れなかったのも、まったく無理のない話である。女の最期が何度も何度も脳裏に蘇《よみがえ》り、衝突の瞬間を目撃したわけでもないというのに、しんと静まり返った寝室の中、その場面が見え、音が聞こえてくるのだ。彼は帰宅するやいなや気持ちを落ち着けるために、大きなグラスで亡き母が遺したブランデーを一杯やっていたのだが、蒸留酒を飲みなれていないせいで、すっかり気分が悪くなってしまっていた。ベッドの中でだんだんと意識は朦朧《もうろう》とし、女の死が繰り返し繰り返し蘇ってくるものだから、ついにはあの女と出くわしたのはあれが初めてではなかったような気がしてきていた。妙なデジャ・ヴの感覚に襲われ、どうしても完全に振り払うことができないのだ。バージャー氏は病気になったり発熱したりすると、ときおり音楽や歌が頭の中に流れて止まらなくなることがあった。どうしても頭から離れてくれないので眠ることもできず、病が癒《い》えるまで追い出しもできないのだ。今は音楽の代わりに女の死の光景が、まったく同じように延々と流れているのだった。そして、繰り返しそれを見ているうちに、あそこに行く前からあの場面をよく知っていたと確信するまでになっていたのである。

やがて、ようやく疲労に飲み込まれて眠りに就くことができたものの、翌朝に目を覚ましてみれば、あの女を見たことがあるような感覚はまだ付きまとっていた。バージャー氏はコートを着ると、昨夜の事故現場にもどってみた。警察が見落としたものが、つまりは自分が幻覚を見たわけではないと示してくれるものが何か見つかりはしないかと祈りながら、荒れた小道を歩く。黒い服の切れ端でも、ブーツのヒールでも、あの赤いバッグでも何でもいい。だが、そんなものは何ひとつ見当たらなかった。

彼がいちばん引っかかっているのは、赤いバッグだった。そう、あの赤いバッグである。アルコールが抜けた頭で考えると――実際には、まだ多少二日酔いでくらくらしてはいるものの――あの若い女の自殺がある本の一場面とよく似ているという確信がだんだんと深まっていった。いや、単なる一場面などではない。おそらくは列車への飛び込み自殺を描いた、文学史上もっとも有名な場面である。彼は物的証拠を諦めると、今度は文学的証拠を探してみようと心に決めた。

本はずっと前に引っ越しの荷物から出してあったものの、まだすべてしまえるだけの本棚は用意していなかった。母親は彼ほどの読書愛好者ではなかったものだから、どの壁にも海の景色が描かれた安物の複製画を何枚も飾っていたのである。それでも本の置き場には、以前よりもずっと余裕があった。これは、家の床が前のアパートよりもずっと広いという事実によるところが大きい。真の愛書家が蔵書の保管に必要とするのは、平らな床のみなのである。バージャー氏はダイニングの床で『戦争と平和』と『主人と下男』に挟まれている『アンナ・カレーニナ』を探しだした。『主人と下男』は一九四六年に刊行されたエブリマンズ・ライブラリーの高価な復刻版だ。この本の存在をすっかり忘れていた彼は、『アンナ・カレーニナ』をわきに置いて一時間ほど読みふけってしまいたい衝動に駆られた。しかしバージャー氏はすぐさま我にかえると、後で都合のいい時に読むことにしようと、あわや開きかけていた『主人と下男』をダイニング・テーブルの上に置いた。そうして『主人と下男』はすでに似たような経緯《けいい》を経て、数日か、はたまた数週間かそこに積まれたままいずれ開かれるときの訪れを待つ十数冊の本の中に加わったのであった。

肘掛け椅子に腰かけ、バージャー氏は『アンナ・カレーニナ』を開いた（一九五一年、ケンブリッジのリミテッド・エディションズ・クラブ刊。グロスターで開かれた慈善バザーで見つけた、バーネット・フリードマンのサイン入りの一冊である。あまりにも安価で手に入ったため、良心の呵《か》責《しゃく》に苛《さいな》まれたバージャー氏は、後《のち》にこの慈善団体に寄付をすることになった）。ぱらぱらとページをめくり、「ベルが鳴り響き……」という書き出しで始まる三十一章を探し出す。そして急いで、しかし慎重に、アンナとともに進んでいった。制服にブーツ姿のピョートルを過ぎ、無礼な車掌と不格好な婦人を過ぎ、汚い農夫を過ぎ、ようやく探していた部分にたどり着いた。

アンナは立っている自分の真正面に先頭車両のまんなかが来たら飛び込むつもりでいた。だが、腕にかけた小さな赤い旅行かばんを投げ捨てそびれ、その瞬間を逃してしまったのだった。彼女は次の車両を待った。昔一度だけ、川に飛び込む寸前に味わったそれにも似た感覚に襲われ、アンナは十字を切った。慣れ親しんだその仕草が娘時代と幼少期の記憶をずらずらと胸に呼び戻すと、彼女から何もかもを隠していた暗闇がだしぬけに千切れ飛んだ。刹那《せつな》、言い表すことのできぬ喜びに満ちた人生が、目の前で輝きを放った。しかし彼女は車両から目を離しはしなかった。そして車両のまんなかが――つまりふたつの車輪の中間が――見えた瞬間赤いかばんを投げ出し、顔をまっすぐに上げ、両腕を広げ、ひざまずくかのように車両の下へと身を躍らせたのだった。一瞬、自分がしていることに、彼女は恐怖した。

「私はどこにいるの？　いったい何をしているの？　どうしてこんなことを？」

立ち上がって後ろに飛びのこうとしたが、巨大で頑丈な何かがアンナの頭に衝突し、彼女を仰向けに吹き飛ばした。

「主よ、すべてをお許しください！」もがいても無駄だと悟り、彼女がつぶやいた。

小柄な農夫が口ひげの奥でぶつぶつとつぶやきながら、線路で作業をしていた。
アンナが恐怖と欺瞞《ぎまん》、苦悩、そして悪に満ちたあの本を読むのに使ったロウソクが見たこともないほど明るく燃え上がり、目の前の暗闇に包まれていたものをすべて彼女の前にさらけ出すと、ゆらゆらと揺れながら弱まっていき、やがて永遠に消えてしまったのだった。

バージャー氏はこの部分を二度読んでから椅子の背に体をあずけ、まぶたを閉じた。例の赤いバッグの細部に至るまで、何もかもすべて記されている。アンナが列車に飛び込む前に自分のバッグを投げ捨てたのとまったく同じように、線路の女も急行にはねられる前にバッグを線路脇に投げ捨てたのだ。最後の姿も、アンナのそれと実によく似ていた。自分は鋼鉄と車輪の下敷きになってではなく、十字架に磔《はりつけ》にされて死ぬのだとでも言わんばかりに、顔をまっすぐに上げて両腕を広げていた。不思議とバージャー氏自身もあの事故の記憶を、似たような言葉で振り返り続けていたのだ。

「なんということだ」バージャー氏はテーブルに積まれた本に向けて言った。「ともすれば、あの警部補が言うとおり、私は小説だけを友として長く独りきりで過ごしすぎたのかもしれない。エクセター発プリマス行きの路線で『アンナ・カレーニナ』のクライマックスが再現されるのを目撃したと信じ込むだなんて、他に説明がつくものか」
肘掛けに本を置くと、彼はキッチンに向かった。またブランデーに手を伸ばしたい気持ちに一瞬だけ駆られたが、共に過ごした昨晩はろくにいいことなどなかったのを思い出し、いつもどおり大きなポットで紅茶を淹れることにした。そしてすっかり用意ができるとキッチンに置かれたテーブルに着いて何杯も立て続けに紅茶を飲み、ついにポットを空《から》にしてしまったのだった。今日ばかりは本に手を伸ばしもせず、昼も近いというのに手つかずのままになっている〈タイムズ〉紙のクロスワードにかまけもしなかった。バージャー氏はただじっと雲を見つめて鳥のさえずりを聞きながら、もしや自分はゆるやかに気がふれていっているのではないかといぶかるのだった。

†

その日、バージャー氏は読書をしなかった。『アンナ・カレーニナ』の第三十一章を何度も精読した以外、文学の世界には手を触れなかったのである。読書をしなかった日など、記憶になかった。彼は本のために生きてきた。少年時代、母親に読んでもらわなくても、がんばれば小説くらい自力で読めるのだと気づいてからというもの、空き時間のすべてを読書に費やしてきたのである。彼は、初めてW・E・ジョンズの『ビグルス』シリーズを四苦八苦しながら読んだときのことを思い出した。長くて難しい単語をふたつに分け、より簡単な単語に変えたりしながら読み進めたものである。あのころからずっと変わることなく、本は離れがたい友人なのだ。もしかするとバージャー氏はそんな姿なき友のため、本当の友人たちを犠牲にしてきたのかもしれなかった。なにせうっかりフットボール遊びや果樹園探検に誘われたりして、気になってたまらない本を読破する邪魔をされることが絶対ないよう、放課後になっても同級生たちを避け、両親が留守の日には友達が来て玄関を叩いても居留守を使い、回り道で下校し、窓辺に近づかずに過ごしていたのである。

ともすれば、例の会計課の娘に対してバージャー氏が見せた致命的とすらいえるほどのためらいも、ある意味では読書のせいであった。彼は娘が本を読む姿をちらりと目撃したことがあった――ときにはジョージェット・ヘイヤーの小説を、またときには図書館で借りてきたアガサ・クリステイのミステリを読んでいた――のだが、どうも熱心な読書家のようには感じられなかったのである。もし娘が「ふたりで一緒に何かするため」に、何時間も劇場や、バレエ鑑賞や、ショッピングなどに出かけたいなどと言って聞かなかったらどうなるだろう？　恋人同士とはそのようにして過ごすものだろうが、読書というものは孤独なたしなみなのである。無論、一緒の部屋や、夜には同じベッドに横になって読書に耽《ふけ》ることもできるだろうが、それはそんな過ごしかたで満足できる、似たもの同士の恋人たちに限った話だろう。小説をたった二ページ読んだだけで鼻歌を唄いだしたり、気を引こうと指で何かを叩きはじめたり、はたまたよりにもよってラジオのダイヤルなんかをいじりはじめたりするような相手と一緒になった日には、目も当てられない。そしてふと気づけば、手にした本を彼女がじっと覗き込んでいるのだ。そんなことになれば、もう二度と平穏など手に入りはしない。

しかしバージャー氏は、亡き母の家でひとりキッチンに腰かけながら、会計課の娘が本や、はたまたバレエなどにどんな考えを持っていたかを聞こうとすらしなかった自分に気づき、はっとした。心の奥底で自分は、次の一冊の選択よりも難しい決断を迫られることのほとんどない秩序ある生活を乱すことに、躊躇《ちゅうちょ》していた。そうして周囲の世界から切り離された人生を歩み続けた代償に、自分は頭がおかしくなってしまったのではないだろうか。

5

それから数日間、バージャー氏は新聞や、人格改善についての雑誌を読み漁《あさ》った。あの線路で目撃したものは、母を失くした哀しみが遅れて現れたことに起因する精神的な異常のせいなのだと、ほとんど確信していた。町での暮らしを送りながら、ときにはこっそりと、ときにはあけすけに変な目で見られているのに気づいていたものだが、そんな扱いをされて当然だったのだ。警察による無駄に終わったあの捜査が、いずれ町の記憶から消え去ってくれるよう、バージャー氏は祈った。奇人扱いされるようになってしまうのは、とても歓迎できない。

だが時が進むにつれて、なにやら妙なことが起こりはじめた。バージャー氏のような経験をした場合、通常であれば事件から日が経つにしたがい、記憶もまた曖昧《あいまい》にぼやけていくものである。もしそれと同じごく普通の法則に従うとするならば、彼の場合にも、アンナ・カレーニナを思い起こさせるあの若い女との遭遇は精神異常によるものだったのだという確信が、ぐんと強まっているはずであった。それなのに、真実は逆であるという確信がどんどん自分の中で強まっているのに気づいたのである。何をもって現実とするかという定義が人それぞれであることを酌量するならば、彼はあの女を確かに見たし、あの女は本物だったのだと。

バージャー氏はまずは軽めの読書から再開し、やがてまた以前のようにのめりこむようになった。曲がりくねりながら線路へと続くあの小道での散歩も再開し、いつもの踏み段に腰かけ、目の前を走りすぎていく列車を眺めた。毎日夕暮れになり、エクセター発プリマス行きの急行列車が近づいてくると、バージャー氏は本をわきに置き、南に延びる荒れ道を眺めた。前よりも暗くなって道も見えづらいが、彼の目は鋭かった。散歩を続けてきたおかげで、しげみの濃いところやまばらなところを見分けられるようになっていた。

しかし線路には何もおかしなことは起こらなかった。やがて二月が訪れ、あの女がふたたび姿を現すまでは。

6

やたらと冷え込んではいるが、爽やかな夜であった。空気はからからに乾いており、運動不足解消のために散歩に出たバージャー氏は吐く息が白く曇るのを楽しんでいた。〈まだら蛙亭〉で音楽のライブが開かれることになっていた。バージャー氏がひそかに好んでいる、懐かしのフォーク音楽が演奏されるのだ。列車が過ぎるのを見送ってから、一、二時間ほど立ち寄ってみるつもりでいた。踏み段で見張りをするのはもはや、儀式のようになっていた。これは赤いバッグの女とは関係ないことなのだと自分に言い聞かせてはいたが、心の奥底では嘘だと知っていた。バージャー氏はあの女の影に取り憑かれてしまっていた。

踏み段に腰かけ、パイプに火をつける。どこか東の方角から、列車の音が近づいてくる。腕時計に目をやると、六時を回ってすぐである。ずいぶんと早い。こんなのは前代未聞だ。まだ〈テレグラフ〉紙に投書を続けていたならば、春を告げる最初のカッコウの訪れを人々に知らせたがるバード・ウォッチャーのように、この異変を大々的に書き綴《つづ》っていたであろう。

頭の中でどんな投書にしようかと考えていると、右のほうで何か物音が聞こえた。誰かがこちらに向けて道をやって来る、それも急いでいる。バージャー氏は踏み段を降り、音の聞こえるほうに歩きだした。空は晴れ渡り、月が銀色にしげみを濡らしていたが、バージャー氏にはそんな光の助けなど借りなくとも、線路へと急ぐ女の姿と、彼女が腕にさげた赤いバッグが見えたであろう。

パイプを落としかけ、あわてて摑《つか》む。なにしろこのパイプは上物なのだ。

女に取り憑かれてなどいないといえば嘘になるが、まさか再び目にすることができるなどと、本当に思っていたわけではない。とにもかくにも、何度も列車に飛び込む御仁など当たり前にいるわけではない。一度飛び込んだっきりか、でなければ一度も飛び込まないか、そういうたぐいの行いなのである。飛び込むとするならば、列車の巨体に跳ね飛ばされてしまい二度と飛び込むことなどできなくなるか、仮に生き延びられたにせよ、最初の飛び込みで味わった強烈な苦痛を思い出し、二度と繰り返すような気にはならないだろう。だが今目の前で微塵たりとも疑いなく、あの時とまったく同じ若い女が、まったく同じ赤いバッグを抱え、まったく同じ急ぎ足で、バージャー氏が目撃したあの自殺劇へと向かっていくのである。

あれは亡霊に決まってる、とバージャー氏は胸の中で言った。他の説明など、とてもありえない。はるか昔に命を落とした哀れな女の亡霊で――バージャー氏が見る限り、女の服は今世紀のものではなかったのである――最期の瞬間を何度でも繰り返し続けるよう運命づけられているのである。いずれ――

いずれ、なんだろうか？　バージャー氏には分からなかった。M・R・ジェイムズ、W・W・ジェイコブズ、オリヴァー・オニオンズ、ウィリアム・ホープ・ホジスンらの怪奇小説をいろいろと読んではきたが、どの本にもこんなできごとなど書かれてはいなかった。忘れられた死体を掘り起こし、ちゃんとした場所に埋葬しなおしてやればいいと、どこかで耳にした憶えがあった。ジェイムズの小説には、古代の人工遺物《アーティファクト》をあるべき場所に戻せば、それにまつわる霊魂を鎮《しず》めることができるとよく書いてある。だがバージャー氏は女がどこに埋葬されているか見当もつかなかったし、散歩の途中で花を摘んだこともなく、ましてやどこかで古《いにしえ》の笛や写本をくすねた憶えもないのである。しかし、そんなことは後回しにするべきだ、とバージャー氏は我に返った。今はもっと、重要な用事があるのだ。

亡霊か生身の人間かはともあれ、早すぎる列車の到着を見た女はありありと驚いていた。死神との道行きを邪魔しようと、しげみが立ちはだかった。急ぐあまりドレスを枝に引っかけて女が倒れ込み、地面に膝《ひざ》をつく。だがそうして邪魔が入っても、女が列車の前に身を投げ出すには十分な時間があるのは疑いようがなかった。

バージャー氏は悲鳴をあげ、叫び、両腕を振り上げながら走った。今まで走ったことがないほどの速さで駆け、女より一足早く荒れ道の端にたどり着いた。女はバージャー氏の登場に驚いたのか、ぱっと立ち上がった。ひたむきに死をめがけて進むあまり彼の叫びも聞こえなかったのであろうが、ついに女はバージャー氏と、そしてバージャー氏は女と真正面から向き合ったのだった。女はバージャー氏より若く、肌は月明かりのせいかもしれないが、異様なほどに蒼白かった。髪は、彼が見たこともないほどに黒々としていた。まるで月明かりを吸い込んでしまうようにすら思えた。

女はまず左を、続けて右をすり抜けてバージャー氏をかわそうとしたが、どちらにも分厚いしげみが立ちはだかっていた。バージャー氏は地面を伝う振動を感じ取っていた。迫りくる列車の轟音は、耳をつんざくほどだ。警笛が鳴り響くのが聞こえる。運転士が、線路脇にいる彼の姿を見つけたのだろう。バージャー氏は何も問題ないことを知らせようと、右手を上げて振ってみせた。女の行く手はふさいでいるし、バージャー氏にも飛び込むつもりなんてありはしないのだ。

女は苛立ちのあまり両手を握りしめ、目の前を走りすぎていく列車を見つめた。バージャー氏が列車を振り返ると、数人の乗客たちが不思議そうに窓から彼を見つめていた。そして再び前を向いてみると、女はもう消えてしまっていたのだった。やがて列車の轟音が遠ざかるとがさがさとしげみの鳴る音が聞こえ、バージャー氏は、女が土手のほうに戻っていったのを悟った。後を追おうとしてみたが、さっき女の邪魔をしたのと同じ枝に、今度は自分が足を取られてしまった。上着は破れ、パイプはどこかに行き、そのうえ左足首を根っこにかけてひねってしまったが、それでもバージャー氏はくじけなかった。急いで道に出てみると、ちょうど女がグロッサムの目抜き通りと並んで走る細い通りに消えていくのが見えた。通りの片側には家々の裏庭が並び、もう片側にはもう閉鎖されて打ち捨てられているビール醸造所の裏壁が立っていた。今でも古びたホップの香りをうっすらと漂わせている。

道は先のほうで枝分かれし、左は目抜き通りに繋がり、右は曲がりくねりながら暗闇の中へと消えていた。目抜き通りは煌々《こうこう》と照らされていたので、左に女の姿がないのはバージャー氏にもひと目で分かった。右の道を選び進んでいくとまもなく、かつてグロッサムが工業の町だったころの遺跡群に入った。立ち並ぶ古い倉庫の中にはまだいくつか使われているものがあるものの、ほとんどは放棄されている。一枚の壁には桶《おけ》とロウソクの複合倉庫であることが記されているが、後ろの建物を見れば、桶やロウソクが最後に運び出されてからずいぶんと長い月日が経っているのは一目瞭然だった。最後に、窓に鉄格子がはめられ玄関へと続く前階段の横に深々と雑草をしげらせた、赤レンガ造りの二階建ての建物が姿を現した。その先は行き止まりだ。バージャー氏がそちらに近づいていくと、ドアの閉まる音が確かに聞こえた。

バージャー氏は建物の前で足を止め、見上げてみた。灯りはどこにもともっておらず、窓は内も外もすっかり汚れがこびりついており、中の様子などちらりとも見えない。ドアの上に積まれたレンガに、名前がひとつ彫られていた。どうやら月明かりも今は力を貸してくれないようなので、バージャー氏はしかたなく目を凝《こ》らして文字を見つめた。〈キャクストン私設図書館&書物保管庫〉という言葉だけは、とりあえず見える。

バージャー氏は首をひねった。ここに図書館はあるのかと町でいくら訊ねても、ひとつもないという答えしかもらえなかったのだ。いちばん近くの図書館は、グロッサムにない他の施設あれこれ同様、モアハムまで行くしかないのだと。店先に本を並べているニュース・スタンドもひとつあったものの、品揃えは主に探偵小説とロマンス小説で、バージャー氏が読みたいと思うようなものはほとんど置いていなかった。無論、どこをどう見ても〈キャクストン私設図書館&書物保管庫〉が今でも開いているようには見えなかったが、もし閉鎖されているのだとするならば、玄関あたりの雑草がところどころ踏み荒らされているのはいったいどういうわけだろう？　バージャー氏の目に間違いがなければ女――アンナ・カレーニナの姿を取った女と思しきあの幻影――か誰かが、まだときおりあそこに出入りしているのだ。

バージャー氏はマッチ箱を取り出し、一本擦《す》った。ドアの右手にガラスのはめられた小さな枠があり、その中に黄ばんだ注意書きが貼られている。そこには「ご用の方はベルを鳴らしてください」と書かれていた。バージャー氏は次々とマッチを三本擦って探し回ったが、ドアの周りにベルらしきものは何も付いていなかった。ひとつもだ。郵便物を入れる隙間も、ポストすらも見つからないのだ。

玄関の左手は壁で遮《さえぎ》られているので、バージャー氏は右に進んで建物の角を曲がってみた。そこには小径が一本延びていたが同じくレンガの壁で行き止まりになっており、ドアのひとつも見当たらなかった。壁の向こうには、手入れもされていない空き地が広がっているばかりだ。

バージャー氏は正面玄関に戻った。そして誰か出てくるよう、期待よりもむしろ祈りのような気持ちを込めて、ドアを一回叩いてみた。案の定、誰も出てこない。ひとつだけ鍵穴が空いているのを、彼は調べてみた。錆《さ》びついてはいないようだったが指で触れてみると、機械油のようなものが付いた。ひどく奇妙で、少なからず不気味な話である。

とりあえず今は他にどうしようもなさそうだ、とバージャー氏は胸の中で言った。夜気は着々と冷たさを増しているし、食事もまだである。グロッサムは静かで平和な町だが、それにつけても、亡霊の女が現れてくれたなら何度も列車に飛び込んだりする理由が聞けるはずだという期待を胸に、私設図書館前の暗がりで延々と夜を過ごすというのは、どうにも気が進まなかった。それに両手にいくつもできたひどい引っかき傷の消毒もしなくてはいけない。

バージャー氏はそう思い立って最後にもう一度だけ〈キャクストン私設図書館〉を振り返ると、かつてないほどの不安を胸に、今宵ばかりは〈まだら蛙亭〉に立ち寄る習慣も取りやめて帰宅したのであった。

7

翌朝バージャー氏は、十時すこし過ぎに再び〈キャクストン私設図書館〉を訪れた。この時間であれば誰にもとやかく言われることもないだろうし、まだ図書館が開いているのであれば、そろそろ誰か来ているころであろうと踏んだからである。しかし〈キャクストン私設図書館〉は前夜と同じくひっそりと静まり返り、人の気配も無かった。

他にどうしようもないので、バージャー氏は人々に話を聞いて回ってみたのだが、これも徒労であった。新聞販売店、食料品店、はたまた早くから〈まだら蛙亭〉に顔を出している飲み客たちにまで〈キャクストン私設図書館&書物保管庫〉について質問してみたのだが、誰もが口をそろえて、何も知らないと答えるのである。図書館が存在しているのはみな知っているのだが、実際に図書館が開いていた当時のことも、建物の持ち主が誰なのかもひとりとして思い出すことができず、中にまだ本が残っているのかすら誰も知らないのだ。そんななか、バージャー氏はモアハム市役所で訊ねてみてはどうかと言われた。そこならば、周辺にある小さな村落の記録も保管されているはずだというのである。

そこでバージャー氏は車に乗り込み、モアハムに向けて出発した。運転しながら彼は、グロッサムの人々はどうやら〈キャクストン私設図書館〉にまったく興味がないのではないかと考えた。バージャー氏に質問されるまで単に存在を忘れていたというだけでなく、うっすらと図書館のことを思い出しても、そこでまたすっかり記憶が途切れてしまうのである。ともあれ、あの図書館が閉まってから長年が過ぎていることを思えば、それも無理のない話であるように思えた。なおさら興味をそそるのは、ほとんどの人々が図書館の存在などまったく気にもとめていないどころか、思い出したところでさらによく調べてみようという気にすらならない様子であることだった。バージャー氏がよく知っているとおり、グロッサムはひどく閉鎖的な町である。彼が図書館について訊ねても相変わらず、例の飛び込み自殺の幻覚や、それに続けて起きた列車の遅延の話ばかりを持ち出されるのであった。どうやらグロッサムには話題が二種類しかないらしい。すでに誰もが口にしている話題か、地元に住む下世話な噂好きたちが広めればすぐにでも町じゅうの人々の口にのぼる話題である。年老いた住人たちは十六世紀にまで遡《さかのぼ》り町の歴史をことこまかに憶えているし、建物には古きにも新しきにも、すべてにそれぞれの歴史がある。

〈キャクストン私設図書館〉ただひとつを除いて。

†

モアハム市役所でも、この件についての情報はほとんど手に入らなかった。図書館の建物はキャクストン信託が所有しており、ロンドンの私書箱が住所になっているらしい。建物にまつわる固定資産税や公共料金はすべてキャクストン信託が支払っているとの話だが、バージャー氏に分かったのはそれだけだったのである。モアハムの図書館で訊ねてもきょとんとされるばかりだったし、何時間もかけて地元紙である〈モアハム&グロッサム・アドバタイザー〉を二十世紀初頭の分から順に読み漁ってみても、〈キャクストン私設図書館〉の名はどこにも出てこなかった。

自宅に戻るころには、すっかり暗くなっていた。オムレツを作って夕食を済ませ、それから読書でもしようと思ったものの、確かに立っているのにまるで存在しないかのようなあの図書館がどうしても気になってしまった。図書館は実在する。このグロッサムの町に立っている。それも、かなり大きさのある建物である。こんな小さな町でその存在がずっと長きにわたりあんなにも忘れられ、無いもの同然に扱われてきたというのは、いったいどういうわけなのだろうか?

翌日も、新たなことは何ひとつ分からなかった。あちこちの書店や、歴史あるロンドン図書館、はたまた国内最古の図書館であるライギットの〈クランストン図書館〉をはじめ、あちらこちらの図書館に電話で問い合わせてはみたものの、〈キャクストン私設図書館〉のことは誰も知らないと判明しただけだったのである。ついには、今回の件で初めて存在を知った団体、専門図書館協議会の係員にまで電話をかけていた。女性係員は記録を調べてみると約束してはくれたものの、この分野の知識ならば自分が百科事典並みに網羅している以上、他にそんな図書館を知っている者がいるとは到底思えないと話した。イギリスの図書館史についてたっぷり一時間にわたり話を聞かされたバージャー氏は、彼女の言うとおりだと納得しないわけにはいかなかった。

謎の女が図書館に入ったのは、もしや自分の見間違いだったのではないかと、バージャー氏は思った。町のあの界隈《かいわい》には自分の目を逃れて女が身を隠せそうな建物は他にもちらほら立っているのだ。しかしあの女がもっとも身を隠しそうな場所は〈キャクストン私設図書館〉であるし、ドアが閉まる音をはっきりと聞いたのである。バージャー氏は胸の中で言った。アンナ・カレーニナの最期を繰り返し再現し続けるあの女が身を隠そうとする場所など、古びた図書館をおいて他にありはしないではないか。

その夜バージャー氏は、ベッドに入る前に決心した。探偵のように〈キャクストン私設図書館〉に張り込み、どれだけ時間をかけようとも、必ずやこの謎を解き明かしてやるのだと。

8

張り込み捜査とは楽なものではないのだと、バージャー氏はすぐに思い知らされた。小説に登場するような、快適な車やレストランで座って張り込む探偵たちには苦にもならないし、それがロサンゼルスのように暖かな、太陽の降り注ぐような場所ともなればなおさらだ。寒くじめじめした二月に、ひょっこり知った顔が通りかかったり、さらに言うなら通りすがりの誰かが警察に電話をかけて不審者がいると通報してしまったりしないようびくびくしながら、小さなイギリスの田舎町に立ち並ぶぼろぼろの建物の合間をうろつき回るというのは、まったく別の話なのである。煙草をくゆらしながら、目の前にいるこの男はやっぱり気がふれていたのだと決めつけるカーズウェル警部補の姿が、目に浮かぶようだ。

ありがたいことに、桶とロウソクの古い複合倉庫にいい隠れ場所が見つかった。ここからならば、崩れかけた壁の間から路地が突き当たりまで見渡せるし、自分の姿を十分に隠すことができる。毛布を一枚とクッション、紅茶を入れた水筒、サンドイッチとチョコレートをいくらか、そして本を二冊、バージャー氏は持ってきていた。一冊は、ちょうど山場のところまで読みかけているジョン・ディクスン・カーの小説『曲がった蝶番《ちょうつがい》』で、もう一冊はチャールズ・ディケンズの著作の中では唯一未読のままになっていた『互いの友』である。『曲がった蝶番』は思っていたより面白かったが、いささか現実離れしていた。しかしバージャー氏が思うに、魔術や自動人形の物語も、二度も自殺する女を目撃した――しかも一度目は成功し、二度目は失敗しているのだ――という話も、奇妙奇天烈という点においては大差ないではないか。

その日は、何ごともなく過ぎた。路地には薄汚れたネズミたちが駆け回る物音が聞こえるばかりで、おかしなことは何も起こらなかったのである。バージャー氏はディクスン・カーを読み終えディケンズを開いたが、これは完結した小説としてはディケンズの遺作に当たる、まさに集大成といえる作品である。そのため『オリヴァー・ツイスト』や『ピクウィック・クラブ』などに比べてかなり難解であり、遙かに忍耐力と集中力を要求された。やがてあたりが暗くなりはじめると、バージャー氏は懐中電灯の灯りで人目を引いてしまう危険を避けるため本を置き、この暗闇に乗じて〈キャクストン私設図書館〉に何か動きがあるのではないかと期待を抱きながら、さらに一時間待ってみた。だが古びた建物には灯りひとつ点ることもなく、バージャー氏はついにその晩の見張りを諦めると〈まだら蛙亭〉に行き温かな食事を摂り、グラス一杯のワインでほっとひと息ついたのであった。

　翌朝早く、彼はディケンズの代わりにウッドハウスを一冊手に取り、また見張りを再開した。しかしその日も大して何も起こらず、変わったことといえば、小さなテリア犬が姿を見せただけであった。犬が吠えはじめたものだからバージャー氏がなんとか黙らせようとしたのだがまったくの無駄で、そうこうしているうちにどこか近くから飼い主の口笛が聞こえると、犬はさっさとそちらに行ってしまったのだった。ともあれ前日よりも暖かいのは、ささやかながらもありがたかった。朝に目覚めたときには手脚ともにがちがちにこわばっていたので、昨日と同じくらい寒いようならコートを二枚重ね着して行こうと決心したほどだったのである。

　やがて夜闇が舞い降りはじめると、自分は何をやっているのだろうと、バージャー氏は悶々《もんもん》としてきた。いつまでも線路のあたりをぶらついているわけにはいかない。なんともみっともない話ではないか。隅で壁に寄りかかり、彼はまどろみだした。夢の中で〈キャクストン私設図書館〉に灯りがつき、線路に列車が現れた。車両は赤いバッグをさげた黒髪の女たちで満員で、その全員が今から自殺しようとしている。ついには砂利や雑草を踏む足音まで聞こえてきたのだが、ぱっと目を覚ましても、足音は聞こえ続けていた。誰かがこちらに向かってくる。バージャー氏は恐る恐る隅から身を乗り出し、図書館の様子を盗み見てみた。戸口に旅行かばんのようなものを持った人影が見え、じゃらじゃらと鍵の鳴る音が聞こえる。

　バージャー氏は、ぱっと立ち上がった。壁の合間を抜け、路地へと這い出る。〈キャクストン私設図書館〉の正面玄関には年老いた男がひとり立っており、すでに鍵穴に鍵を差し込んでいるところだった。普通よりも背が低く、グレーのロング・コートを着て、バンドに白い羽根を飾った中折れ帽をかぶっている。唇の上には、見事な銀のカイゼルひげをはやしていた。老人はややはっとした顔でバージャー氏を見ると、急いでドアを開けた。

「待ってください！」バージャー氏は叫んだ。「話があるんです！」

だが老紳士がそんな気分でないのは、火を見るよりも明らかだった。開いたドアから中に入ったところで、戸口の地面に旅行かばんを置き忘れているのに気づく。老人はかばんに手を伸ばしたが、そこにバージャー氏が駆けつけてきた。ふたりが一本ずつかばんの持ち手を握りしめ、ぎごちない綱引きがはじまった。

「手を離しなさい！」老人が叫んだ。

「駄目です！」バージャー氏は、必死に首を横に振った。「お訊ねしたいことがあるんです」

「予約しておいてもらわねばならんのだ。前もって電話をかけなさい」

「電話番号を知らないんですよ。電話帳にも載ってないんですから」

「それじゃあ手紙を書きたまえ」

「ここにはポストもないじゃありませんか」

「いいかね、明日また来て呼び鈴を鳴らしなさい」

「呼び鈴だってありゃしませんよ！」バージャー氏は苛立ちのあまり、一オクターブも高く声を張り上げた。そして思い切りかばんを引っ張ると、老人の手にちぎれた持ち手だけを残し、ついにこの綱引きに勝利した。

「やれやれ、まったく！」老人が首を横に振り、バージャー氏が胸に抱えたかばんを恨めしげに見つめた。「しかたないから入ってもいいが、さっさと帰っておくれよ。私はとても忙しいんだ」

老人は一歩下がってバージャー氏を中に招き入れた。ついに待ちわびていた瞬間を前にし、バージャー氏はほのかな不安を感じた。〈キャクストン私設図書館〉の中はひどく暗く、何が待ち構えているのかも分からない。それなのに自分は人質にしたかばんだけを武器に、狂人かもしれないこの老人に己の身を任せようとしているのだ。しかし謎を突き止めるためこんなところまで来た以上、何か答えを手に入れない限り心の平穏を取り戻すことなどできはしない。まるで毛布にくるんだ赤ん坊のように旅行かばんを抱いたまま、彼は図書館に足を踏み入れた。

9

灯りがともった。薄暗く、まるで黄疸《おうだん》のような色合いの光だったが、ずっと奥まで続く書棚の列が見えた。年代物のワインみたいに古びた本独特の、カビ臭さが漂ってくる。左手には樫材で造られたカウンターがあり、その奥に置かれた戸棚には何年も手を触れられた様子もない、分厚く埃《ほこり》のつもった書類がぎっしりとしまわれていた。カウンターの向こうではドアが開けっぱなしになっており、テレビの置かれた小さな居間と、となりの部屋に置かれたベッドの端が見えていた。

老紳士は帽子とコート、それからマフラーを取り、ドアの横にある金具にかけた。その下にはかなり年代物のダーク・スーツに白いシャツを着て、とても幅が広いグレーと白のストライプのネクタイを締めていた。やや古めかしくはあるものの、かなり洒落《しゃれ》者のようである。老紳士がじっと待っているのに気づき、バージャー氏は口を開いた。

「いいですかね。あんなのはありえません。とんでもない話ですよ」

「なんの話をしているんだね？」

「列車に飛び込んだ女がまた舞い戻り、また飛び込もうとするだなんて。まったくありえませんよ。

私の話、分かりますか？」

老紳士は眉間《みけん》に皺《しわ》を寄せた。口ひげの片端を引っ張り、ため息をつく。

「ところで、私のかばんを返してくれんかね？」

バージャー氏がかばんを手渡すと、老人はカウンターの奥に行って居間にそれを置き、また戻ってきた。その間バージャー氏は、どこの本の虫でもそうするように、手近な書棚をじっくりと観察しはじめていた。棚はアルファベット順に整理されており、バージャー氏が目をやったのはDの部分であった。ディケンズの著作が並べられているが、どうやら有名な作品だけしか揃っていないらしい。『互いの友』はどこを見ても見当たらないが、数こそ少ないものの『オリヴァー・ツイスト』や『デイヴィッド・カッパーフィールド』、『二都物語』、『ピクウィック・クラブ』などは並んでいる。どれもこれも、ひどく古い版のように見えた。バージャー氏は書棚から『オリヴァー・ツイスト』を取り出し、じっくりと眺めてみた。茶色い布張りに金箔《きんぱく》でタイトルがあしらわれ、背表紙のいちばん下に出版社名が書かれている。表紙の著者名がチャールズ・ディケンズではなく「ボズ」になっていることからもかなり早期の版であることがうかがえ、出版社名と刊行日がそれを裏付けていた。リチャード・ベントレー社、ロンドン、一八三八年。バージャー氏が手にしているのは、まさしくこの小説の初版本、第一刷なのである。

「扱いにはゆくゆく気をつけてくれたまえよ」老紳士はそわそわした様子でそばに立っていたが、バージャー氏はもう『オリヴァー・ツイスト』を棚に戻し、今度はディケンズの中でもおそらくいちばんのお気に入りである『二都物語』を調べはじめていた。チャップマン＆ホール社、一八五九年、貼られたままの赤い布地。これもまた初版本である。

だがもっとも驚かされたのは『ピクウィック・クラブ』と書かれた一冊であった。特大サイズのこの本には印刷されたページではなく、手書きの原稿が綴《と》じられていたのである。確かディケンズの手書き原稿はほとんどがフォースター・コレクションの一部として、ヴィクトリア&アルバート博物館に所蔵されているはずだ。バージャー氏もいちばん最近の一般公開を見に行ったのだから、確かである。それ以外の原稿は大英博物館とウィズビーチ博物館、そしてニューヨークのモルガン・ライブラリーにある。また『ピクウィック・クラブ』の原稿の一部はニューヨーク公共図書館にも所蔵されているが、バージャー氏が知る限り、この本の原稿はどこにも完全な形でなど残っていないはずだった。

それがこのイングランド、グロッサムの〈キャクストン私設図書館&書物保管庫〉にあるというのだろうか。

「これは――」バージャー氏が口走った。「まさか、そんなことが――?」

老紳士は彼の手からそっと本を取り上げ、書棚の元の場所に戻した。

「そのまさかだとも」

老紳士はそう答えると、客人があからさまに見せる書物への愛着に警戒心を解いたかのように、さっきよりも心なしか柔らかなまなざしでバージャー氏を見つめた。

「他にもお仲間はたくさんいるよ」

老紳士は両腕を大きく広げ、ずらりと並ぶ書棚の列を示してみせた。列は、黄色い光が届かない、図書館のずっと奥の暗闇にまで伸びていた。そのうえ、左右へと続くドアも見える。ドアはどちらも主壁に取り付けられていたが、バージャー氏が初めて見たときには、建物にはドアなどひとつも見当たらなかったはずである。おそらくはレンガで塞がれているのかもしれないが、仮にそうだとしても確証は何もなかった。

「これはみんな初版本なのですか？」バージャー氏は訊ねた。

「初版本か、手稿本だよ。我々の目的には、初版本でことたりるのだがね。手稿本はまあ、見つけものといったところさ」

「よろしければ、ぜひとも拝見したいのですがね」バージャー氏が言った。「なに、手を触れたりはしませんとも。見るだけでいいんです」

「まあ、あとでなら構わんよ」老紳士が答えた。「まだここに来たわけを聞かせてもらっておらん」

バージャー氏は生唾《なまつば》を飲んだ。最初の晩にカーズウェル警部補と交わしたあの忌まわしい事情聴取から、女の話はまだ誰にもしていないのである。

「いいでしょう」彼は口を開いた。「列車の先頭車両に飛び込む女を目撃したのですが、しばらくしてまた同じ女が飛び込もうとしてるのに出くわしたんですよ。止めましたけれどね。その女が、ここに来たんじゃないかと思っているんですよ。むしろ、来たと確信していると言ってもいいでしょう」

「異様な話だね」老紳士が言った。

「私もそう思いますとも」バージャー氏はうなずいた。

「女の正体に、何か心当たりは？」

「はっきりとは」バージャー氏が首を横に振った。

「あるのならば、私に聞かせてみてはどうかね？」

「奇想天外な話に思われるでしょう」

「まあそうだろうね」

「私の頭がどうかしてると思うでしょう」

「お客人、我々はほとんどお互いを知らん。もっとよく知り合うまで、そんなふうに決めつけようとは思わんよ」

バージャー氏は、確かにそのとおりだと感じた。せっかくはるばるやって来たのだ。この旅を終わらせてしまわなければいけない。

「女はアンナ・カレーニナなのではないかと、はっと思いついたんですよ」そこまで言って、バージャー氏は保険をかけた。「いや、それとも幽霊かもしれません。それにしちゃあ、いやにはっきりと見えはしましたがね」

「幽霊ではないと」老紳士が答えた。

「ええ、実は幽霊だなんて思っちゃいません。なにせ、明らかに実体があったのですから。あなただってきっと、アンナ・カレーニナのはずがないとおっしゃるでしょう」

老紳士は、また口ひげを引っぱった。平静を装ってはいるが、胸の中であれこれ考え続けているのは表情を見れば分かる。

しばらくして、彼がようやく口を開いた。「あらゆる理性を鑑《かん》みても、アンナ・カレーニナではないと言い切ることはできんね」

バージャー氏は老紳士のほうに身を乗り出し、ぐっと声を落とした。「もしかしてあの女は頭がおかしかったのでしょうか？　たとえば、自分をアンナ・カレーニナと思い込んでいたとか？」

「違うね。アンナ・カレーニナだと思っているのは君だよ。その女は、自分をアンナ・カレーニナだと知っているんだ」

「なんと？」バージャー氏は、その答えにめんくらった。「あれがアンナ・カレーニナ本人だとおっしゃるんですか？　しかしアンナ・カレーニナは、トルストイの小説に出てくる登場人物に過ぎないでしょう。実在しやしない」

「実在したと、君が言ったばかりじゃないかね」

「いえいえ、私は実体があったと言ったのです」

「アンナ・カレーニナなのではないかと思った、とも言っていたよ」

「ええ、ですがいいですか？　心の中で何を思おうとも、どんな可能性を考えようとも、そんなのは問題のない話です。しかし、そんなことを考えながらも、もっと合理的な説明がつくはずだと祈っているものではありませんか」

「だが、より合理的な説明などありはしなかった。だろう？」

「あるのかもしれません」バージャー氏は首を振った。「まだ私が思いつかないだけで」

なんだか頭がくらくらしてきた。

「紅茶でも一杯どうかね？」老紳士が言った。

「ええ、ぜひとも頂きましょう」バージャー氏はうなずいた。

10

ふたりは陶器のカップで紅茶を飲み、缶にしまわれていたフルーツケーキを食べながら、老紳士の居間に腰かけていた。暖炉には火が入り、隅ではランプがともっている。どの壁にも油絵や水彩画が飾られていたが、どれも見事で、かなりの年代物ばかりであった。多くの作品の画風には、バージャー氏も見覚えがある。断言するのは憚《はばか》られるものの、ターナーとコンスタブルが一枚ずつ、ロムニーによる肖像画と風景画がそれぞれ一枚あるのは確かであるように思えた。

老紳士は自らギデオンと名乗り、この〈キャクストン私設図書館〉で四十年以上も司書を務めているのだと言った。バージャー氏に話したところによると、彼の仕事とは「言われたとおりに蔵書の管理をすること。必要とあれば書物の修復を行うこと。そしてもちろん、登場人物たちの面倒を見ることだ」という。

この最後の部分を聞いて、バージャー氏は紅茶でむせてしまった。

「登場人物たちのですか？」

「そう、登場人物たちのだよ」ギデオン氏がうなずいた。

「なんの登場人物です？」

「小説の登場人物たちだよ」

「命を持っているとおっしゃりたいんですか？」

バージャー氏は自分の正気とともに、ギデオン氏の正気も疑いはじめた。まるで奇怪な本の悪夢に迷い込んでしまったような気分だ。目が覚めたら自宅におり、自分の本の山が発する糊《のり》のにおいを嗅いでいただけだったなら、どんなにいいだろう。

「君が見たのも、そのひとりだよ」ギデオン氏が言った。

「ええまあ、何者かを見たのは確かですが」バージャー氏が答えた。「ですが、パーティーでナポレオンの仮装をした誰かを見ても、ナポレオンに会ったと思い込んで帰宅したりはしませんよ」

「ナポレオンは、ここにはおらんよ」ギデオン氏が答えた。

「いないと？」

「そのとおり。ここにいるのは、架空の登場人物だけさ。とはいえ、シェイクスピアの作品だけは少々ややこしくてね。おかげで我々は頭を悩ませているんだよ。何をもって架空と実在とを分けるか、規則に曖昧なところがあってな。曖昧でなければ、仕事はずっとやりやすいのだがね。しかし、文学とは規則で縛るようなものではないだろう？　規則でがんじがらめの文学などどれほど退屈か、想像してみたまえ」

バージャー氏は、そこに浮いた茶葉が真実を教えてくれるはずと祈るかのような思いで、手にしたティー・カップを覗き込んだ。だが何かが見えてくることなどなく、バージャー氏はそんなことをしても無駄なのだと観念すると両手をきつく握りしめ、何を聞こうとも狼狽《うろた》えまいと覚悟したのだった。

「いいでしょう。登場人物たちの話を聞かせてください」

†

ギデオン氏は、作品の知名度が重要なのだと切り出した。知名度が高まり、やがて登場人物が読書家の間ですっかり馴染みになると――さらには、読書をしない多くの人々にまで知れ渡ると――彼らは本の外で実体を持つことができるようになるのだという。

「たとえば、オリヴァー・ツイストだ」ギデオン氏は続けた。「オリヴァー・ツイストの名を知る者は、彼の名が付いた作品を読んだことがある者よりも多い。『ロミオとジュリエット』や『ロビンソン・クルーソー』、それから『ドン・キホーテ』にしても同じことだ。道端でごく平均的な教育を受けてきた人々を捕まえてこうした登場人物たちの名を言えば、作品を読んだ経験があろうとなかろうと誰でも、ロミオとジュリエットは悲劇の恋人たちで、ロビンソン・クルーソーは無人島に置き去りにされた男で、そしてドン・キホーテは風車相手におかしなことをした人物だと知っている。同様に、マクベスが自惚《うぬぼ》れ屋であるのも、エベニーザ・スクルージ（ディケンズ『クリスマス・キャロル』の登場人物）は最後に真人間になるのも、ダルタニアンとアトスとアラミス、それからポルトスは銃士なのだということもね。

無論、そんなふうに名が知れ渡る登場人物は限られている。その彼らが、決まってここに現れるのだよ。しかしトリストラム・シャンディ（ローレンス・スターンによる、全九巻からなる未完の小説の主人公）、トム・ジョーンズ、ジェイ・ギャツビーについて何も知らぬ人々がどれほど多いかを知れば、君も驚くに違いないよ。心底正直に言えば私にも、何を境にしてこの実体化が起きるのかは分からない。私が知っているのはある時に登場人物たちが実体化するほどに広く知れ渡ると、この〈キャクストン私設図書館〉の中か、どこか近くに姿を現すという事実だけだ。これは図書館の創設者であるウィリアム・キャクストン氏が一四九二年に亡くなる少し前から、ずっと起こり続けていることだよ。この図書館の歴史によれば、一四七七年にチョーサーの作品に出てくる巡礼者の何人かが戸口に現れたのを機に、図書館を作ったのだそうだよ」

「何人か？」バージャー氏は首をひねった。「全員ではないのですか？」

「全員を憶えている者など、誰もいやしないよ」ギデオン氏が言った。「キャクストン氏は、粉屋、親分、騎士、第二の尼、バースの女房が、彼の庭で言い争いをしているところに出くわした。そして、どうやら役者や狂人ではないらしいと悟り、どこかに隠れ家を見つけなくてはと思い立ったのさ。魔術師だなんだと責められてはかなわんし、キャクストン氏には敵がいたからだよ。本があるところにはいつだって、愛好者とともに、本を毛嫌いする連中もいるものさ。

そこでキャクストン氏は、彼らを匿《かくま》うための屋敷を田舎に見つけたわけだが、この屋敷が彼の蔵書の一部を保管しておく図書館の役割も果たすようになったんだよ。氏は自らの死後もこの図書館が存続できるよう資金を確保し、今もその資金でここは運営されているのさ。端数を切り上げるべきところを切り捨て、もしくは切り捨てるべきところを切り上げ、そこで手に入れた差額を信託の口座に入れてゆくというわけだ」

「よく理解できないのですが」バージャー氏が言った。

「なに、簡単なことだよ。半ペニーやらセントの話なのさ。セントでなくてリラだろうと、通貨単位はなんでもいいがね。たとえばだ、ある著者が九ポンド十シリング六・五ペンスの印税を出版社から支払われる場合には、この半ペニーだけを別に分けて我々に支払わせる。同じように、出版社が企業から十七ポンド八シリング七・五ペンスの支払いを受ける場合、実際の支払い額を八ペンスに切り上げ、その差額も我々が頂く。どのような取引であろうと、一冊残らずこのように行われる。時にはごくごく些細《ささい》な額しか生じないこともあるが、世界じゅうからその些細な額を集めてみれば、信託に入れて図書館を、そして登場人物たちの住処《すみか》を維持するには十分すぎるほどの額になるというわけだよ。今やこの方式は、もはや誰も気に留めすらしないほど、本と出版の世界に根付いているとも」

バージャー氏は困惑した。〈締切済勘定係〉の仕事でならば、このような金のちょろまかしなど瞬《また》く間に見抜いてしまっていただろう。だが、理に適《かな》っているようにも感じられた。

「それで、その信託というのは？」

「いやなに、信託というのは便宜上の話というだけだよ。実体などもう何年もありはしないし、評議員会なんてものもない。実質的に、ここがキャクストン信託なのだ。私がキャクストン信託なんだよ。いずれ私が死ねば、次の司書が新たな信託になる。まあ、大した仕事なんぞありはしないよ。

小切手にサインすることすらほとんどないのだから」

図書館を経済的に支える信託の話もかなり興味深かったが、バージャー氏はそれよりも、登場人物たちの話を聞いてみたかった。

「登場人物の話に戻りますが、ここで暮らしているんですか？」

「ああ、まさしくそのとおり。説明したとおり、その時がくると本の外に出てくるんだよ。中にはやや戸惑う者もいるが、数日もすれば状況をよく理解して、落ち着くようになる。彼らが出てくると間もなく、茶色い紙に包まれ紐をかけられた、その本の初版本がここに届く。それを私が何ごともないよう、しっかりと書棚にしまう。本は登場人物たちの人生の物語なのだから、ちゃんと守ってやらなくてはな。中身には彼らの歴史が綴られているのだ」

「シリーズものの登場人物はどうなるんです？」バージャー氏が訊ねた。「たとえばシャーロック・ホームズですよ。もしかしたら、ここにいるんじゃないかと思ったのですが」

「ああ、もちろんだとも」ギデオン氏がうなずいた。「馴染んでくれるよう、小説どおり二二一Bという部屋番号にしたよ。すぐそばにはワトスン博士がお住まいだ。ふたりがあらわれた時には、正統な初版本が全冊この図書館に届いたはずだよ」

「つまり、コナン・ドイルの手によるものという意味ですか？」

「そうだよ。一九三〇年にコナン・ドイルが亡くなってからの出版物は、一冊も含まれていない。ここにいる有名な登場人物、すべてに同じことがいえる。作者が亡くなると登場人物たちの物語は、彼らにとっても、そしてこの図書館にとっても終わるのさ。他の作家が同じ登場人物を拝借した本は、数に入らないんだよ。そうでなければ、とても手に負えなくなってしまう。言うまでもないが、登場人物たちは作家が死ぬまで現れたりしない。作家の存命中は、まだ物語が変化する可能性があるわけだからね」

「あまりに奇怪で、うまく飲み込めませんね」バージャー氏が言った。

「お客人」ギデオン氏が言った。「そう思うのは君が最初ではないよ。私も最初にここに来たときには、まったく同じように感じたものさ」

「ここにはどのような経緯で来られたのです?」

「四八Bのバス停でハムレットに出くわしたのさ」ギデオン氏が答えた。「哀れなあの青年は、ずいぶん長いことバス停にいた。八台もバスを見送り、どれにも乗ろうとしないのだよ。まあ、それも当然の話さ。彼の性質を考えればね」

「それで、どうしたんです?」

「ハムレットに話しかけたんだよ。彼はやたら独白をするものだから、ずいぶん忍耐力を試されたがね。今にして思い返してみれば、四八Bのバス停に自分をハムレットだと思い込んでいるいかれた男がいると警察に通報しなかったというのは、まったく馬鹿げた話だよ。しかし私は昔からずっとシェイクスピアの愛好家でね、バス停の男を見てすっかり夢中になってしまったのさ。そして、男が話し終えるころには本物だと確信していた。そこで当時の司書の元で安全に匿ってもらえるよう、ここに連れ帰ってきたんだ。私の前任者であるその男は、ヘッドリーという老人だった。そして、私たちが今しているようにふたりで紅茶を飲んだのだが、それがすべての始まりだった。やがてヘッドリーが職を辞めると、私が後釜に座ったというわけさ。まあ、単純な話だよ」

バージャー氏にしてみれば、まったく単純な話などではなかった。宇宙規模で複雑な話にすら思えた。

「よろしければ――」バージャー氏は言いかけて、口をつぐんだ。自分があまりに奇抜な頼みごとをしようとしているのに気づき、そんなことをしていいものか分からなくなってしまったのだ。

「登場人物たちに会いたいのかね？」ギデオン氏が訊ねた。「いけない理由があるものかね！　だが、コートを着なさったほうがいい。奥はいささか冷えるのでね」

バージャー氏は言われたとおりにした。コートを着てギデオン氏の後に続いて書棚の前を歩きながら、背表紙に書かれたタイトルを眺めていく。本を手に取って眺め、猫のように撫《な》でてしまいたい衝動を抑える。なにせギデオン氏を信じるとするならば、バージャー氏は今から書物の世界と、遙かに衝撃的な遭遇を果たそうとしているのだ。

11

だがその文学の世界は、バージャー氏の期待よりもいささか退屈なものだった。登場人物たちはひとりひとり、それぞれの時代と性質を考慮して整えられた、小さいながらも清潔な部屋を与えられていた。ギデオン氏は、この居住区は作家やその作品の書かれた年代によって整理されているわけではなく、ディケンズ棟やシェイクスピア棟といったものは存在しないのだと説明した。

「過去にそうした試みがされたことはあるのだが、うまくいかなくてね」ギデオン氏は続けた。「いや、うまくいかないどころか、そのせいで深刻な問題がいくつももちあがったり、大喧嘩が起こったりもしたんだよ。登場人物たちは自分たちの居場所については実に優れた直感を持っているものでね、だから私はいつでも彼ら自身に部屋を選ばせるようにしているのさ」

ふたりは、コカインで朦朧としていると思しきシャーロック・ホームズの姿が見える二二一Bの前を通り過ぎた。すぐそばの部屋ではトム・ジョーンズがファニー・ヒルを相手に、口に出すのもはばかられるような行為に耽っているところだった。さらには陰鬱《いんうつ》な顔をしたヒースクリフや、首にロープの跡をつけたフェイギン（『オリヴァー・ツイスト』の登場人物）の姿も見えたが、他の登場人物たちはほとんどが、動物園にいる動物たちのようにうたた寝をしているところだった。

「みんな本当によく眠るんだよ」ギデオン氏が言った。「何年も、時には何十年も眠り続ける御仁もちらほら見かけたよ。みんな大して腹はすかんらしいが、退屈しのぎにものを食べることはある。思うに、習慣になっているせいだろうね。ワインは出さんようにしているよ。あの御仁たちは、飲むと喧嘩っ早くなるものだからな」

「しかし彼らは、自分たちが小説の登場人物だと自覚しているんですか？」バージャー氏は訊ねた。

「ああ、しているとも。とりわけ飲み込みが早いのも何人かいるが、みんな結局はひとり残らず、自分の人生は誰かの手により書かれたものであり、記憶も小説の中の作りごとなのだと受け入れられるようになる。さっきも話したとおり、歴史的人物の場合は、少々ややこしいのだがね」

「おや、ここに来るのは架空の人物だけだったはずでは？」バージャー氏は、怪訝《けげん》そうな顔をした。

「ルールとしてはそうなのだが、歴史的人物たちの中には、小説に書かれてこそ強烈な現実味を帯びて人々に読まれる者もいるものなんだよ。リチャード三世をごらん。世間のほとんどが知っているリチャード三世の姿は、シェイクスピアの戯曲とテューダー朝のプロパガンダによる産物だ。そうした意味で言うとするならば、リチャード三世は架空の人物なのだよ。我らがリチャード三世は、自分は実在したリチャード三世ではなく作られたリチャード三世なのだとよく理解しているよ。そして人々にとってリチャード三世といえば、後に作られたどんな贋物《にせもの》よりも、これが本物であると受け入れられるに至ったわけだ。だが彼は特例さ。人々がこのように認知する歴史的人物はごくごく稀《まれ》だが、これはまったく幸いなことさ。でなければここは、満員になってしまっているだろうかrな」

バージャー氏は目の前の司書に、図書館の大きさについて質問してみたいと思っていたが、今こそまさしく絶好の機会だった。

「この建物は、外からの見た目よりもかなり大きなように見えますが」思い切って、バージャー氏は切り出した。

「面白いことにだね」ギデオン氏が答えた。「建物の外見がどうかは、大した問題ではないらしいのさ。登場人物たちはここに来る際、自らの空間も一緒に運んでくるかのようなんだ。よく、そんなことがありえるのかと首をひねったものだが、やがて答えのようなものに私はたどり着いた。書店や図書館とはあらゆる世界を、あらゆる宇宙を、そして一冊一冊の本に綴じられている万物を宿すものだから、自然とそのような力を持つに至ったのだとね。だとすると図書館や書店というものはあまねく、実質的に無限の広さを持っていることになる。このキャクストンでは、それこそが合理的な結論であるとされているんだよ」

ふたりは、うるさいほどにごてごてと飾り付けのされた、陰鬱な雰囲気の部屋をふたつ通り過ぎた。片方の部屋で灰色がかった顔をした男が本を手に腰かけ、異様に長い爪でゆっくりとページを撫でているのが見えた。男は通り過ぎるふたりのほうを向き、口を開けて細長い犬歯を二本覗かせた。

「あれは伯爵さ」ギデオン氏は心もとなげに言った。「さっさと素通りしてしまったほうがいい」

「伯爵というのは、ドラキュラ伯爵ですか？」バージャー氏が息を呑んだ。思わず、まじまじと男を見る。伯爵の目の周りは縁取《ふちど》られたように赤く、どうしようもなく引き寄せられてしまう。バージャー氏が気づいたときには足が勝手に部屋に入ろうと進みだしており、伯爵が出迎えようと本をわきに置くのが見えた。

ギデオン氏がバージャー氏の右腕を摑み、廊下へと引き戻した。

「さっさと素通りしろと言ったろう。伯爵と過ごすなど、とんでもないことだ。何をするか分からない人物だよ。くだらぬ吸血鬼として暮らすのにはもう飽きたなどと言ってはいるが、信用などまったくできない男だ」

「部屋からは出られないんでしょう?」バージャー氏はもう、夜の散歩はやめたほうがいいのではないかと考え直しはじめていた。

「そのとおり。伯爵は特殊なケースでね。本を鉄格子の中に入れておくと、そこに出てくる登場人物たちも出てこられなくなるらしい」

「しかし中には外をうろつく者もいるわけですね」バージャー氏が訊ねた。「あなたはハムレットに、私はアンナ・カレーニナに出くわしたわけですから」

「そのとおりだが、滅多にないことさ。登場人物たちはほぼずっと、ぴくりとも動かないのだから。おそらくはまぶたを閉じ、本に書かれた自分の人生を、何度も何度も歩み直しているのではないかと思うよ。まあ、時には本気のブリッジ大会を開催することもあるし、クリスマスに行われる無言《パントマ》劇《イム》は、いつもそれはそれは楽しいものだがね」

「外をうろつく人々は、どうやって抜け出すんです?」

ギデオン氏は肩をすくめた。「分からないな。図書館はしっかり戸締まりしてあるし、私が留守にするなどほとんどないことだからね。今回は何日か休みを取って、ブートルに住む兄を訪ねてきたばかりだが、司書になってからというもの、すべて合わせたところで一ヶ月もここを留守にはしておらんよ。留守にする理由などないのだからね。ここなら読むべき本にはことかかないし、登場人物たちを話し相手にだってできる。この図書館の中には、まだ見ぬ世界がいくつも眠っているんだ」

やがて閉ざされた扉の前にたどり着くと、ギデオン氏はためらいがちにノックした。

「どなた？《ウイ》」女の声が返ってきた。フランス語だ。

「マダム、お客様をお連れしました」ギデオン氏が答えた。

「どうぞ《ビアン》。お入りになって」

ギデオン氏がドアを開くと、そこには列車に身投げするのをバージャー氏が目撃し、その後命を助けたはずだと思っている、あの女の姿があった。飾りの少ない黒いドレス——小説の中でキティを虜《とりこ》にした、まさにあのドレスであろう——を着て、癖毛《くせげ》は乱れるに任せ、すらりとした首元には真珠のネックレスをかけている。彼女が自分を見て驚いた顔をしているのに気づき、バージャー氏は、相手が自分の顔を思い出したのだと察した。

もうフランス語はすっかり錆びついてはいたものの、バージャー氏はなんとか少し思い出しながら口を開いた。

「マダム、私はバージャーと言います。またお目にかかれて光栄ですよ」

「とんでもない」アンナは、やや間をおいてから答えた。「嬉しいのは私のほうですわ、ムシュー・バージャー。さあ、どうぞおかけになって」

彼は席に着くと、丁寧に話を続けた。そして入念に言葉を選びながら、例の列車への飛び込みを目撃してしまい、あの光景が頭に取り憑いて離れてくれないのだと話して聞かせた。アンナはこれ以上ないほどに悲嘆に暮れた顔つきで、彼を悩ませてしまったことを心から詫びた。しかしバージャー氏は、それは大した問題ではないのだとぱたぱた手を振ってみせると、自分よりもあなたのことが心配なものだから、ひどく思い悩んでいたのだと告げた。そして、二度目の自殺現場に出くわしたときに――一度目で明らかに成功しているのに二度目というのが的を射ているとすればの話だが――どうしても止めなくてはと思ったのだと伝えた。

しばらく戸惑いがちに話しているうちに、だんだんとふたりの会話は打ち解けていった。知らぬ間にギデオン氏が紅茶とケーキを持ってきていたが、ふたりはほとんど気づきもしなかった。バージャー氏はいつしかずいぶんとフランス語を思い出していたが、図書館で本に囲まれていたアンナのほうも、実に英語が達者だった。ふたりは延々と、すっかり夜更けまで話し込んでしまい、時間に気づいたバージャー氏はそんな遅くまでアンナを煩《わずら》わせたことを詫びた。アンナは自分のほうこそ話ができて楽しかったと答えると、どうせ自分はあまり眠らないのだと付け足した。バージャー氏がアンナの手にキスをして暇乞《いとまご》いをし、明日また訪ねてもいいかと訊くと、アンナは楽しみに待っていると答えた。

フェイギンにあわや財布を盗まれかけたものの、図書館まで戻るのはたやすかった。この老盗賊は、ついつい手癖が働いてしまうのである。ギデオン氏の居室に戻ると、彼は肘掛け椅子にかけてうたた寝をしているところだった。そっと起こし、玄関から出られるよう鍵を開けてもらう。

「ご迷惑でなければですが」バージャー氏は、玄関前の階段で立ち止まった。「できることならぜひとも明日またここに来て、あなたと、そしてアンナさんとお話がしたいのですが」

「迷惑でなど、あるものかね」ギデオン氏が答えた。「窓をノックしなさい。私がいるはずだからね」

玄関が閉まると、バージャー氏は人生でかつて感じたこともないほどの困惑と興奮を胸に自宅へと引き返し、夢も見ることのない深い眠りについたのであった。

12

翌朝、顔を洗って朝食を済ませたバージャー氏は、また〈キャクストン私設図書館〉へと戻った。昨夜のケーキのお返しに近所のベーカリーで焼き立てのスコーンを買い、普段なら自分では読むことのないロシアの詩集の翻訳版を、アンナへのプレゼントにしようと荷物に入れた。誰にも見られていないのを確かめてから、バージャー氏は図書館に続く路地を進み、窓をノックした。ふと、彼に図書館の正体を見られたせいで面倒なことになりかねないと思ったギデオン氏が、ひと晩のうちに館内のものを何もかも——本も、登場人物も、何もかもを——運び去ってしまっているのではないかと不安になったが、ノックに答えて扉を開けてくれた老紳士は、このうえなく喜んでいる様子だった。

「お茶でもどうかね?」ギデオン氏が訊ねた。お茶なら朝食とともに済ませていたし、早くアンナに会いたくてそわそわしていたが、バージャー氏はうなずいた。ギデオン氏にも訊いてみたいことがいくつかあるし、特にアンナに関することは質問したい。

「アンナさんは、なぜあんなことをしたんでしょうね?」一緒に林檎《りんご》のスコーンを食べながら、バージャー氏は訊ねてみた。

「あんなこと?」ギデオン氏は首をかしげた。「ああ、列車に飛び込んだ話だね」ベストに落ちたスコーンのくずをつまみ上げ、自分の皿に載せる。

「まず言っておくが、アンナはそれを習慣としているわけではないんだよ」ギデオン氏が続けた。「私がここに来てから何年も経つが、その間せいぜい十回と少しといったところだね。確かに頻度が増してきているのは否めないところだし、私もなんとかしてやれないかと思って話をしてみたりもしたのだが、どうやら彼女自身、なぜ本の結末に描かれた瞬間を繰り返さなくてはいけないように感じるのか、分からないらしくてね。自らの運命を繰り返そうとする登場人物は他にもいて、たとえばトマス・ハーディの書いた人々などはそれに取り憑かれているとも言っていいのだが、己の最期を繰り返し続けているのはアンナだけだよ。この件について私には自分の考えしか教えることができないが、つまりこういうことだと思っている。アンナの名は小説のタイトルになっているが、その人生があまりに悲劇的で、運命は顔をそむけたくなるほど哀れなものだから、読者の心に焼き付くのみならず、彼女自身の中にも深くまざまざと刻み込まれてしまったのだよ。それが文章というものさ。本というものさ。本には力があるのだよ。今なら君にだってそれが分かるだろう。だからこそ私たちは、念には念を入れてすべての初版本を保管しているんだ。本に記された登場人物たちの運命は、永遠に変わらない。ここにある初版本と、時を同じくしてここに現れる登場人物たちの間には、結びつきがあるんだよ」

ギデオン氏は椅子にかけたまま身じろぎし、唇をきつく結んだ。

「バージャーさん、あなたに聞かせたい話があるんだ。まだ誰にも話したことはないのだがね。何年か前、ここが雨漏《あまも》りしたことがあったんだよ。大した雨漏りじゃないが、だからといっていいわけじゃない。そうだろう？　どんなに小さな雨漏りだろうと、ぽたりぽたりと何時間も続いているうちに大変な事態になりかねないのだからね。まさしく、私がこの雨漏りに気づいたのも、モアハムの映画館から帰ってきたときのことだった。それがあいにく出かける前に、『不思議の国のアリス』と『白鯨』の手稿本を出しっぱなしにしていってしまってね」

「『白鯨』ですって？」バージャー氏は目を丸くした。「まさか『白鯨』の手稿が現存しているだなんて」

「確かに、これは特殊な手稿だとも」ギデオン氏がうなずいた。「アメリカ版とイギリス版、ふたつの初版本の合間で、難解なことになってしまったものだからね。ハーパー＆ブラザーズ社から出たアメリカ版は手稿を元にして作られたが、一方、リチャード・ベントレー社から出たイギリス版はアメリカ版の校正刷りを元に作られた。そしてこのふたつの初版本を比べてみると、異なる記述が六百箇所も見つかるんだよ。しかし一八五一年、アメリカの出版社が契約に合意する前、メルヴィルは自費で校正を依頼した草稿を元にイギリス版の作業をしていたのだが、ここでさらに後半部分にいくつか書き加え、そのうえアメリカ版ではもう決定されていた部分に何箇所も手を入れているんだ。ならば、この図書館にはどちらの版を保管するべきだろうね？　オリジナルの原稿を元にしたアメリカ版か、それともオリジナルに手を加えて作られたイギリス版か。キャクストン信託はイギリス版を入手するよう決定し、念のためにオリジナルの原稿も手に入れることにした。そして、エイハブ船長がここにやってくると同時に、アメリカ版もイギリス版も一緒に届いたというわけなのさ」

「では、『不思議の国のアリス』の原稿はどうなんです？　確か大英博物館が所蔵していると記憶していますが」

「巧妙な策謀が行われた、というところさ」ギデオン氏が答えた。「君もご存じのとおり、ドジソン牧師がオリジナルとなる九十ページの原稿をアリス・リデルに贈ったわけだが、アリス・リデルは一九二六年に夫を亡くすと、一九二八年には相続税を支払うためにこれを売らなくてはいけなくなってしまった。原稿は最低価格四千ポンドで、サザビーズのオークションに出されることになった。無論価格はその四倍近くにまで跳ね上がり、最終的にはアメリカ人落札者の手に渡った。そこでキャクストン信託が介入し、同じような原稿を一部用意して、それをアメリカ合衆国に発送したわけだよ」

「つまり現在、大英博物館は偽物を所有していると？」

「偽物ではないが、オリジナルより後に書かれたものだよ。信託の職員から依頼を受け、ドジソンが直筆したものだ。当時のキャクストン信託は常に未来を見越していたが、私もその伝統を守りたいと思っている。だから、いずれ知れ渡りそうな本や架空の登場人物たちに、いつでも目を光らせているんだよ」

「なるほど、キャクストン信託はドジソンの手による『不思議の国のアリス』のオリジナル原稿を手に入れようと、心血を注いだわけですね。あれには有名な登場人物もたくさん出てきますし、挿絵だってありますからね。それは強烈な原稿でしょう」

「おっしゃるとおりだが、この話はどれも余談だよ。ともあれその二冊は、少々手をかけなくてはいけなかったんだよ。ポリエステルの小さな生地を使い、塵《ちり》や他の埃なんかをひとつ残らず丁寧に取り除くのさ。ところが図書館に帰ってきた私は、思わず悲鳴をあげそうになった。天井から落ちてきた水滴が、いくつか原稿に落ちているのを見つけたからだ。ほんの数滴だけだが、『白鯨』のインクが少しだけ滲《にじ》み出し、『不思議の国のアリス』の原稿にうつってしまっていた」

「それで、どうなったんです？」

「ある日、この世に存在するすべての『不思議の国のアリス』で、帽子屋《マッド・ハッター》のお茶会に鯨《くじら》が登場してしまったんだよ」ギデオン氏は、深刻な顔で言った。

「なんと。私の記憶にはありませんが」

「ああ、ないとも、誰も憶えていないとも。私ただひとりを除けばね。私は丸一日かけてそこの部分を少しずつ少しずつ拭き取り、メルヴィルのインクをすっかり綺麗にしたんだよ。物語はそうして元の姿に戻ったのだが、その一日だけはすべての『不思議の国のアリス』とすべての批評に、お茶会に登場した鯨のことが書かれることになったんだよ」

「なんということだ！　本を変えることができるというのですか？」

「この図書館が所蔵しているものについてはね。すると今度は、他の本すべてに同じ変化が起きるのさ。バージャーさん、このキャクストンはただの図書館ではない。原始図書館なのだよ。ここは貴重な書物を、そしてそこに登場する人物たちとの結びつきを集めた図書館なのさ。だからこそ、それはもう念入りに本を扱うのだよ。そうしなくてはいかんのだ。不変の本などというものは、一冊たりともありはしない。どんな本だろうとひとりひとりの読者は違った読みかたをし、どんな本だろうと読者に違った作用をするものだからだ。だが、ここにある本は特別さ。それを元にして、後の作品がすべて生まれたわけだからね。いいかね、バージャーさん。ここにいると、新発見のひとつもなく過ぎることなど一日たりともありはしない。それが真実だよ」

　だがバージャー氏は、もう話など聞いてはいなかった。彼はまた思い返していたのである。アンナと、列車が迫ってくるあの恐ろしい最期の瞬間を。彼女が味わう恐怖と苦痛を。そして、自らの名を冠した本が持つ力により、アンナがあの瞬間を繰り返すさだめに追い込まれてしまっていることを。

　だが、本の中身は変えることができるのだ。違う解釈をするだけではなく、実際に変容させることができるのだ。

運命は変わりえるのだ。

13

バージャー氏は、すぐには行動しなかった。自分を不実な輩《やから》だと思ったことなど一度たりともありはしない。彼は、ギデオン氏の信頼を得ようとするすべての行動は、あの老紳士とひとときを過ごす楽しみと、〈キャクストン私設図書館〉に抱く強烈な興味のためであると、自分に言い聞かせようとした。アンナ・カレーニナを、列車への飛び込み自殺という運命から救い出したいという欲望のせいだけではないのだと。

これには、少なからず真実が含まれていた。図書館や先任者らの歴史について情報の宝庫ともいえるギデオン氏とともに過ごすのは、実際に胸が躍った。それに本を愛してやまない者であれば、この図書館の目録を見て魅了されないはずがないし、本の山の中からは毎日新たな宝物がいくつも見つかるのだ。そうした発見の中には、登場人物との結びつきとは関係なく、純粋にその希少価値ゆえに収められているものもあった。たとえばジョン・ダン、アンドリュー・マーヴェル、エドマンド・スペンサーの詩作を含め、活字が誕生した当時に書かれた注釈付きの手稿本もあるし、シェイクスピアの最初の作品集である『ファースト・フォリオ』などは一冊どころか二冊も出てきたのである。そのうち一冊は国王一座の演出家であり、フォリオの推敲《すいこう》にも携わったとされるエドワード・ナイトその人のもので、こちらの一冊には彼の手書き文字で修正を加えた部分が残されていた。バージフォリオは印刷に回されてからも校正が続けられたので、一冊一冊それぞれ違うのである。バージャー氏はさらに他のものにも目を留めた。これはディケンズ本人が後に活かそうとして書いておいた、遺作『エドウィン・ドルードの謎』の未完部分に関するメモ書きではないだろうか。

このメモ書きは、蔵書からはずされた所蔵物の中からバージャー氏が見つけたものだが、そこにはF・スコット・フィッツジェラルドが書いた『華麗なるギャツビー』最終章の没原稿もあった。マートルを轢《ひ》き殺したのがデイジーではなく、ギャツビーになっている。バージャー氏はアンナ・カレーニナを訪れる道すがら、ギャツビーの姿をちらりと目にしたことがあった。この図書館の不思議な力のおかげか、ギャツビーが過ごす部屋の中にはプール付きの屋敷が建っていた。だが、しぼんで血の染み付いたマットが浮かんでいるせいで、プールにはいささか不穏な雰囲気が漂っているのだった。

好人物でありながらも何かに取り憑かれたかのようなギャツビーの姿を目にし、そのうえアンナと同じく主人公である彼の名を冠した本の新たな結末を発見したバージャー氏は、ふと考えた。結局は、悲劇の晩にデイジーが車を運転する結末が出版されたわけだが、フィッツジェラルドが逆に〈キャクストン私設図書館〉が所蔵している原稿のほうを出版していたら、いったい何が起こっていただろうか。そのせいで、ギャツビーの運命も変わっていたのだろうか？　いや、おそらくは変わるまい、とバージャー氏は胸の中で言った。プールには同じように血の染みたマットが浮かんでいただろう。ただし、ギャツビーの最期はさほど悲劇的にではなく、高潔さも欠いて描かれていたに違いない。

しかし、そうして結末とは変わりえるのだと考えたせいか、バージャー氏の中では、アンナの運命も変えられるのではないかという思いは強まっていた。そうして次第に彼はトルストイに関する書物が並んだあたりで長い時間を過ごすようになり、『アンナ・カレーニナ』の歴史に精通していったのだった。彼が調べたところによると、ドストエフスキーとナボコフに「非の打ち所がない」と言わしめたこの小説ですら、発表された当初にはあれこれと物議を醸《かも》したようだった。一八七三年に執筆が始まり、その後〈ロシア報知〉において連載が始まったのだが、物語の終盤を巡って編集上の議論となり、一八七八年に初めて書籍化されるまでは完成された作品として日の目を見ることがなかったのである。〈キャクストン私設図書館〉は連載版とロシア版の初版本を両方とも所蔵していたが、控えめに言ってもロシア語についてはろくな知識を持たないバージャー氏は、この本についてロシア語で書かれた記事を前に四苦八苦したところでしょうがないと考えた。そして蔵書の中で見つけた、一八八六年にニューヨークのトーマス・Y・クローウェル社から刊行された初の英語版ならば、自分の望みを満たしてくれるはずだろうと考えたのだった。

何週間が過ぎ、何ヶ月が過ぎても、バージャー氏は動かなかった。言語を問わず文学的偉業とされる作品に手を加えることも含む作戦を実行に移すのが恐ろしかったからというだけでなく、ギデオン氏が延々と図書館から出ようとしなかったからである。彼はまだバージャー氏に鍵を預けるほどには信頼しておらず、客人に注意深く目を光らせているのだった。一方、バージャー氏はアンナがだんだんと平静を失いつつあるのに気がついた。本や音楽の話をしたり、たまさかホイストやポーカーに興じたりしていても、いきなりぱっと遠い目になり、失った子供たちや恋人の名をぶつぶつとつぶやきはじめるのだ。それにバージャー氏の見る限り、あの鉄道の時刻表に不穏な関心を抱いてもいるようだ。

やがて運命は、バージャー氏が長らく待ち望んでいた機会をついに与えてくれた。ブートルに住むギデオン氏の兄が深刻な病にかかり、この世を去るのも時間の問題となったのである。ギデオン氏は最後にひと目兄に会いたいとなればすぐさま出発するしかなく、ろくに躊躇もせずに〈キャクストン私設図書館&書物保管庫〉の世話をバージャー氏に託した。彼はバージャー氏に鍵束と、非常時の際にかけるようブートルに住む義姉の電話番号を渡し、北へと向かうその晩の最終列車を捕まえるために慌ただしく出発したのだった。

初めて図書館でひとりきりになったバージャー氏は、ギデオン氏から呼び出されて荷造りしてきたスーツケースを開いた。中からブランデーのボトルを一本と、最愛の万年筆を取り出す。そして大きなグラス——おそらく、やや必要以上に大きすぎる——にブランデーを注ぎ、書棚からクローウェル社版の『アンナ・カレーニナ』を手に取る。彼はそれをギデオン氏の机に置くと、目当ての箇所を開いた。ブランデーを一口飲み、また一口飲み、さらにもう一口飲む。なにせ十九世紀に書かれた文学の至宝に手を加えようというのだから、強い酒の力を借りなくてはいけない。

グラスに目をやる。もうほとんど空になっている。バージャー氏は酒を注ぎ足し自らを奮い立たせるためにぐびりとやると、万年筆のキャップを取った。文学の神に胸の中で謝罪の祈りをあげ、素早くペンを走らせて段落をひとつ消した。

これで終わった。

またブランデーをグラスに注いだ。思っていたよりも簡単だった。クローウェル社版のインクが乾くのを待ってから、また本を書棚に戻した。もう、ほろ酔いとは言えないほどに酒が回っていた。机に戻りかけたところで、別の本が目に留まった。トーマス・ハーディの『テス』。一八九一年にロンドンのオスグッド・マッキルヴェイン社から出た初版本である。

『テス』の結末が、バージャー氏は昔からずっと嫌いでたまらなかった。

そうとも、と彼は胸の中で言った。始めてしまったからには、とことんやるしかないではないか。

バージャー氏は書棚から本を引き抜いて小脇に抱え、すぐにいそいそと、五十八章と五十九章の改変に取り掛かった。そしてひと晩じゅう万年筆を走らせ続け、やがて眠りに落ちてしまうころにはボトルはすっかり空になり、本の山に囲まれていた。

いつの間にかバージャー氏は、すっかり無我夢中になっていたのだった。

14

〈キャクストン私設図書館&書物保管庫〉の歴史において、バージャー氏が小説や戯曲の傑作を〝改良〟してからの短期間は「混乱期」として記憶され、このような試みは通常行うべきではないとする教訓とされるようになった。

最初にギデオン氏がなにかおかしいと感じたのは、兄が奇跡的回復を遂げて医師を訴えてやると言い出すほどに元気を取り戻したので午後早くの列車で帰ろうと、リヴァプール・プレイハウスという劇場の前を通りかかった時のことだった。劇場では『マクベスの喜劇』なる演目が公開されている。彼は思わず二度見すると、あわてて手近な書店を探した。そこで見つかったのは、はてさて『マクベスの喜劇』という一冊であった。「暴力と不謹慎なユーモアとが混在する、シェイクスピア晩年の最大の問題作。さながら大昔のお色気コメディである」と、批判的な書評が付けられている。

「大変だ」ギデオン氏は、思わず声に出した。「あの男、いったい何をしたというのだ？　いやいや、他に何をしでかしたのだ？」

ギデオン氏は、バージャー氏が真剣に語っていたのはどんな小説や戯曲だっただろうかと、しばし必死に考えた。そして『二都物語』の最後でいつも泣かされてしまうのだとバージャー氏が不満を漏らしていたのを思い出した。問題の本を調べてみると小説の最後では、シドニー・カートンが紅はこべ団の操る飛行船によってギロチンから救出される展開になっており、バロネス・オルツィが後に執筆した小説シリーズに影響を与えたと脚注が付けられていた。

「なんということだ」ギデオン氏は声を漏らした。

ハーディも同様であった。

『テス』の最後では、エンジェル・クレアと破壊工作のエキスパートたちの助けでテスが脱獄しているし、『カスターブリッジの市長』ではマイケル・ヘンチャードが、結婚したばかりの義理の娘の近所でバラに囲まれた家に住み、ゴシキヒワを育てている。『日陰者ジュード』の結末では、アラベラの手から逃れてジュード・フォーリーが生き延び、凍てつく寒さのなか決死の覚悟でスーの元を訪れ、ふたりは駆け落ちしてイーストボーンで幸せに暮らしている。

「これはひどい」トマス・ハーディの作品についてはバージャー氏版の結末のほうが好みであるのは認めざるをえなかったが、ギデオン氏は顔をしかめた。

そして、最後に『アンナ・カレーニナ』を手に取った。他のものに比べて改変が分かりづらく、どこが変わっているのか見つけ出すのにやや手間取った。下手な修正の代わりに、削除された箇所があったのだ。言語道断であるのに変わりはないものの、ギデオン氏にはこのように手を加えたバージャー氏の気持ちも理解できた。もし自ら世話をしている登場人物たちの誰かに似たような感情を抱いたとしたなら、自分も同じように手を加えてしまえと思い切るかもしれない。心無い著者たちの下した決断により苦しみ続ける登場人物たちを、たくさん目の当たりにしてきた。ハーディは中でもひどかったが、自分にとって第一の使命とは今までも、そしてこれからもずっと、本を守ることなのである。バージャー氏がいかに己の行いが正しいと信じていたとしても、これは正さなくてはいけない。

ギデオン氏は『アンナ・カレーニナ』を書棚に戻し、駅に向かった。

15

目が覚めると、バージャー氏は最悪の二日酔いだった。今どこにいるのかもしばらく思い出せず、自分が何をしたかなど頭から抜け落ちてしまっていた。口はからからで頭はがんがんし、ギデオン氏の机で眠ってしまったせいで、首も背中も痛む。自力で紅茶とトーストを用意してなんとかほとんど残さず胃袋に収めると、恐怖に震えながら、昨夜自分が蹂躙《じゅうりん》してしまった初版本の山を見つめた。すべてに手を入れたわけではないのは、うっすらと憶えている。書き換えた本を一冊残らず思い出すことができたら奇跡というものだが、楽しげに鼻歌を口ずさみながら何冊か棚に戻しにいったのは、ぼんやりとだが憶えている。強烈な吐き気と後悔の念に駆られ、また眠ってしまおうかと考える。だが彼は、ソファの上で体を丸めた。ふたたびまぶたを開いたときには自分が手を加えた本がどれも勝手に元通りになっており、強烈な頭痛も楽になってくれていますようにと祈りながら。ただし、書き換えたことをまだ後悔していない本が一冊だけあった。それは、『アンナ・カレーニナ』だった。この本にペンを走らせたのは、純然たる愛ゆえの行為だったのである。

やがてなんとか意識を取り戻してみると、ギデオン氏が怒りと失望の入り混じった、哀れみなど微塵も感じさせない顔をして、自分を見下ろしているのが見えた。

「バージャーさん、話し合わなくてはいかん」ギデオン氏が言った。「だがその様子では、まずさっぱりしてからにしたほうがよさそうだな」

バージャー氏はバスルームに行き、冷たい水で顔と上半身を洗った。歯を磨き、髪をとかし、できるだけ見苦しくないよう身なりを整える。なんだか少し、絞首台の死刑執行人に好印象を与えようとしている死刑囚のような気持ちだ。応接間に戻ってみると、コーヒーの沸く鮮烈な匂いがした。確かに今の事態を考えれば、紅茶では十分とは言いがたい。席に着くと向かいのギデオン氏は、今や他の感情などどちらりとも混じらない怒りだけを顔に浮かべ、書き換えられた初版本を調べているところだった。

「破壊行為も同然だ！」彼が叫んだ。「自分が何をしでかしたか、分かっているのかね？　君は文学の世界をぶち壊し、我々が守る登場人物たちの歴史を変えてしまったばかりか、この図書館の蔵書を傷ものにしてしまったんだぞ。自らを愛書家とする者に、なぜこんなことができるというのかね？」

バージャー氏はとても、司書と目を合わせられなかった。

「アンナのためにしたんです。あんなふうに苦しむ彼女を見ているなんて、とても耐えられなかったものですから」

「では他の作品はどうなんだね？」ギデオン氏が詰め寄った。「ジュードや、テスや、それにシドニー・カートンはどうなんだ？　そのうえ、あのマクベスはどうなのかね？」

「彼らも可哀想に思ったんです」バージャー氏は答えた。「しかし著者だっていつか自分の書いた登場人物たちが、押し付けられたままの記憶も経験も持ってこの世界で実体を持つのだと知ったなら、彼らのたどる運命の結末をもう少し考えたんじゃありませんかね？　じゃなきゃ、そんなものはサディズムに等しい蛮行《ばんこう》ですよ！」

「しかし、文学とはそういうものではない」ギデオン氏は首を横に振った。「いや、この世界すら違う。本とは書かれれば、もうそれまでなのだ。今になって君や私が書き換えていいものではないんだよ。ここにいる登場人物たちが力を持っているのは、著者が書いた彼らの人生があってこそなのだ。結末を書き加えることで、君は文学の殿堂における彼らの立場を……、さらに言うなれば、この世界における彼らの存在すらも脅《おびや》かしたのだよ。彼らの住む居住棟に行ってみて、十数部屋も空室が見つかり、部屋の主が跡形もなく消えてしまっていたとしても、私は驚かんよ」

バージャー氏は、そこまで考えたことがなかった。想像して、さらに具合が悪くなってくる。

「申し訳ない」彼が口を開いた。「本当に、本当に申し訳なかった。何かできることはありませんか?」

ギデオン氏は机を立つと、部屋の隅に置かれた大きな戸棚を開けた。修復士用の道具箱を取り出す。接着剤と糸、テープ、重り、装丁用の布を数ロール、針、ブラシ、そして千枚通しなどがしまわれた箱である。彼はそれを机に置くと液体が入った小さなガラス瓶を何本もそこに加え、腕まくりした。ランプをつけ、自分のとなりにバージャー氏を呼び寄せる。

「塩酸、クエン酸、シュウ酸、それから酒石酸《しゅせきさん》だよ」と、一本一本ガラス瓶を指先でこつこつと叩いていく。

そして最初を除く三本に入った液体を慎重にボウルで混ぜ合わせると、バージャー氏が『テス』に書き足したインクにそれを塗るよう指示を出した。

「この液体は、印刷されたインクだけを残し、他のインクを消し去ってくれるんだよ」ギデオン氏が言った。「慎重に、じっくり時間をかけなさい。塗ったら何分か放置してから拭《ぬぐ》い取り、自然乾燥させるんだ。インクがすっかり消えるまで、それを繰り返すんだよ。さあ始めよう、作業には何時間もかかるんだからね」

復旧作業は夜を徹して続き、翌朝に突入した。疲労困憊《こんぱい》したふたりは何時間かの睡眠をとることを余儀なくされたが、それでも午後早くにはそろって作業に戻った。夜更けには、深刻な状態だった部分を元通りに直し終えた。バージャー氏は、酔っ払って書棚に戻した本のタイトルも、一冊だけを残して思い出せていた。その一冊とは『ハムレット』で、せいぜい一幕の第四場と第五場にてハムレットの独白をいくつか削除し、少々短くした程度であった。結果、第四場はハムレットが十二時の鐘が鳴ったと言い、父の亡霊が現れるところから始まっていた。しかし第五場の中ほどではんの些細なやり取りがなされたかと思うと、もう朝になってしまうのだ。数十年後、後の司書の女性がバージャー氏による削除部分に気づいたが、そのままでいいと判断した。彼女もまた、『ハムレット』は長すぎると感じていたのである。

ふたりは居住棟に出かけ、登場人物たちの様子を確認した。全員おかしなところもなくちゃんと揃っていたものの、マクベスだけは以前よりも快活で、その後もずっと変わることがなかった。

復旧されていない本はあと一冊、『アンナ・カレーニナ』のみだった。

「どうしてもやらなくてはいけませんか?」バージャー氏は身を乗り出した。「そうだとおっしゃるならあなたの決断を受け入れますが、私には、アンナは他の面々とは違うように思えるんです。他の登場人物たちは、彼女のような行為をするほど取り憑かれたりしていない。絶望のあまり何度も何度も自分を忘却の彼方へと消し去ろうなんてしていない。私は手を加えはしましたが、小説の結末を根っこから変えてしまったわけじゃなく、ほんの少々ぼかしただけです。そのほんの少々こそ、彼女に必要なすべてなんですよ」

ギデオン氏は、じっと本を見つめて考え込んだ。確かに自分は司書だし、〈キャクストン私設図書館&書物保管庫〉に保管されている蔵書の管理人ではあるが、一方では、その蔵書に描かれた登場人物たちの保護者でもあるのだ。彼らに対しても、そして本に対しても責任がある。どちらかを優先すべきなのだろうか？　彼は、バージャー氏の言葉を反芻《はんすう》した。もしもトルストイが、己の文学的才能によってアンナが自殺の化身となってしまうと知っていたとすれば、きっとわずかでも作品を改変して、彼女に平穏を与えようとしたのではないだろうか？

それに、トルストイが書いた結末が不完全であるのは、いずれにせよ真実なのではないだろうか？　我々をアンナの死の余韻に浸らせるよりも、信仰に目覚めるリョーヴィンや、セルビアを支持するコズヌイシェフや、スラヴ人の信念に心を重ねていくヴロンスキーのことなどを、むしろ集中的に書いているのである。ヴロンスキーの性悪な母親には、アンナの死について「あの女の死は悪女の、宗教を持たない女の死だわ」とまで言わせている。アンナには、もっと美しい姿で読者の記憶に残るだけの権利があるはずだ。

バージャー氏が削除したのは第三十一章の最後、シンプルな四行のみである。

小柄な農夫はぶつぶつ言うのをやめて、ぼろぼろの亡骸《なきがら》のそばにひざまずいた。彼女の魂に小声で祈りを捧げたが、線路に倒れたのがただの偶然であったとしたら、彼女は祈りなど何も必要とせず、今ごろは神の御許《みもと》にいるだろう。ただの偶然ではなかったら、祈りなど彼女になんの意味もありはしない。それでも彼は祈りを捧げたのだった。

ギデオン氏は、その前の段落を読んでみた。

アンナが恐怖と欺瞞、苦悩、そして悪に満ちたあの本を読むのに使ったロウソクが見たこともないほど明るく燃え上がり、目の前の暗闇に包まれていたものをすべて彼女の前にさらけ出すと、ゆらゆらと揺れながら弱まっていき、やがて永遠に消えてしまったのだった。

なるほどな、とギデオン氏は胸の中で言った。第三十一章はこのようにさりげなく終わってもいいだろうし、そうすればアンナにも平穏が訪れるだろう。

バージャー氏の改変を残すことを受け入れ、彼は本を閉じた。

「このままにしておこう、どうかね？　さあ、これを棚に戻してきてくれ」

バージャー氏はうやうやしく本を受け取り、そっと、愛おしげに元の場所に戻した。最後にもう一度だけアンナの元を訪れたかったが、そんな許しをギデオン氏に乞うのは間違いであるように思えた。彼女のためにできることをすべてした今、それで救えたと祈るしかないのである。彼はギデオン氏の居間に引き返し、〈キャクストン私設図書館〉の鍵を机の上に置いた。

「さようなら」と声をかける。「そして、ありがとうございました」

ギデオン氏はうなずいたが、何も答えなかった。バージャー氏は図書館を立ち去り、二度と振り返らなかった。

16

それから数週間、バージャー氏は〈キャクストン私設図書館〉を、ギデオン氏を、そして何よりもアンナを思いながら過ごし続けたが、路地に戻ることはせず、あのあたりを散歩するのも意図的に避け続けていた。本を手に、またあの線路沿いをそぞろ歩く。毎晩、最終列車が通るのを待った。そして最終列車は何ごともなく走り抜けていくのであった。アンナはもう苦悩から解放されたのだ、とバージャー氏は確信した。

夏が近づいてきたある午後、彼の玄関を誰かがノックした。ドアを開けてみると、戸口にはギデオン氏が立っていた。スーツケースをふたつわきに置き、庭門にタクシーを待たせている。バージャー氏は驚きつつも、中に招き入れようとしたが、ギデオン氏は首を横に振った。

「町を出ることにしたんだよ」彼が言った。「もう疲れたし、昔のような活力も残っちゃいない。引退して、キャクストンを他の誰かの手に託す時がきたのさ。君がアンナをつけて図書館に姿を現したあの最初の晩に、もしやと思ったんだ。あの図書館はいつでも新たな司書を見つけ出し、戸口まで導いてくるからね。君が本を書き換えた時には私の思い違いだったかとも考え、諦めて次の司書が来るまで待とうとも思ったんだが、徐々に、君こそがその司書に違いないと分かってきたんだよ。君が犯した唯一の過ちは、登場人物を愛しすぎてしまったことさ。おかげで君は、正しい動機で間違った行いをしてしまった。そして私たちはふたりとも、その事故から教訓を学んだのだろうさ。君が世話をしてくれるのなら、キャクストンも、あそこの登場人物たちも、次の司書が来るまで間違いなく平穏無事だ。君が知っておくべきあれこれと、何かわからないことがあってはいけないから私の電話番号を書いて、あそこに置いてきたが、君ならまあ大丈夫だろう」

ギデオン氏は、大きな鍵束を差し出した。バージャー氏はやや躊躇してからそれを受け取った。ギデオン氏は、図書館と登場人物たちを新たな司書の手にゆだねると、こらえきれずに涙を流した。

「やれやれ、図書館も彼らも、きっとひどく恋しくなる」

「いつでも訪ねてきてください」バージャー氏が言った。

「ああ、きっとそうさせてもらうとも」ギデオン氏はそう答えたが、二度と姿を見せることはなかった。

握手を交わし、ギデオン氏は出発した。それっきりふたりが会うことも、言葉を交わすことも、もう二度となかった。

17

〈キャクストン私設図書館&書物保管庫〉は、もうグロッサムにはない。二十一世紀の初めに町が住宅開発業者の目に留まり、図書館のとなりに広がる土地に、住宅と現代的なショッピング・モールが建つことになったのである。路地の突き当たりに建つ奇妙な建物についてもあれこれ議論が交わされはじめたわけだが、ある夜、正体不明の男たちが運転する正体不明のトラックが大挙して押し寄せ、もののひと晩のうちに〈キャクストン私設図書館&書物保管庫〉のすべてを――本も、登場人物も、何もかもを――ひとつ残らず運び去り、海からは遠くないが大都市からも線路からも離れている新たな建物に移し替えてしまったのだった。司書は年老いてはいるが背筋のしゃんとした老人で、夜にはテリヤ犬を連れて浜辺を散歩するのを好んだが、天気のいい日には、長い黒髪を持つ色白の美しい女がそれに付き添った。

夏が秋にうつろいはじめたある夜、〈キャクストン私設図書館&書物保管庫〉の玄関にノックの音が響いた。司書が扉を開けてみると、戸口には若い女性が立っていた。『虚栄の市』を一冊、手に持っている。

「失礼します」女性が口を開いた。「妙な話と思われるでしょうけれど、ついさっき浜辺で、ロビンソン・クルーソーそっくりな殿方が貝殻拾いをしているのを見かけたんです。その貝殻を持ってこちらに来られたと思うのです、この……」彼女は、右手にある小さな真鍮《しんちゅう》のプレートを見つめた。

「ここは図書館なのですか?」

バージャー氏は扉を大きく開け、女性を招いた。

「どうぞ中へ。こちらこそ妙な話をすると思われるでしょうが、私がお待ちしていたのはきっとあなたです……」

虚《うつ》ろな王（『失われたものたちの本』の世界から）

むかしむかし、はるか彼方の異世界に、それはそれは深く敬われる国王と王妃が住んでいました。知恵と慈しみで国を治め、互いを深く思いやるその姿が、人々から愛されていたのです。国王は見目麗しく、王妃はとても美しく、ふたりの暮らしに落ちる影といえば、子宝に恵まれぬことだけ。しかしふたりはその代わりに互いを心から愛し、身も心もその愛に捧げているのでした。

長らく平和な日々が続いていたある日のこと、北方より恐ろしい噂が聞こえてきました。深い霧が農場も村も町もまるごと飲み込みながら、どんどん国に広がっているというのです。その霧に触れたものは何ひとつ生き残れず、霧に飲まれれば二度と出て来られません。霧を恐れた人々は我先にと逃げ出し、まるで滝の流れのように海辺の要塞へと押しかけたのですが、たどり着いてみればそこも安全とはいえず、気づけばすぐそこにまで霧が押し寄せてきているのでした。霧の中に、奇妙な獣《けだもの》たちの姿が見えたと、国王にも報《しら》せが届きました。腹に牙の生えた怪物や、蛇の体を持つ女や、地を駆けるドラゴンの背にまたがった双頭の男たちを見たという人々が、次々と現れたのです。

国王はそれを聞き、恐れました。そして近づく霧への警戒をより強めようと国の北端に斥候を送ったのですが、ひとりとして戻ってくるものはありませんでした。そして間もなく、海辺に建つ王城の胸壁から、遠くの森を飲み込みはじめる灰色の巻きひげが国王にも見えたかと思うと、ものの数時間のうちに王国は霧に包まれて見えなくなってしまったのです。他の陸地に逃げようと船を漕ぎ出す者もいましたが、霧は海にまで流れ出しました。そして誰ひとりとして逃げ切ることもかなわず、人知れず死んでしまったのでした。

しかし不気味な霧は王城にまでは押し寄せてこず、城壁と森の間に広がる平原は晴れ渡ったままでした。霧の侵攻が止まっても、人々は安心などできませんでした。というのも白い霧の中からはひっきりなしに、何もののものとも知れぬ金切り声や咆哮《ほうこう》が、そして城壁の中に逃げ込むことができず霧に飲まれた人々の悲鳴が響いてきていたからです。国王は自分の名を呼び救いを求める人々の悲鳴に耳をそばだてました。悲鳴は苦しみが増すとともにどんどん大きくなり、やがて死が訪れると、ひとつまたひとつと消えていくのでした。

国王には、もうとても耐えられませんでした。そして騎士団と兵隊を呼び寄せ、城壁の中にいる戦える者たちに装備を整えさせると、戦いに打って出ることにしたのです。王妃は止めるどころか、許してもらえるならば自分もともに行きたい思いでしたが、国王は、後に残った者たちの世話をし留守を守ってくれるよう、王妃に告げたのでした。王妃は国王に口づけをして、言いました。

「あなたがお戻りになるまで決して休みません。あなたが泣かないのなら、私も泣きません。あなたのために悲しみの涙を流すことはないと、信じています」

王妃はいちばん高い胸壁から、軍を率いて霧に入っていく国王を見送りました。そして霧は何千という兵隊を丸呑みにしてしまったのでした。

それから何日かの間は彼方から戦いの騒音や、号令のトランペットや、武器がぶつかり合う音が響いてきましたが、やがてすっかり何も聞こえなくなってひと月と一日が過ぎると、ようやく霧が引きはじめました。霧の晴れた森から馬にまたがった兵士がひとり駆け出してきたので王妃が目を凝《こ》らしてみると、最愛の国王が近づいてくるのが見えました。国王を迎えるため、城門が開かれました。人々は大喜びで喝采を浴びせましたが、国王の顔はやつれ果て、青ざめてしまっていました。かつての国王とは見ちがえるほどでしたし、彼を乗せた馬もガリガリに痩せこけ、肉は焼け焦げて引き裂かれ、狂気と恐怖のあまりに目玉が今にも飛び出しかけているのでした。国王が鞍《くら》から助けおろされるやいなや、哀れにも馬は死に、どうと地面に倒れてしまいました。

王妃は国王を部屋に連れていき、ぼろぼろになった血まみれの鎧《よろい》を脱がせました。そしてあちこちにできた傷口をお湯で洗ってあげたのですが、目の前に裸で立つ弱々しい国王の姿を見て、涙のしずくをひとつ流したのでした。国王が王妃の頬に口づけをしてその涙を飲み干すと、その瞳にかつての光のようなものが灯りました。その瞬間から国王は力をつけて以前のように戻りはじめたのですが、あたかも戦《いくさ》のあとに訪れた静寂に取り憑かれて言葉が喋れなくなってしまったかのように、何も話さなくなってしまったのでした。前と同じように国を治めはしたものの、身振り手振りや文字を使ってものごとを人に伝え、夜になると王妃の部屋で、王妃とともに眠りについたのです。

しかし、まだ霧は消えておらず、ただ国境ぎりぎりまで退《しりぞ》いただけでした。王妃は骨に染みるようなその冷気を感じ、ぼんやりとした霧の姿が視界の端に見えているのでした。

帰還から一年後、国王はいちばん強い軍馬にまたがり、鎧姿でお城の庭に姿を現しました。王妃はどこに行くのかと訊ねましたが、北を指差す国王を見て、あの霧のところに戻るのだと悟りました。そして今度はなぜ戻るのかと訊ねたのですが、国王はただ首をふるばかりでしたので、もう一度言いました。「あなたがお戻りになるまで決して休みません。あなたが泣かないのなら、私も泣きません。あなたのために悲しみの涙を流すことはないと、信じています」

今度は、ひと晩明けて国王が戻ってきました。またしてもがりがりに痩せこけて影を背負っており、軍馬は何があったのか狂気に駆られていました。王妃はまたひとつぶ涙を流し、国王がそれを口づけでぬぐい、また前と同じことを繰り返しました。

同じことが、九年間にわたって続きました。毎年一度国王は出かけ、毎年帰還し、毎年王妃は涙を流したのです。国はまた大いに栄え、商人たちは霧の向こうの国々からもやってくるようになりました。しかし霧の立ち込める、物音ひとつ漏《も》れてこない大森林は避けてくるのでした。鳥たちも霧を抜けて飛ぼうとはしませんでしたし、霧の中から鹿が出てくることもありませんでしたし、霧の中を探ってやろうという愚か者は、一度入っていったっきり二度と出てはきませんでした。

十年目を迎えると王妃はなにが起きているのか知りたい気持ちをどうにも抑えることができなくなり、もっとも深い信頼を置く屈強な家来を呼ぶと、できることなら霧を恐れず国王を追っていくよう頼みました。家来を守るため、王妃は自分の持っているいちばん強いお守りを渡しました。王妃が産み落としたたったひとりの子供、産まれてきた時にはすでに息絶えていた娘の血が入った小瓶です。

家来は言いつけどおり、国王のあとを追いました。国王は振り向くことなく馬を走らせ続け、間もなく大森林にたどり着きました。森を包み込む霧を目にして家来は心が凍りつくようでしたが、王妃を心から愛している家来にはお城に引き返して、最初の障害で引き返してきましたなどと伝えることは、恥ずかしくてとてもできませんでした。霧の壁が分かれて国王を迎え入れ、また閉じました。

家来は死んだ子供の血が入った小瓶の口を開けると、王妃に教えられたとおり、自分のひたいと馬の眉《まゆ》に少しだけ中身を塗りつけました。すると家来と馬の姿はすぐさま見えなくなってしまいました。家来と馬は肌に血を垂らしながら、霧の中へと進んでいきました。

森の木々は一本残らず枯れて枝はどれも裸で、幹は灰色に変わり果てており、まるで霧そのもののように形を失ってしまったように見えました。やがて家来は、人骨が地面に散らばり雪のように分厚く積もっているのに出くわしました。進んでいるうちに、裂けた木の幹に槍《やり》で串刺しにされた双頭の巨人の死骸や、背中に斧《おの》が刺さった、女の胴体と蜘蛛《くも》の脚を持つ怪物のしおれた骸《むくろ》を通り過ぎました。

とりわけ恐ろしかったのは、人間のような姿をしたものが木々にぶら下がっていることでした。最初は気まぐれな影がそう見えるのかと思ったのですが、そばに寄ってみると、まだ命があったころに知っていた人々——騎士や、その従者や、兵士たちです——が干からびて皺《しわ》くちゃになった顔で、木々に磔《はりつけ》にされているのだと分かったのです。

しかし、命あるものの姿はおろか、物音ひとつ聞こえてはきません。

†

やがて家来が野原に出ると、そのまん中に国王の姿が見えました。野原の霧は他のところよりも薄かったのですが、家来はその中にいくつもの人影が浮かんだり消えたりするのが見える気がしました。それにそこかしこから、囁《ささや》き声が聞こえてきます。

「**虚《うつ》ろな王、万歳！**」

国王は馬をおり、プラタナスの太い木の枝からぶら下がる男の亡骸《なきがら》に向かって歩きだしました。皮膚はすべて剝《は》がされ、あらわになった肉がゆっくりと朽ち、胸に空いた穴から何本もあばら骨が見えていました。身分の手がかりといえば、頭にかぶった豪華なかぶとだけでした。王家の紋章があしらわれているのです。

家来が見守る前で地面の国王はブーツを脱ぎ、服を脱ぎ、そしてなんと皮膚とその下の肉まで脱ぎ去ってしまいました。ふたつに割れた皮膚と肉が、まるで蛇の皮のようにずるずると落ちていきます。野原に立っているのは、もはや国王などではありませんでした。みすぼらしいよじれた体とゆがんだ頭、鼻《ま》は人間の鼻というよりも、まるでカラスのくちばしのよう。

この怪人を目の当たりにするのなど初めてでしたが、家来には名前がすぐに分かりました。この国の人ならば、誰でもねじくれ男の物語を聞いたことくらいはあるのです。ある者は、ねじくれ男は太古の凶暴な神と人間の女の間に産まれたものの、子宮を引き裂き、母親を殺して産まれてきたと言います。またある者は、そんな話はでたらめで、ねじくれ男は世界の邪悪なものとともに誕生したのだと言います。これまでも、そしてこれからもずっと邪悪なのだと、誰もがひそひそと囁くのです。とにもかくにも人々がねじくれ男について確かに知っているのは、命あるものたちになした害悪と、自分の楽しみのため人々に与えた苦しみだけなのです。

ねじくれ男のとなりでこの変わり身を見た馬が、怯えおののいていななきました。生きものとはみな捕食者を恐れるものですが、ねじくれ男は最悪の捕食者なのです。木につながれて逃げることもできないので、馬はなおさら恐怖しました。ねじくれ男は馬など気にもとめませんでしたが、このいななきは、家来がまたがる馬のおびえを隠してくれました。ねじくれ男は世界じゅうの邪悪さを秘めた黒い両目をきらめかせながら、ぶら下がる男の前で深々と頭を下げ、口を開きました。

「陛下。なんともまあ、美味《うま》そうなお姿になられたものだ！」

そして腐りかけの亡骸から肉をひときれむしりとり、口の中に詰め込んだのです。

「やれやれ……」死肉を嚙みながら、ねじくれ男が言いました。「その見た目ほど味も上等ならいいのだがな。そして陛下のお妃も、ひとしずくよりずっと多く涙を落としてくれさえしたら……」

肉を食らいながら、ねじくれ男は話し続けました。

一年に涙ひとしずく
このひと口は我が装い
肉は壁となり
血は堀となる
すべては愛らしいお妃を手に入れるため
すべては虚ろな王の力を生きながらえさせるため

肉をすっかり飲み込んでしまうと、ねじくれ男の肉体を新しい肉体が包み込みはじめました。血と骨ができ、筋肉と脂肪がつき、そしてついに皮膚が育ち、ねじくれ男はふたたび、国王そっくりの姿になってしまったのです。そして力を使い果たしたねじくれ男は地面に倒れ込み、深い深い眠りに落ちていったのでした。

家来はもう、何を見聞きする必要もありはしません。馬の向きを変えると、お城に向けて駆けていきました。

†

家来を迎えるため城門が開いたとき王妃は眠っていたのですが、帰還したらすぐ起こすよう言いつけてありました。家来は王妃の部屋を訪れてふたりきりになり、自分が目にした光景をすっかり話して聞かせました。王妃は話し終えた彼に、誰とも話をせずに控えの間で自分を待つように伝えました。そして窓辺に行って静かに立ち尽くすと、やがて朝になり、馬にまたがった人影が遠くに見えるまで待ち続けたのでした。それから家来を自分の元に呼び寄せました。家来が目の前にひざまずくと、王妃は袖の中に隠しておいたナイフを取り出し、家来の右耳にそれを突き立ててひと息に殺してしまいました。そして自分のドレスを引き裂き、助けてくれと悲鳴をあげて衛兵を呼び寄せ、家来が襲いかかってきたのだと叫んだのです。

虚ろな王は、みるみるお城に近づいてきます。

†

確かに言えることがあります。世の中には真の悲しみよりも偽りの希望を選ぶ人がいるのです。本物の孤独よりも、見せかけの愛を抱く人がいるのです。王妃ももしかしたらそのような人だったのかもしれませんが、大いなる悲しみがどのような狂気に人を駆り立てるのかを知っている人も、どんなことで心が壊れてしまうのかすべて知り尽くしている人も、いはしないものでしょう？

虚ろな王が帰還すると、王妃は手を取って自分の部屋に連れていき、ベッドにいざないました。

そして王の腕に抱かれながら、泣いて、泣いて、泣き続けたのです……。

裂かれた地図書——五つの断片

1　国王たちが抱いた不安と恐怖の話

クヴレは〈ヘット・ティカン・ヴァン・デ・エイク〉、つまり〈樫《かし》の印《しるし》亭〉という宿で、ついにイングランドへと自分を連れていってくれる船を待っていた。宿に泊まって何週間も経ち、不安はふくらむばかりである。カトリックの報復が迫っているとの噂がユグノー（フランスのカルバン派プロテスタントのこと）の難民たちの耳に届きはじめていたし、クヴレはアムステルダムが安全だなどとはとても思えなかったのだ。大陸と自分との間に北海を挟まぬ限り、安堵《あんど》などまったく感じられはしない。

妻と子供は天然痘《てんねんとう》にかかって落命した。その報《しら》せは、スペインからパルマ公率いるカトリック側の援軍が向かってきていることを承《う》け、ナバラ王アンリ（ブルボン朝初代のフランス国王、ならびに中世のイベリア半島北西部に興ったナバラ王国エンリケ三世。一五五三―一六一〇）がパリの包囲を解いて撤退したのとほぼ同時に、クヴレの元に届いた。クヴレは他の人々とともに逃亡し、あとを振り返りすらしなかった。一説によるとアンリの包囲によって、パリ市民の四分の一が命を落としたという。カトリック側は誰かにその代償を支払わせるつもりだが、アンリがそれを背負うことはなさそうだ。ナバラ王アンリがカトリックへの改宗を考えており、ローマにもその申し入れが行われているとの噂は、すでに広まっている。

だが、パリの包囲を解く直前に起きたシクストゥス五世（ローマ教皇。一五二一―九〇）の死と、それに続く後継者であるウルバヌス七世の不運――教皇に選出されたウルバヌス七世は、わずか十二日で逝去してしまったのである――によって、アンリを取り巻く状況はすっかりややこしくなっていた。クヴレは、シクストゥス五世の死はアンリにとって好都合なのではないかと考えた。前教皇シクストゥス五世、つまりフェリーチェ・ペレッティは宗教改革にとっては強大な敵であり、最終的に破滅に終わったフェリペ二世のイングランド侵攻計画を承認した人物だったのである。ウルバヌスの死後、枢機卿団はニッコロ・スフォンドラートをローマ教皇グレゴリウス十四世として選出したが、グレゴリウスは病弱な人物であった。スペインの枢機卿団はフランスに対する立場を強め、アンリの作戦行動の自由を締め付けるために、グレゴリウスの選出を画策したのだった。十二月のクリスマスまでに、アンリがカトリックに改宗していなければ、クヴレは自分もユダヤ教徒になるつもりでいた。

まったく、アムステルダムの空気は冷たい――まるでオランダ人そのもののように冷たい街だ。クヴレはカルバン主義者に愛情など抱いてはいなかったが、敵の敵は友人である。そのうえスペインとオランダの間で現在起きている衝突を理由にして、彼はこの遠くまではるばる旅をしてきたのだった。しかしアムステルダムは危険な街だ。カルバン主義者によるカトリシズムの抑圧は、低湿地帯に暮らす反宗教改革論者たちの敵意を刺激する結果にしかならず、今や神学校は再開し、カトリックの伝道者たちはプロテスタントの地域にふたたびその足場を築きはじめている。クヴレはアンリの法律顧問のひとりとして、指名手配されている。もし物陰に潜むカトリックの狂信者たちの誰かに素性が知られようものなら、クヴレの命運は尽きたも同然である。

イギリス人船長はプロテスタントの兄弟愛があるのだからと無事な航海を約束してくれたものの、この絆は商業の絆よりも弱く、クヴレは寝台を借りるのに少々の金を支払わなくてはならなかった。ともあれ、そんなものはどうでもいい話だ。自分にはもう何も残ってなどいないし、ロンドンで仕事を見つけるのである。クヴレは法曹院付きの弁護士ふたりに宛てた紹介状を携えており、どちらからも温かく迎えられるはずだと言われているのだった。

だが今はこの〈樫の印亭〉にて、船の出港準備が整ったと報せが届くのを待つしかなかった。クヴレはもっぱら自分の部屋に閉じこもり、宿のあたりを離れるときには、訛《なま》りのせいで変な注目を集めてはまずいという恐れから、可能な限り口をきかないよう努めた。そしてひとりきりで飲み食いし、ジュネーヴ聖書を読み、失った妻と娘を想うのであった。

だがクヴレの身の上をもってしても、人恋しさは時として圧倒的であった。壁に跳ね返った人の温もりをほのかに感じるだけでもいいような気にすらなり、ふと気づけばクヴレは暖炉からも、大勢の他の泊まり客たちの輪からも離れ、〈樫の印亭〉の隅にかけているのであった。腹持ちがよく値段も安いので、四夜続けてヒュッツポット（つぶしたジャガイモ、タマネギとニンジン、牛肉の料理）を食べていた。自分の前にイェネーファのグラスを、その横には砂糖とスプーンを一本置いた。そして、周りで行われている会話に、静かに耳をそばだてるのである。クヴレはほとんどオランダ語が話せなかったが、この〈樫の印亭〉にはさまざまな国々から泊まり客が来ており、ほとんどは金持ちか、船舶輸送の仕事に絡《から》んだ人々であった。

追われる者は——そしてその困難を生き延びる者は——迫りくる追っ手を察知できるようになるものだが、自分と同じく追われる身にある他人を感じ取る力をも身につける。右手に腰かけたひとりの人物にクヴレが目を留めたのも、それが理由であった。男は陰から出ようとせず、食事と飲みものを頼むときを除き、不要な会話を避けていた。クヴレは男を会話に誘うこともなく様子を盗み見て、自分のお仲間だろうと納得した。と、テーブルにイェネーファのボトルがだしぬけに現れたので、彼は少々ぎくりとした。左手でボトルを持つ、件《くだん》の男が見えた。

「飲みものは間に合っているかな？」

クヴレは声の主に目を上げた。ひどく痩せて蒼白く、髪は長いが艶《つや》やかで、髪の合間に頭皮が覗いている。見事な仕立ての服にクヴレは目を瞠《みは》ったが、もっと大柄な人物のために仕立てられたものだ。元は他の誰かのものだったか、でなければクヴレの推察どおりの身の上であるせいで心身ともにやつれ果ててしまったのか。今やクヴレは、男が命の危険にさらされているということを、微塵《みじん》たりとも疑っていなかった。男の目はさながら鷹《たか》の影に怯える兎《うさぎ》のそれであり、今夜どんな酒を飲んでいたかはともあれ、両手は小さく震え続けているのだった。

「ご遠慮しますよ」クヴレは答えた。「今夜はそろそろ休もうかと思っているので」

話し相手が欲しくないでもなかったが、この男ではない。同じ追跡者に追われているかもしれないと思うと、恐ろしかった。

「クヴレさんですね」男が言った。

クヴレは、どうにか驚きが顔に出ないよう押し殺した。

「人違いでしょう。私はポーチャーという者です」

部屋に帰ろうと立ち上がったが、男はクヴレの肩に手をかけた。すっかり痩せこけてはいても、それでもかなりの力だ。無論、その手を逃れるためにもがき、ふりほどくこともできたが、そんなことをすれば当然ふたりに衆目が集まってしまう。

「あなたは豚飼いじゃないし、そんな貧しい生まれでもないだろう（ポーチャーは、英仏において豚飼いの苗字として使われた）。なに、僕を恐がることはありませんよ。あなたの秘密をばらしたりはしないさ。僕はファン・アグテレンという者ですが、ほんの少しだけ時間をもらえればいいんです。お返しにこのボトルの中身と、面白い話を少々お分けしましょう」

「言ったでしょう、人違いですよ」

「かもしれない。ではポーチャーさんにしよう、僕はファン・アグテレンのままでいい。相談があるんですよ。まあ聞いてください、僕たちにはどちらも話をし、知り合う必要があるんだから。部屋の心配なら、一時間くらい帰らなくても誰にも取られやしないし、もっと遅れたところで問題などありはしませんとも。

それに」ファン・アグテレンはさらに続けた。「こうして分かち合うのがキリスト教の兄弟愛というものだろうし、話を聞けばあなただって、それが持つ価値を理解してくれるはずですよ。さあ、座ってもいいでしょう?」

クヴレはまじまじと、目の前のオランダ人を値踏みした。法律家として修練を積んできた彼には、出会って数分で相手の人格を見抜く力があるという自信があったが、このファン・アグテレンには悪意や敵意のようなものは皆目見受けられず、意思の力で心の奥底に封じ込めた恐怖がうかがえるばかりだった。間違いなく、この男の頭上には捕食者が円を描いて飛び回り、付け狙っている。だがクヴレもまた似たような脅威にさらされて暮らしているし、孤独だし、そのうえひとりきりでいるのに疲れ果ててしまっている。

「どうぞ」ようやく、クヴレは答えた。「お話とやらをうかがいましょう」

ファン・アグテレンはオランダ南部、ティルブルフの生まれであった。一家は聖ジョセフ教会——街の人々にはフーベルセ教会の名で知られている——の裏手に住んでおり、苗字の起源もよく想像がついた。というのもファン・アグテレンは彼の母国語で「背後から」という意味であり、巨大な建造物のそばで生まれたものを指すのに使われる言葉だからである。彼はとても賢い少年で、まだ幼いころから、特に数学、幾何学、天文学に精通する有名なオランダ人研究者、コルネリス・スカイラーの助手となるべく教育を受けた。

ティルブルフでは、スカイラーのような者が見つかるのは稀《まれ》な話だ。誰もが羊を放牧できる「牧草地」を中心に発展し、織布業が栄えているのである。スカイラーは聖ディオニュシウス教会へと続く道のそばに建つ、小さな散らかった家に暮らし、滅多にその界隈《かいわい》から出なかった。ファン・アグテレンにはいつも、仕事に必要なものはそこ――家じゅうの棚という棚にぎっしり詰まった書類の束を指差しながら――か、ここにあるんだと、自分の頭をこつこつと叩いてみせた。もちろん、そんなのはまったく真実ではない。スカイラーの家にはしょっちゅう書類や地図だとか、謎の科学器具だとかを抱えた人々が訪れた。いったい何に使う器具なのかファン・アグテレンには皆目見当も付かなかった。実際、彼の師匠を含む、類稀《たぐいまれ》な才気に恵まれたごく限られた人々にしか使いみちの分からない器具ばかりだった。

スカイラーは男やもめで、エリーンという名のひとり娘がいた。彼女は父親の身の回りの世話をし、ファン・アグテレンなど及ばないほど見事に仕事の手伝いもしてみせたが、性別のせいでこの才能を隠しておかなくてはならず、老人たちが父を訪ねてきた時には奥の部屋から出てこなかった。エリーンと父親の助手との間には、ゆっくりと愛情が育っていった。そして結婚の話が出るようになったが、ふたりきりの時だけであった。スカイラーは娘への強烈な独占欲を抱いていたものの、ファン・アグテレンのことも気に入っていた。若い恋人たちには、ふたりが結ばれれば全員の願いが叶えられるように思えた。スカイラーはいつまでも娘といられるし、ファン・アグテレンもスカイラーの助手でい続けられることになる。

一五八九年冬のある夜、何者かがスカイラーの家をノックし、ファン・アグテレンが玄関に出た。戸口には腕に小包を抱えた労働者が立っており、先生はご在宅かと訊ねた。きっとご興味があるに違いないものを見つけたから持ってきたのだという。もう夜更けだったが、ファン・アグテレンは男を招き入れるとスカイラーのもとに案内した。スカイラーは、猿の死骸の解剖に夢中になっているところだった。とある水夫の飼っていた猿が死んだのを買い取ったものだ。水夫は涙にむせびながら、スカイラーから受け取った代金をポケットに入れた。

労働者は、フーベルセ教会の近辺で働いていると説明した。そのあたりで家が一軒倒壊したので、跡地にもっと大きな家を建てているのだという。労働者は基礎の掘削を任されているのだが、その作業のさなかに、スカイラーに持ってきた小包の中身を発見したらしい。

それは、見たこともないほどの異様さと高級感とを醸《かも》し出す、一冊の本だった。スカイラーにもファン・アグテレンにも種類が分からない動物の革で綴《と》じられ、表紙には傷跡や血管の筋が見て取れる。深紅に塗られたその表紙を見て、若きファン・アグテレンは生肉を思い出し、ぞっとした。

スカイラーが中身を見ようと本を開きかけると、労働者が大声で笑った。

「俺よりツイてるように祈ってますよ、先生《メネール》」

本はがんとして開かなかった。まるですべてのページをがっしりと糊《のり》づけして固めてしまったかのようだ。スカイラーは薄いナイフを持ってきてくっついたページを剝《は》がそうとしてみたが、徒労であった。本は彼に秘密を見せてはくれなかった。

「こいつは偽本かもしれませんよ」ファン・アグテレンが言った。

「どういうことかね?」スカイラーが首をひねった。

「前にユトレヒトで、『テトラビブロス』の一冊と思しき本を見たことがあるんです。一見したところなんの変哲もない本なのですが、結局は本の形をした偽物でしたよ。本というより箱なんです。持ち主の研究者は、盗人は蔵書など見向きもしないだろうと言って、金塊を隠すのに使っていましたっけね」

スカイラーは、本の上辺を親指でなぞった。

「うむ、感触は紙のようだぞ」スカイラーはうなずくと表紙のあちこちを指先で叩き、中に空洞が見つかるのではないかと音の違いに耳をそばだてたが、収穫は何もなかった。「間違いなく本だな。だが、なぜこうもぴっちりとくっつけられているのかは、とても想像がつかんね」

倒壊した家の持ち主はデッカーという、街でいちばんの無知な男である。だから、本がその男の持ちものであるとはどうにも考えにくかった。労働者も、デッカーが元の家を建てた地表からずっと下にあった薄い岩盤を割ったところ、そこで本を発見したのだとスカイラーに告げた。

「さらにおかしなことがあるんですよ、先生《メネール》」労働者は先を続けた。「最初何もなかったところに、ぽんとそいつが現れたんです。俺が掘り出したんじゃありません。ぱっと見たら目の前にあったんですよ。ごらんのとおり、どこも汚れてもいなければ、やぶれてもいないでしょう」

労働者の言うとおりだった。本には傷ひとつついておらず、ずっと長く地中に眠っていたらしきことを思えば、これは異様なことであった。もしやこの本は通行人が穴の中に落としていったか、そのへんの窓から落ちてきたか、そんな可能性はないだろうかと、スカイラーはぶつぶつとひとりごとを言った。しかし労働者は、現場を見下ろすような建物は何もないので第二の可能性はないし、本を発見したときは周囲に誰もいなかったから第一の可能性もないと、首を横に振った。そして、労働者が太古の岩盤を割った下から出てきたことを思うと、本が埋められていたという第三の可能性はとてもありえるとは思えなかった。

自然と、最後の可能性が浮かび上がってきた。目の前の労働者は本を盗み、ティルブルフでこのような品の価値が分かるたったひとりの人物から、小銭を稼いでやろうと思っているのだ。だがファン・アグテレンはこの男を知っていたし、正直者ではないと疑うような理由などひとつとして知らなかった。今や老研究者が何を考えているかを読み取る術《すべ》を熟知していたファン・アグテレンは、自分の考えをスカイラーに耳打ちした。

スカイラーはようやく折れると硬貨何枚かと引き換えに本を引き取り、開いた結果ただならぬ価値のあるものだと判明したあかつきにはさらに追加で支払うことを約束した。労働者が価格を交渉するようすもなく、スカイラーからおとなしく小銭を受け取ったのは、ファン・アグテレンにとって意外だった。労働者はまるで安堵したかのような表情で、小銭をポケットに入れて帰ろうとしたのである。

ファン・アグテレンは戸口までついていくと、階段をおりかけた労働者の腕を取った。

「アイントホーフェンやユトレヒトに持っていけば、あの本ももっと金になるはずです」ファン・アグテレンが言った。

「分かっているよ」労働者が答えた。「実を言うとアイントホーフェンまで行こうか悩んだんだが、今じゃ、行かなくてよかったと思ってるのさ。俺はただ本が手放せりゃよかったんだ。それに、アイントホーフェンまで行くような金があったら、その金を払ってでもおたくのお師匠さんに本をもらってほしかったところなんだよ」

「なぜそんなことを?」ファン・アグテレンは首をひねった。

「あんたはまだあの本に触れてても、手に取ってもいなかったっけな」労働者が答えた。「まるで生きものに触ってるような感じなんだよ。どくどく脈打って、血のにおいがしてさ。見つけたのは今日だが、同じ屋根の下にゃひと晩たりとも置いておきたくなかった。お師匠様から頂いたお金も、フーベルセ教会の献金箱に入れちまうつもりだよ。あの金で食べものや飲みものなんて買ったら、家族と俺にどんな不運が起こるかもしれんしおっかないからね。それに――」

「それに、なんです?」

労働者は霧の中から誰か出てくるのを予期しているかのように、夜に目をこらした。

「ここに来るために家を出る前、霧の中にちらりと人影が見えてね――男だったよ。見たこともないような大男だったが、ぼんやりしててよく見えなかった。俺の家をじっと見てたんだが、間違いなくここまで俺をつけて来たはずだ。自分の足音の他に、あいつの足音も聞こえた気がするんだが、振り向いたら誰もいやしなかった。今となっちゃあ、痕跡ひとつ見つからん。もしかしたら、俺の思い違いだったのかもな」

そう言い残して労働者は帰っていった。生きたこの男の姿を見るのは、ファン・アグテレンにとってそれが最後となった。翌日男の頭上で壁が崩れ、仲間たちの手により瓦礫《がれき》の下から救出されたときには、もう息がなかったのである。

「こいつはすごいぞ」スカイラーは、表紙をさすりながら言った。「君も触ってみなさい、マールテン。温かくて、まるで生きた肉だ」

ファン・アグテレンは、本に手を触れてみたいとは思わなかった。なにせ労働者から、あんな話を聞かされたばかりである。その話を師匠にも聞かせてみたところ、スカイラーは、霧とはそうして人の知覚を惑わすものだよと一笑に付してみせたのだった。ファン・アグテレンは書斎を出るとドアを閉めた。廊下で、ロウソクを手にしたエリーンとばったり出くわした。

「こんな夜中に、どなたがいらしてたんですの？」エリーンが訊ねた。

「普請場で働いている人だよ。埋まっていた本を見つけたから、お父上に調べてほしいと言って持ってきたんだ」

「本？　どんな本を？」

「さあ」ファン・アグテレンは首を横に振った。

「でも、あなたも見たんでしょう？」

「ああ。でも理由は分からないのだけれど、あんなもの見なくて済んだならよかったのに、っていう気持ちになってるんだ」

エリーンは、まじまじとファン・アグテレンを見た。

「ときどき、あなたがいちばんの変わり者っていう気がするわ」

「じゃあそんな僕を好きでいてくれる、君もいちばんの変わり者ってことさ」

「うん、そうかもね」

彼女の唇がうっすらと開くのを見て、ファン・アグテレンはキスをした。

「待って、お父様が――」

「本を調べるのに夢中になってるさ」

「そろそろ寝ようと思っていたけれど、ベッドに来ていいわよ」エリーンが言った。

そして彼は、その言葉に従った。

†

とはいえ、夜通しエリーンと過ごしたわけではない。老使用人がふたりであれこれと家の世話を焼いて回るので、もうこれ以上おかしな噂の種をふたりに与えたくはなかったのだ。それに娘と寝てはいたものの、スカイラーに対する尊敬の念もちゃんと持ち合わせていたのである。エリーンとの関係をどのくらい怪しまれているかは分からないが、もし今も怪しまれているのなら、何らかの行動を起こさせる理由を与えたくはない。

ファン・アグテレンが目を覚ましたときには、書斎のドアが開いていた。入る前にノックをしてみたが、返事はなかった。部屋には誰もおらず、スカイラーが寝室代わりにしている小部屋ももぬけの殻だ。台所にも他の部屋にもスカイラーの姿はなかったが、玄関の鍵が開いていた。つまり早朝か深夜のうちに彼が出かけたということである。使用人たちはもう朝食の準備をしていたが、主人の姿は見ていなかった。これは実に妙なことである。

エリーンも起き出してきたが、他の者と同じく、父親の行方に思い当たるところは何もなかった。とはいえ、心配はしていなかった。どんな気分であろうとも、おかしな時間に街に出ることなど滅多にない人物ではあるものの、スカイラーは移り気が服を着て歩いているような男なのである。だが、ファン・アグテレンは不安だった。急いで朝食を済ませると、すぐに師匠を探しに出かけた。だが、こぢんまりとしたティルブルフのどこを探しても、師匠の痕跡は何ひとつとして見つからなかったのである。

†

〈樫の印亭〉で、ファン・アグテレンはクヴレにもう一杯イェネーファを注いでやった。

「確かに、お話に興味をそそられたのは認めましょう」クヴレが言った。「それにしても、なぜあなたがわざわざその話を私に打ち明けてみようという気になったのか、さっぱり分からないのです」

「いやいや、まだ終わりじゃないんですよ」ファン・アグテレンが言った。「それに、まだまだぞっとする話になっていくんですから」

ファン・アグテレンが便所に行くために席を立ち、クヴレひとりが取り残された。宿の空気はむんとして暖かくなっており、クヴレはすっかり予想外の量を飲んでしまっていた。新鮮な空気を吸いたくなり、彼は玄関から外に出た。少年がひとり、客たちがすんなり歩いて来られるように宿の前で雪かきをしていたが、もう新たに雪がつもりはじめている。少年の向こうに目をやると、巨大な人影がひとつ、新教会のほうへと歩いているのが見えた。おそらくは、仄暗《ほのぐら》い街灯と降りしきる雪のせいだろうか、男というよりも、むしろ影でしかないようにすら見えた。

「あの男は誰だい？」クヴレは少年に訊ねた。

「あの男って誰です？」

「私が出てくるすぐ前にここを通った人だよ」

「きっと勘違いですよ、お客さん」少年が答えた。「雪かきを始めてから、まだ誰も通ってないんですから。ほら、新しい足跡なんて、ひとつもついてないでしょう？」

少年の言うとおりだった。雪が古い足跡を埋めはじめてはいるが、新しいものはひとつもついていない。

クヴレは寒いのも無視して少年の前を通り過ぎ、男がいたはずのあたりまで歩いてみたのだが、やはり他に人がいたような気配は何もなく、足跡にしても、宿から続いているクヴレ自身のものしか見当たらなかった。

テーブルに戻ってみると、ファン・アグテレンが待っていた。

「どこに行ってたんです？」ファン・アグテレンが訊ねた。

「なに、外の空気を吸いに」クヴレが答えた。

「僕より勇敢な方だ。僕なら外に出かけようなんて思わないし、せいぜい階段で小便をするくらいが関の山ですよ。おっと失礼、でも何か複雑なお顔をしているものだから」

クヴレはイェネーファをひと口飲んだ。

「誰か歩いているのを見かけた気がしたんですが、私の見間違いでしたよ」

ファン・アグテレンは、まじまじとクヴレの顔を観察した。

「誰かと言いましたが、正確には誰のことを言ったんです？」

「黒い人影ですよ。たぶん男だと思いますが、ほとんど影になっていたものですからね。ともあれ追いかけようとしたのですが、男が道を通ったような跡は何も見つかりませんでしたよ」

ファン・アグテレンは、この話題に呼ばれて件の男が現れるのではないかとでも言いたげに、玄関に目をやった。刹那《せつな》、それまでクヴレに見せていた空元気《から》のようなものがさっと消え去り、ファン・アグテレンは今にも泣き出しそうな様子になった。

「では時間がないから、早く話をしなくては」彼が言った。「さあ、聞いてください……」

†

ファン・アグテレンが戻っても、まだスカイラーは帰宅していなかった。今やエリーンも父親の身をすっかり案じはじめており、スカイラーの捜索を頼むよう使用人のひとりを地域の警備隊の元に使いに出したところだった。

スカイラーの書斎に行ってみると、エリーンはそこにいた。父親の机に座り、前夜、あの労働者が持ち込んできた本を目の前に開いている。ファン・アグテレンは驚きを隠しきれなかった。

「どうやって開いたんだ？」と、思わず口走った。

「開いた？」エリーンは首をかしげた。「お父様がどこか行き先の手がかりでも残していないかと思って来てみたら、こうなっていたのよ。でも変なの。このページだけは開くのに、あとはくっついちゃってるみたいで」

ファン・アグテレンは机に歩み寄り、本を開いてみせようとする彼女を見下ろした。ページは上質皮紙《ヴェラム》と思しき素材でできていた。片面だけに文字が書かれ、もう片面には素材となった動物の特徴が残っていた。

「ほら、ここよ」エリーンが言った。ファン・アグテレンが見るかぎり星図のようだったが、見覚えのある星座はひとつもなく、星座のとなりには見知らぬ文字で印が描かれていた。誰か、専門家の手により作られた星図だ。こんなにも見事に描かれた星図など、ファン・アグテレンは見たこともなかった。

「なんて美しいんだ」彼は声を漏《も》らした。

「でも、こんな夜空は見たことないわ」エリーンが首を振った。「作りものよ」

いったい印にどんな意味があるのかは分からなかったが、ファン・アグテレンは、きっとこれは数式に違いないと確信していた。印の中に、ユークリッド幾何学で見覚えのある図形がいくつか交ざっていたからである。これを書いた本人は、なぜこうも手間をかけてまで空想に耽《ふけ》っていたのだろう?

「待って!」エリーンがはっとした。「どんな物質で本をまるごと封印したのかは分からないけど、もう一箇所剝がれたみたいだわ」

彼女が両手を本にかけ、分厚くくっついた本をめくった。

「これはいったい?」エリーンが息を呑んだ。「こんなの嘘だわ」

ふたりの目の前に広がっていたのは、スカイラーの書斎とそこにあるものを描いた複雑な挿絵だった。実験器具も、本も、棚の数々も、家具も描かれているが、ただの挿絵と呼ぶには出来ばえが緻密すぎた。ページには書斎がそっくりそのまま描かれており、まるで紙ではなく光沢のない鏡でできているみたいだ。こんなものを創造する力など、もっとも偉大な画家ですら持ち合わせていない。どうやって創作したのか、そして完成にどれほどの歳月がかかるのか、想像すらできはしない。

ファン・アグテレンは指先を舐《な》めてから、ページに押し付けてみた。だが離してみても、インクや塗料は指につかなかった。挿絵をじっと見つめる。異様な角度から描かれている。まるで……。

ファン・アグテレンは振り向いて机の奥でしゃがみ、エリーンと視線を合わせた。

「何しているの？」エリーンが首をかしげた。

「確信があるわけじゃないんだけど……でも、鏡を使って本と同じ角度で映した像を見つめながらじゃないと、こんな絵を描くのは不可能に思えるんだよ。でも、なぜそんなことが？」

「お父様のところにこの本が来たの、いつだって言った？」

「昨日の夜さ」

「それで、どこで見つかったと？」

「デッカーさんが住んでいた古い家の、基礎の下ずっと深くでだよ。まあ、持ってきた男の話では、ということだけれど」

「その人を見つけて、連れてこなくちゃだわ。まだ何か聞き出せるかもしれない」

「いや、誓ってもいいが無理だよ。単純な男だけど、正直者だ。この本を手放したかっただけだよ」

「お父様を探しに行ってくれたとき、デッカーさんの敷地にも行ってみたの？」

「ああ。今朝行方を訊ねてみたけれど、そのあたりじゃあ誰も見かけていないらしい」

「もう一度行ってみてくれる？」

「もちろんさ」

エリーンはファン・アグテレンの両手を取り、両方のこぶしに一度ずつキスをした。

「ありがとう」

「きっと見つけてみせるさ」ファン・アグテレンはうなずいた。「連れ帰るまで、僕は休まないからね」

†

あたりはもう暗くなってきており、ファン・アグテレンが到着したときには、デッカーの敷地での工事は終わり、作業員も帰ってしまっていた。デッカーと一家は工事の間父親の家で過ごしているのを突き止めたが、本人に訊ねてみても、この屋根ふき職人はスカイラーなら何日も見ていないと言うだけであった。例の本についてもまったく知らないと答えたが、値打ちものか何かではないかと並々ならぬ関心を見せ、すぐさま自分に所有権があると言い出すと、スカイラーのところに持っていった今は亡き労働者を口汚く罵《ののし》ってみせた。そこで仕方なくファン・アグテレンは、この土地で見つかったものは何であれティルブルフの領主たちのものであり、本についてはもっとよく正体が分かるまで面倒なことは口にしないほうがみんなのためだと説いた。デッカーは了承したが、いかにも渋々ながらといったふうであった。

ファン・アグテレンの帰りぎわに、デッカーが訊ねた。「あんたと一緒に来たのはどこのどなただね？」

「僕ならひとりで来ましたが」ファン・アグテレンは答えた。「誰とも一緒ではありませんよ」

「だが、男がひとりあんたのあとを付いてくるのが、確かに見えたんだよ。でっかくて、全身黒ずくめだった。神父じゃないかと思ったくらいだよ」

ファン・アグテレンはもう一度ひとりで来たと答え、わけが分からず首をかしげるデッカーを残して立ち去った。だが、昨夜あの哀れな労働者から聞いた話が胸に蘇《よみがえ》り、スカイラーの住まいへと引き返す道すがら、ひっきりなしに背後を確かめながら歩き続けたのであった。

†

エリーンが、戸口で彼を出迎えた。ロウソクの灯りだけに照らされた彼女の顔は、ともすれば陶器の仮面のようにも見えた。

「お父さんを見かけた人は誰もいなかったよ」ファン・アグテレンは伝えた。

しかしエリーンは「来て」とだけ答え、二階の書斎へと彼を案内したのだった。

本の新たな一ページが開かれていた。そこにはスカイラーの顔の、詳細な解剖図が描かれていた。中心ですっぱりと切り開かれた顔面が、ヴェサリウスその人も嫉妬するであろうほど繊細に描かれていたのだ。片側は生きたままのスカイラーだったが、あたかも悲鳴をあげるところを描かれたかのように大きく口を開いている。一方の左側は皮膚を剝がれ、剝《む》き出しになった肉の中で、正体不明の昆虫が何匹か蠢《うごめ》いていた。口の周りに牙が四本見え、尻尾の先からはハサミムシのものによく似たハサミが突き出している。一匹は、目玉の抜け落ちた左の眼窩《がんか》から這いずりだそうとしているところだ。

「ひどいいたずらをしてる人がいるみたいね」エリーンが言った。ファン・アグテレンは、ほのかな疑念が自分に向けられていると感じた。

「僕じゃない！　ここにすらいなかったのに！」

エリーンはすぐに後悔した。

「ごめんなさい」と言って、ファン・アグテレンにしがみつく。「なんでそんなことを考えたのかしら。でも、いったい何がどうなってるのか分からないのよ。あなたが出かけてからこの書斎に来てみたら、本のこのページが開いていたの。使用人たちは何も知らないと言うけど、信用できると思うわ。ここには来ていないし、掃除だってまだなんだもの。お父様のお仕事を邪魔するようなことは、しない人たちだわ」

ファン・アグテレンは本を閉じ、恐ろしいスカイラーの顔を隠した。一瞬だけ表紙に触れた手から、おぞましい脈動が伝わってきた。

「この本だ」彼は口を開いた。「地中から出したりしちゃいけなかったんだ」

「じゃあどうするの？　元のところに戻すの？」

「いいや」ファン・アグテレンは首を横に振った。「僕が燃やしてやる」

ふたりが本を持って台所に行くと、もう炎は燃え盛っていた。使用人たちを追い出してからファン・アグテレンは炎の中にもっと薪《まき》をくべ、近づいただけで肌がちりちりするほどに火勢を強めた。ようやく満足してから彼は本を投げ込んだが、すぐに立ち上ってきた悪臭があまりにも強烈なものだから、ふたりとも台所にいられなくなってしまった。だが、腐った動物の死骸をローストしているようなその悪臭は、台所の外にまで漂い出していた。家じゅうにその悪臭が充満すると、エリーンはものすごく気分が悪くなった。ドアをノックする音がしたので出てみると、この臭いに苦情を言いに来た隣人のヤンセンが戸口に立っていた。やがて通り一帯がその悪臭に包まれてしまい、ファン・アグテレンは仕方なく本を炎の中から取り出した。本は片側が少し焦げていたが、それだけだった。表紙に、まるで人間の肌のように水ぶくれができていた。

ファン・アグテレンは本を袋に放り込み、さらにレンガをいくつか入れると、運河まで歩いていって水に投げ込んだ。そして沈んでしまうのを見届けてから、スカイラーの家に帰ったのだった。

†

家にはすっかり悪臭が染み付いてしまい、それを消そうと使用人たちがセージの葉を焚《た》いていた。ファン・アグテレンはエリーンと座っていたが、来客はといえば、スカイラーが帰宅していないのを確かめに来た警備隊の隊員ひとりだけだった。隊員は、夜明けとともに捜索を開始する予定だとふたりに告げた。

その夜、ファン・アグテレンはエリーンとは眠らなかった。彼女がひとりでいたがったのだ。彼女が眠るときに焚く、ナツメグの香の匂いがしていた。

ファン・アグテレンは自分の部屋に引き取ってロウソクをつけると、雑然としたスカイラーのノートを写しはじめた。その作業を、目が痛くなってくるまで続けた。手入れのために羽根ペンを水にひたし、広がっていくインクが透明な水を暗色に染めていくのをじっと見つめた。

そして狭苦しいベッドにごろりと横になり、あの本のことを考えた。

†

目を覚ますと、まだ暗かった。眠りから彼を引きずり出したのは、ある物音だった。何かが軋《きし》む音が聞こえたのである。部屋のドアを見ると閉じきらずに細く開いており、その先を包む闇の中に人影があるのが見えた。

「エリーンかい？」

返事はない。

彼はベッドから抜け出し、廊下に出てみた。左を確かめると、父親の書斎に入っていくエリーンの姿が見えた。ファン・アグテレンは後を追った。書斎の中は、煌々《こうこう》と明るかった。ドアの下の隙間から、光が漏れ出している。

ノブに手をかける。温かい。彼が押すと、ドアはすんなり開いた。

エリーンはドアに背を向け、裸で立っていた。一瞬の間を置いてファン・アグテレンは、彼女の足が床についていないのに気がついた。立っているのではなく、吊り下げられているのだ。彼女の向こうに広がる影の中には、さらに深い暗闇があった。まるで黒いガラスで作られた像のような物体である。複雑な形をして、無数の星々のように小さな輝きを放っている。ファン・アグテレンの目の前にあるこの存在は実体で、空洞でもあるように思えた。闇の中で何か胎児のようなものが蠢き、一箇所に集まったいくつもの目玉が、外のファン・アグテレンを覗き返していたのである。

スカイラーの書見台には、例の本が置かれていた。彼がゆうべ、運河の暗い水の中に沈んでいくのを見届けたはずの、あの同じ本である。

エリーンの体が宙で回転し、彼のほうを向いた——いや、向かされたのかもしれない。目玉はふたつとも無くなっており、空っぽの眼窩の周りは、まるで怒りに任せてハンマーで叩かれた子供の人形みたいにひび割れてしまっていた。そのうえ見えない刃に肉を裂かれたかのように、体から血が流れだしている。腹からも、乳房からも、そして太ももからもだ。彼女の肌になんらかの模様が出来上がっていくのを見ながら、ファン・アグテレンは、見知らぬ大陸の海岸線や、未知の星座たちを集めた星図のようだと思った。

その間じゅうずっと、ガラスのような、黒曜石でできたような人影は、身じろぎひとつせず彼女の後ろに立ち尽くしていた。

エリーンが口を開く。

「マールテン。あの本はいくつもの世界を内包しているのよ」

彼女が両腕を、続いて両脚を広げる。その背後から、ガラスをすりつぶし、粉々に砕くような音が聞こえてきた。

謎の暗闇が破裂する。暗闇の破片がエリーンを突き抜けて飛び散り、ぴたりと空中で停止する。刹那、彼女が生身と鉱物の中間になったかと思うと、魂の旅立ちとともにぱっと肉体が石に変わってしまったのだった。その瞬間またすべてが動きだし、ファン・アグテレンはとっさに両腕で顔を覆い、破片が自分に突き刺さるのを待った。だが、何も起こりはしなかった。

まぶたを開いてみると、そこにはただ血の海が広がっているばかりだった。

†

イェネーファのボトルは、すっかり空《から》になっていた。ファン・アグテレンの物語は、ほとんど終わりへと近づいていた。

「この話を信じますか?」彼が訊ねた。

クヴレは、頭に言葉が浮かぶよりも先に、口が信じると答えるのを聞いた。

「それからどうしたんです？」

「逃げたとも」ファン・アグテレンが答えた。「エリーンの成れの果てを見たんだ、人は僕を殺人鬼か魔術師かと思ったでしょう。今こうしている間にも、追いかけてきていますよ。まあ、絶対に捕まることはありませんがね」

「絶対？　国を離れる気ですか？」

「いいや、ここを離れる気はありませんよ。また次のが来るのです。エリーンがどこにいるかは知りませんが、僕も今夜が明ける前に、そこに行くことになるでしょう。感じるんですよ」

「私が外で見た人影ですか……」

「ええ」

「あれはなんなんです？　あなたは、なんだと思ってらっしゃるんですか？」

「あなたは、ナバラ王アンリに仕えてらっしゃいましたね？」

「おっしゃる通りです」

「王を恐ろしいと思いましたか？」

「ときどきですが」

「そして、アンリは偉大なる王ではありませんでした」ファン・アグテレンが言った。「もしかしたらいつかそうなったかもしれませんが、今は違う。パリを追われたか、さらに強い力によって滅ぼされたのでしょう。国王というものは周りを見回せば、自分を脅《おびや》かさんとする他の王がいるのに気づくものです。名を揚げたがっている王か、はたまた玉座を狙う次代の王か……。王を恐れぬのは神だけですよ。少なくとも僕はかつて、そう信じていました。

しかし、神は悪魔を恐れるでしょうか？　神がそんな卑《いや》しき王を恐れるものでしょうか？　僕には、それが不思議なのです。だって神には、エリーンを奪っていったあの怪物を消し去ることができたはずではありませんか？　あの本を消滅させるか、誰にも見つからないところに隠してしまうことだって、できたはずじゃありませんか？　神は残酷なのか、それともぼんやりしておいでなのか……それとも、神の統治すら脅かすようなものが何か存在するとでもいうのでしょうか？」

「異端めいたことを言いますね」クヴレが言った。

「異端はあなたのご専門でしょう、ユグノーなのですから」ファン・アグテレンが答えた。

「そうかもしれません。ところで、本はどうなったのです？」

「消えましたよ」

「消えたって、どこへです？」

「僕を追いかけているものを、あなたもご覧になったでしょう」ファン・アグテレンが言った。

「本当に知りたいとお思いですか？」

クヴレは答えなかった。答えるまでもなかった。

ファン・アグテレンが席を立った。

「どこに行くんです？」クヴレが訊ねた。

「散歩にでも出て、息ができるうちに息をしておきますよ。話を聞いてくださって、ありがとうございます」

「どうして私に聞かせてくれようと思ったのか、まだ分からないのですがね」クヴレが言った。

「おや、お分かりだとばかり」ファン・アグテレンが答えた。「追われる者のにおいをさせていたからですよ、僕みたいにね。それにもしかしたら……」彼が言葉を続けた。「あなたが不運だから選んだのかもしれません」

クヴレは、立ち去っていくファン・アグテレンを見送った。彼が出ていった戸口から雪が舞い込み、床に落ちて溶けていった。

それっきり、ファン・アグテレンの噂を耳にすることはなかった。

†

翌朝早く、イングランド行きの船が正午に出航するとの連絡が、クヴレの元に届いた。彼はトランクから出していたわずかばかりの品々をまた戻すと、宿の主人に金を渡し、港に行く荷馬車にそれを乗せてくれるよう頼んだ。美味《うま》い朝食を終えて波止場に到着したのは、出港予定時刻の一時間前であった。件の船は、クレイヤー船であった。マストを一本備えた、スピードよりも船倉に積載する荷量を最大限まで高めるべく設計された商船である。クヴレの寝台は、船殻に枕を付けるようにして作られた板切れ同然のもので、釘《くぎ》を打って吊るした粗い麻布によって、船倉の他の部分と仕切られていた。乗客は、彼ひとりだけである。クヴレは甲板に立ち、二度と戻ることのない陸地が遠ざかっていくのを見つめた。

航海は長く、ゆっくりとしていた。荷物を満載したクレイヤー船はせいぜい時速二マイルしか出せないが、アムステルダムからロンドンまでは、ほとんど三百マイルの道のりなのである。クヴレは旅のほとんどを、眠るか読書をするかして過ごした。食料は乏しいものの、足りないことはなかった。彼が旅慣れていたのも救いであった。

航海最終日の夜。闇が降りはじめると同時にうたた寝から目覚めたクヴレが目をやると、向かいにある空《から》の寝台の上に麻布が剝がれおち、覆い隠してしまっていた。前には自分のところから、硬い枕と板切れ同然の寝台が見えた。今はそれが見えなくなっているのだが、麻布の向こうで何かが蠢いているように思えた。

クヴレは立ち上がると、自分が寝ていた寝台の端に摑《つか》まり、船酔いしていないのを確かめた。そして向かいの寝台のほうに足を踏み出すと、その向こうから黒煙が立ち上るのが見えた。いや、煙ではない。油か、それともインクか、何かが麻布の向こうから広がり、天井や船殻、そして隔壁に張り付くようにして、すべてを黒々と、さらにその上から黒々と、分厚く覆い尽くしていったのである……。

クヴレがそこでもう一度目を覚ました。悪夢から飛び起き、天井にしたたか頭を打ち付けてしまった。ようやく目の前に散っていた星が消えると、彼は寝台の端に腰かけ、向かいの寝台を見つめた。

ずたずたになった麻布が、リボンのようになって何本もぶら下がっていた。銃撃で引き裂かれたかのようだ。

もしくは、無数の破片に。

†

クヴレがトランクを開けてみると、いちばん底に、彼のものとは違う一枚のシャツにくるまれたあの本を見つけた。ファン・アグテレンが言っていたとおり、触れると温もりが感じられた。白いモスリン越しの手触りは、まるで肉屋の倉庫から持ち出した肉であった。

いったいあの男はいつ入れたのだろうかと、クヴレは首をひねった。まだふたりが知り合う前、クヴレが宿でひとり食事をしている間に入れたのだろうか？　それとも彼が便所に立ったときだろうか？　だが、そんなことは関係なかった。手放したところで、彼は助からなかったのである。クヴレがシャツをほどくと、本がひとりでに開いてあるページが現れた。そこには口を大きく開けて喉から炎を吹き出している、ファン・アグテレンの姿があった。今どこにいるのかはともあれ、ファン・アグテレンは燃えているのである。

本を消し去ろうとしても意味はない。ファン・アグテレンは炎も水も試したが、どちらも無駄だったのだ。だがクヴレは、彼にはないものを持っていた。

それは信仰である。

クヴレは荷物から聖書を取り出し、それを例の本の上に重ねた。そしてモスリンのシャツにまとめてくるみ、船倉にあったロープで結んでしまったのだった。船倉を調べて回り、彼はオランダ産の樫材のチェストを見つけた。補強のため、底板を二重にして作られたものだ。彼は主甲板にのぼると、誰にも見つかることなく巻き上げ作業員の工具箱から工具をいくつかくすねた。そして作業に取り掛かり、本と聖書をチェストの中にしっかりと隠してしまったのである。完璧な仕事とはいえないが、雑な検疫で見つかることはないだろう。

クヴレは船倉を出て、残りの海路は主甲板で船長とともに過ごした。クレイヤー船がテムズ川に入るころにはずぶ濡れで凍えるようだったが、彼は気にも留めなかった。紹介状を手に船を下りても、後をついてくる影はどこにも見当たらなかった。

そうして、クヴレはロンドンの街に飲み込まれていったのである。

2 ジン

マグス。他に名はない。いや、誰も思い出せないだけか、はたまたその名で呼ぼうと思わないだけなのか。マグス。マグス。生乾きの服と古い紙のにおいを漂わせ、いつでも本の小包を携えていた。マグス。よく本を買ったが、それよりもよく売った。

人は、マグスは本など愛していなかったというが、実を言うと、これは少々違う。彼は単に、本というものに対する感傷的な執着心をほとんど持ち合わせていなかっただけなのである。本はそこに書かれた知識を得るのにも、そして金をもたらしてくれるものとしても、彼には都合がいい。中には美学的興味を掻《か》き立てるものもあるが、ほとんどの本はそうではない。彼はどの部屋にも本棚を置き、ことさら珍しい本や魅力的な本を並べていたが、そうした本にしても、ちゃんとした値段さえ付けば売り払ってしまうのもやぶさかではない。ともあれほとんどの本は、ほんのひとときで彼の生活空間を通り過ぎていく。他の人々の手に渡るまでの刹那しか、そこに置かれないのである。買い手の見つからなかった本は彼にとっても用はなく、目方で売り払われるか、最後の手段として市立図書館の階段に置き去りにされた。あらゆるところが欠落したマグスも、本をゴミのように処分する気にだけはなれないのだった。

彼はいつでも新聞のお悔やみ欄に目を光らせており、死体が出れば彼より早く駆けつけるのは蠅《はえ》だけだと噂されていた。遺品販売には必ず出没し、悲しみに打ちひしがれて呆然とするあまりに本のような財産の処分にまで細かく目が行き届かなかったり、そもそもコレクションの価値をほとんど——もしくはまったく——理解していなかったりする蒐集家《しゅうしゅうか》の遺族たちを食いものにした。彼は、大した値打ちもない本を値切って遺族の気をそらし、本当に興味のある本をどさくさ紛《まぎ》れに手に入れる術に長けており、実際に本が持つ価値の半値以上も払わされるはめになると、その日は実にツイていないと感じた。起きている間は常に表紙や中身のページに埋もれて過ごし、夜になるとそれらが夢にまで取り憑いてきた。

マグスは、よく人が遠回しに「エソテリカ」と呼ぶものを専門としていた。これは、エロティックなものからオカルトまで、すべてを内包する言葉である。とはいえ彼は性的行為をしない男なので前者には興味などなかったし、徹底した無神論者でもあるので、後者もまったく恐れなどしなかった。むしろこの両者に関する本を買い求める客を五十歩百歩の堕落者と見なしており、できるだけそばに近寄らぬよう心がけていたのである。もしそれでも区別しろと言われたならば、マグスはきっと、ポルノの蒐集家はオカルトの連中に比べて値段に難癖を付けることが少なく、薄汚れた精神の持ち主であるのが疑いのない事実であるにせよ、せいぜい曖昧《あいまい》にしか平凡な人の世の理《ことわり》と関わりを持たぬオカルト主義者に比べれば、まだ邪《よこしま》な連中ではないと述べたのではないだろうか。

無論、これには例外もあった。オカルト主義者たちの中には、望みの品が手に入るのであれば金に糸目を付けぬ者もいくらかいたのである。だがマグスにしてみれば不運なことに、そうした人々は極めて珍しい本を求めていることが多かった。ほとんどが自費出版だったり、一冊しか存在しない手稿本だったりするのである。さらに、彼らが求める本の中には、何世紀もの間にさまざまな聖職者たちの手により炎に放り込まれてしまい、今は煙の染み付いた噂話としてしか存在していないものまである始末なのだ。それでもマグスは折にふれ、執念と忍耐の賜物《たまもの》として、幸運を摑み取ることもあった。近年、彼は一見してただの蔵書の中から、オカルトの宝石を二度掘り出していた。

故人の親族は——そして発見された本の状態を鑑《かんが》みる限り、おそらく故人本人も——埃《ほこり》まみれでぼろぼろになった古い書物の持つ価値を、まったく知らずにいたのだろう。ときには、彼よりも小者の古書買取屋やけちな情報屋が作る情報網から、とある蒐集家の紳士が揃えた蔵書の中に注目すべき品があると一報を受け取ることもあった。特権階級とも呼べるほどの紳士となると、マグスに絶対に気づかれたりしないよう、己の趣味を決して漏らさぬようになるのである。しかしマグスは、彼らが死を迎えた際には生前に売った本をはした金で買い戻すことができるよう、実に詳細な個人顧客名簿をつけていたのであった。

そんな愛書家のひとり——ハイベリーのサントンという故人で、極東の画集を好み、もっぱら十七世紀と十八世紀に作られた花の画集だが、稀にややエロティックな風合いのものも嗜《たしな》んだ——が残したコレクションが箱に詰められ、今マグスの質素な部屋の床に置かれていた。そのうち何冊かは手ずからサントンに売ったもので、彼は、約束手形をポケットにしまった借金まみれの老人を迎えるように、その帰還を歓迎した。他の本は大して知らないものばかりだったが、似たような本に関する知識をもとに、精確な価値を鑑定することができた。だがあいにくサントンのせがれは間抜けといえず、蔵書の中でも上等なものについては予定外の高値を払わされてしまった。このひと仕事を終えればいずれにせよ利益が出ると知ってはいても、払いたくないほどの額である。

マグスは慎重に一冊ずつ査定していった。折れや破れを確認し、新しい変色を見つけるたびに首を横に振る。サントンはたいていの蒐集家よりも慎重な男だったが、扱いを誤った痕跡の残る本も多く見つかった。マグスは、あのせがれを責めたい気持ちに駆られた。

査定は夜半過ぎにまで及んだ。そして、ようやく本をまた荷造りし直そうとしたそのとき、布に包まれた小さな本が箱の片隅にあるのをマグスは見つけたのだった。サントンのせがれと値段交渉をしていたときに扱った記憶もなく、そんな本のために金を払ったことも当然ない。本を持ち帰るためにハイベリーに運んだ時点ではどの箱も空っぽだったし、不慮の事故で本が損傷することがないよう、すべて自分の手で荷造りしたのである。彼が目を離しているすきにサントンが入れたとしか、この侵入者が入り込む余地など想像もつかなかったが、あのせがれがそんなことをする理由も、方法も、マグスにはさっぱり分からなかった。彼は荷造りの間ずっとマグスから離れたところに立ち、せいぜい小銭稼ぎのためにつまらぬ仕事をするものだといった顔で、古書買取屋への嫌悪を隠そうともしていなかったのである。

本に巻かれた布を、マグスは解いてみた。本は茶色の革表紙――かなりの年代物であるのはひと目で分かるが、それにしては傷んでいない――で、銀の同心円をふたつ組み合わせた珍奇な鍵が付いている。どちらの円にも小さな文字が記されており、それぞれ回すことができるよう作られている。マグスは机の引き出しから拡大鏡を持ってきて、鍵とそこに並んだ文字を調べてみた。それから書棚に行って百科事典を一冊取り出して目当ての項目を探し出し、それを手に机に戻った。まさしく、文字はアラビア・インド数字、そしてインド数字だった――おそらくは、ペルシャ語かウルドゥー語であろう。四、五、そして六の字が違うことから、マグスには判別できた。彼が目《ま》の当たりにしているのは、これまでお目にかかったことのない、太古のダイヤル錠のようなものだった。数分ほどダイヤルを調べてみたが徒労に終わり、マグスは本をわきに置いた。明日の朝にでも、また見てみるとしよう。それにしても、妙である。マグスは、あのせがれに本を返してさっさと忘れてしまってはどうかとも考えてみた。本の買取で険悪な交渉のやり取りをしたせいで、まだ頭にきている。マグスが信仰の人だったならば、この小さな本は損失の埋め合わせに神が授けてくれた贈りものに違いないと思うことにしただろう。本を寝室に持っていき、ベッドサイドのテーブルに置く。そして本を見ながら灯りを消し、まぶたを閉じた。

その夜マグスは、例の鍵と格闘している夢を見た。眠っている彼の指が動く——試し、回している。

やがてかちりと音がした。彼の眠りを妨《さまた》げぬほど、かすかな音だった。

†

翌朝、マグスは遅くまで起きなかった。苛立って落ち着かない気分で目を覚まし、ベッドサイドに置いた革表紙の本になど、ほとんど目もくれなかった。今日は金を作らなければならず、それどころではないのだ。窓辺に行って空を見てみたが、雨雲はまったく見当たらなかった。マグスは急いで着替えてから腹ごしらえにバターを塗ったパンを口に詰め込むと、サントンから買い込んだ値打ちものの本が入った箱をふたつ小さな台車に載せ、出発した。

マグスの仕事のほとんどは、チャリング・クロス・ロードに立ち並ぶ書店が相手である。彼の取引は、いつでも決まった手順で行われた。まずは荷物を分けて、どの書店にはどの本がいちばんしっくりくるかを決め、それが済んだら週に一度、すべての書店を回るのだ。この店は月曜日、この二軒は火曜日、あっちの書店は水曜日、といった具合である。週末には、取引しないことを好んだ。他の古書業者との取引で店の金庫がすでに空にされていることもよくある話で、そうなれば、いい値で売るのがなかなか難しくなってしまうからだ。それにマグスは、金曜の閉店後に買い手を懐柔するべく酒を奢《おご》るのもためらわない。相手が食いつきそうな上物を自分が持っていると感じれば、なおさらだ。

だがほとんどの買い手はとりたてて打ち解けようともしなかった。マグスのような連中は商売上の必要悪であり、公《おおやけ》に知られないようにするのが最善であると考えていたのである。「紳士的な書店」を自認する何軒かなどは、精査のために本の詰まった箱をおろすわずかな間しかマグスを敷地に入れてくれず、何か気に入ったものがあってもあからさまに渋い表情で惜しそうに金を払うのだった。まるで、本を引き取るのに同意したことでマグスに善行を施し、そのうえ金まで払ってやったのだとでも言わんばかりの顔をしてみせるのだ。マグスは自分と同じように、埃や汚れにまみれるのも厭《いと》わず、フランスの森で鼻をひくつかせてトリュフを探し回る豚のような逞《たくま》しい相手との取引のほうが好きだった。

アトキンソンは、まさにそんな商人であった。彼はチャリング・クロス・ロードでも比較的小さめな書店のひとつを経営していたが、敷地を最大限に活用していないと彼を責めようとする者はひとりとしていなかった。自らの手で店作りをし、本を置ける場所にはすべて棚を取り付けていた。シャツは一枚しか持っていないのか、それとも同じシャツを山ほど持っているのだろうか。赤と白のストライプのシャツは、生地も色も、マグスにデッキ・チェアを思い出させた。実際、アトキンソンは毎年八月になるとブライトンで日光浴をするために一週間店を閉めるので、仮に街のどこかで本屋の服を仕立てるためにそうしたデッキ・チェアが壊され、ただの木切れになっているのを知ったとしても、マグスは意外にすら思わなかったろう。

アトキンソンは、本を傷めるからと言って、敷地内での喫煙を許さなかった。それに、カウンターの裏にある小さな事務所以外では絶対に紅茶を飲まなかった。これは、うっかりこぼして本を駄目にしてはいけないという理由からなのだが、デュワー瓶から直接ひと口飲むたびに蓋《ふた》を閉めるほどの徹底ぶりであった。アトキンソンには妻がいるという噂もあったが何年にもわたって誰ひとりとして見かけた者はおらず、毎朝通りで最初に店を開け、毎晩最後に閉めるアトキンソン本人も、おそらくはそうかもしれなかった。店を覗けば、ランプの灯りで本を調べたり、小さなオフィスにぽつんと座って読書しながら紅茶を飲んだりしているアトキンソンの姿が見えた。

　アトキンソンがことさら興味を抱いている分野には、サントンの蔵書にもあったようなアジアの本が含まれていた。この分野について彼の知識はマグスよりも豊富で、そうした書籍を買いそうな見込み客のリストも、比例して長かった。マグスは、翌月にバースで開かれる遺品販売に目をつけていたので、できるだけさっさと本を捌《さば》いてしまいたかった。それにアトキンソンのことならば、ロンドンのどんな取引相手よりも信頼している。売値から自分が貰《もら》う歩合をアトキンソンの言いなりに決めたとしても、サントンの蔵書の取引はまだ黒字になるはずだし、自分の手で売りさばこうとするよりも早く金が手に入るというものだ。

　だが、店に着いてみれば、アトキンソンは手が離せないありさまだった。棚の半分を埋める海洋関連の書籍が、実際の価値の二倍、そして仕入値の十倍で売れるかどうかの瀬戸際だったのである。マグスは、このような思いがけない儲け話の最中にはアトキンソンの邪魔をしないに尽きると、よく分かっていた。手を借りたいと思っているときであれば、なおさらだ。それに、もしアトキンソンがうまい具合に海洋関連の書籍を売りさばけたならば、サントンの蔵書ではこちらの取り分を増やす気になってくれるかもしれない。そこでマグスはただ箱をおろすと、翌日電話をするから中身について相談しようとだけアトキンソンに伝えたのだった。それを済ませて心の重荷をおろすと、彼はストランド通りの〈コーナー・ハウス〉まで台車を押していき、間もなく自分のもとに流れ込んでくるであろう大枚に思いを馳せながら、遅い朝食に舌鼓を打ったのであった。

マグスはその日の残りを古書探しに費やし、〈マークス&カンパニー〉に格安で出ていた『水の子どもたち』の初版本を仕入れ、すぐさま〈ヘンリー・サザラン〉の若い販売員に売って莫大な利益を上げた（前者の創設者であるマークスとコーヘンは後者で修業を積んだので、こんな見過ごしがあったと知れば痛恨の極みであろう）。朝に出発したときよりもポケットがずっしりと重くなり、そのうえさらに金が入るのだという確信を胸に、マグスは暗くなりかけたころ、すっかり浮かれて帰宅した。

†

ベッドサイドのテーブルを見るまで、あの小さな本のことはすっかり忘れていた。組み合わさっていたはずの銀の輪が外れ、本が自由になっているのに、ひと目で気づく。本の夢を見たかすかな記憶はあるが、思い出せるのはそこまでだった。ベッドに入ったときには確かに鍵は外れていなかったし、今朝出かけてから誰も部屋に入っていないのは確かである。彼に想像できるのは、昨夜あれこれ試行錯誤した結果うっかり正しい番号に合わせてしまい、古くなり固まっていた鍵がかなりの時間を置いて開いたか、もしくは鍵はもうとっくに使いものになっておらず、いじくり回しただけで壊れてしまったかのどちらかだった。

マグスは経年による傷みと、表紙や背表紙の合間から覗く下地を調べた。おそらくこの花布《はなぎれ》（本の背の上端と下端にはりつける布地）は本を綴じるとき一緒にはりつけたものと考えられ、腸線《ガット》の代わりに縒《よ》り糸が使用されている。推測だが十五世紀かそれ以前のもので、だとしたらかなりの値打ちものということになる。前に見たとき同様表紙には装飾があった痕跡もなければ、中身を示す手がかりひとつなかった。

本を開く前に、荷物の山の中から綿手袋を探し出した。もし本当に値打ちものなのだとしたら、手に着いた泥汚れや油汚れを移し、紙に染みを付けたりはしたくない。ページはリネンの混合繊維で――彼には見ただけで分かる――端の処理はぞんざいである。最初の四ページは、まったくの白紙であった。残り――全五十ページほどだろうか――にはびっしりと手書き文字が並んでいたが、マグスにはその文字にも言語にも見覚えがなかった。インクは赤紫色で、歳月を経てもなおまったく色褪《いろあ》せておらず、まるでこの朝に文字で埋め尽くされたばかりのようだった。それにパリンプセスト（羊皮紙などにすでに書かれていた文字を消して新しく書かれた古文書）ででもあるのか、九十度傾けると、元の言語を知る者には別の内容が浮かんでくるようにも見えた。

マグスが最初に抱いたのは、この本は何かの事情で急いで書かれたものではないかという印象だった。文字がどれもこれも、彼が今まで目にしてきたような、地味なヨーロッパの手稿本にすら見受けられる美と品格にまったく欠けているのだ。マグスには、手の中の本がまるで一冊の手帳であるかのように感じられたが、これほどの品――革綴《かわとじ》で、最低でも五、六世紀は比較的無事な状態を保てるほどの技量によって作られ、ページはどれも最上質である――に、汚い手書き文字に紛れたパリンプセストしか見つからないとは。

彼は手にした百科事典をくまなく読みながら、古代のものから近代のものまでありとあらゆる文字を調べ、走り書きと比較できるものがないかを探し出そうとした。だがこれが徒労に終わってついに本を横に置いたが、すぐさま異様に生き生きとしたインクの謎をふたたび思い出した。手袋をした指でそっと触れる。指先にインクが付くのではないかと思っていたが、手袋には染みひとつなかった。

もしかしたらアトキンソンならばこれを買いそうな者に誰か心当たりがあり、マグスもちょっとした大枚を手に入れられるかもしれない。いや、いつでも英国図書館に持っていき、まずは職員の誰かに調べてもらうことだってできる。そうだ、きっとそれがいちばんいい。そのうえひょっとすると、彼が手に入れたこの品はアラブの天才か、東洋のダ・ヴィンチの手帳かもしれないのだ。もっともアラブ人ならアラビア語で書いていただろうし、この本がアラブとの間に保つ唯一の繋がりといえば、鍵しかないように思えはするのだが。もしや、鍵だけあとから取り付けられたということはないだろうか？　だがマグスは、失われた東洋の言語と同様、鍵に関してもずぶの素人《しろうと》であった。

窓辺に寄り、路地の突き当たりに立つパブから聞こえる男の歌声と、伴奏するピアノの音色に聞き耳をたてた。マグスが知らない歌だが、声をそろえて男に合わせる大勢の歌声は違う。マグスは、そんなところに加わりたくはなかった。生まれながらにして、孤独を好むたちなのである。

生暖かく、むんとした湿気の立ち込める夜だった。静寂を乱すほどのそよ風すら吹いてはいなかったが、マグスは換気のため窓を開けっぱなしにしていた。服を脱いで下着姿になってからベッドに入り、フランク・ノリスの『オクトパス』を何ページか読んだ。鉄道についての本は苦手である。彼には、少年時代、家族の家の下に延びる線路を列車が走っていくのを眺めていたせいだと分かっていた。列車の運転士になりたくて、こんなにも自分に向いた天職などあるものかと思っていたというのに、その夢にいちばん近づいたのは、三等車の座席にかけたときだった。そんな夢が叶う代わりに、マグスは湿った服と乾いた紙のにおいをさせ、死んだところで誰にも悼まれることのない年齢不詳の男になってしまった。もっとも何人かの書店主くらいは、葬式の間だけ店を閉めて送ってくれるかもしれないが。

パブからの歌声がやみ、閉店を告げる声が聞こえた。マグスは『オクトパス』を閉じた。明日はアトキンソンと会い、双方が納得する本の価格を決めなくてはいけない。うとうとと眠りに落ちかけたその瞬間、本のページがめくれる音が聞こえた。だが疲れ果てていたマグスは、無風の夜であるのも思い出さず、風のせいだということにしたのだった。

†

翌朝、マグスはまたしてもいつもよりゆっくり目を覚ましたが、今日も大して休まらなかった気分なのも、ある意味では無理からぬことであった。夜の間じゅうひどくじめじめとしており、狭いベッドになんとか涼しいところを見つけようとして、ほぼ夜通し寝返りを打ち続けていたようなのである。したたか肌を切りながらひげをそり、アトキンソンと話し合いをすべく、チャリング・クロス・ロードに出発した。そして中ほどまで来たところでようやく例の小さな手帳を置き忘れてきたことに気づいたが、取りに戻るような気分ではなかった。英国図書館ならば明日になっても立っているだろうし、マグスはアトキンソンが画集にいくらの値を付けるのか、そしてどれだけ手早く売りさばいてみせるのかのほうに、より興味をそそられるのだ。

アトキンソンは窓辺に置いたスツールに腰かけ、オースティン全集の質素な装丁に鉛筆書きされた価格を注意深く消しているところだった。横には昨日マグスが持ってきた箱がふたつ、本の入ったまま置かれていた。もしかしたらまだ査定をしていないのかもしれないが、いくらかでも儲かるとなればさっさと仕事に取り掛かるこの本屋にしては実に珍しい話である。しかし箱は、アトキンソンがさまざまな理由から気に入らなかった本をいつも置いておく場所にふたつとも並んでいる。

持ち込んできた売り手は、がっかりしてそこから自分の本を持ち帰るはめになるのである。だがマグスには、アトキンソンが箱の中身を気に入らなかったとはどうしても考えられなかった。ちょっと見てもらうことさえできれば、すぐさま大金の種だと分かるはずなのだ。

「やあ、外は暑いね」マグスが声をかけた。

「ここも、どこもかしこも暑いよ」アトキンソンが答えた。

彼は額から汗を滴《したた》らせ、わきの下もすっかり黒々と濡れていた。マグスは、自分のシャツもコートの下でぺったりと背中に張り付いているのが分かっていた。本当ならば家に置いてくるべきなのだが、このコートは目や耳と同じで彼の一部になっているのである。内側にも外側にも、本をぎっしり詰め込めるポケットが、このコートにはいくつも付いている。

「ところで、箱の中身はまだ見てないのかい？」マグスが訊ねた。

アトキンソンは、顔に困惑を浮かべてみせた。分厚い眼鏡越しに、マグスの目をじっと覗く。湿気のせいで眼鏡がやや曇っていたので、アトキンソンは一度はずしてハンカチで拭いてから、またかけ直した。だが、表情はさっきと変わらなかった。いや、さらに困惑が深くなったのが、マグスにも見て取れた。

「ここまで引きずってくる前に、自分で見てはみなかったのかね？」アトキンソンが言った。「だとしたら、見ておくべきだったとも。そうすりゃあ、面倒を抱えずに済んだってもんだ」

「どういう意味だね？」マグスはいぶかった。「どれもいい本だよ。俺が自分でサントン爺さんに売ったものだって何冊か入ってるし、あの爺さんだって間抜けじゃない。だからさあ、興味がないなんて言わんでくれよ。チャリング・クロス・ロードにひとつ石を投げりゃあ、俺より高値を付けてでも手に入れたいって紳士に六人は当たるとも。疑いなしだよ。最初におたくに持ってきたのは、親切っていうもんさ」

「なるほど、それじゃあさっさと石を集めに行くこった。うまく行くといいな。人の時間を無駄にさせるのが親切っていうのなら、君はそりゃあ親切者だよ。太鼓判を押してやるとも」

マグスが感じる本気の不安が伝わったのか、アトキンソンが態度を和らげた。

「まじめに訊くんだがね、マグシィよ。ここに持ってくる前に、自分の目で確かめやしなかったのかね?」

「もちろんしたとも」マグスは答えた。「何が言いたいんだね?」

「じゃあもう一度見てごらんよ」

「見るって、何を?」

「どれもこれも、すっかりぼろぼろだからさ」アトキンソンが答えた。「最初の一冊を開いただけで胸が潰れたよ。ぜんぶ見終えるころには、さらに十数回は潰れたとも。あの愛らしい本たちに、いったいなぜあんなことができようものかね。君があんな状態でうちに持ち込んだのかと思うと、悩まずにはおれんよ。君とわしは、互いに長い付き合いだ。わしにまんまと一杯食わせてやろうとしただなどとは、思いたくないものさ。さあマグシィ、君はまさか、そんなまねをしないだろう? そうだと信じたいところだが、もし違うなら、わしとは根っから面倒なことになるぞ」

マグスはもう、聞いてなどいなかった。最初の箱を開け、中でもいちばんの値打ちもの——十七世紀、胡正言《こせいげん》により出版された、『十竹斎書画譜』として知られる初期の多色木版画集である——を取り出し、包んでいた布を剝がす。そしてカウンターに置くと、布の端を使って本を開き、ページをめくってみた。

「そんな大事に扱うことはないよ」アトキンソンが言った。「手をかける必要なんてとっくにありゃしない。中身を見たことがあれば、ブーツで蹴り開けたっていいくらいだとも」

マグスは衝撃のあまり、短い悲鳴をあげた。最初の一冊を、見覚えのある赤紫の殴り書きが埋め尽くしていたのである。二冊目も、そして三冊目も同じであった。彼は一冊一冊を開き、すべてのページを確かめた。蘭や花を咲かせたスモモの絵も、美しい書が並ぶ部分も、どれもこれも同じように殴り書きで台無しにされている。マグスはそれを閉じて別の本を開いてみたが、結果は変わらなかった。そして、ふたつの箱の中身を一冊残らず取り出し、表紙から裏表紙に至るまで、手を止めることなくすべてのページを調べてみた。

「こんなのはありえない」マグスは首を横に振った。「持ってきたときは完全な状態だったんだ。真夜中までかけて、すべて確認したんだから」

そして、アトキンソンのほうを向いた。

「きっとあんたが目を離したんだろう！」と叫ぶ。「あんたが背を向けてる間に誰かがここに入り込んで、ぜんぶ落書きで台無しにしやがったんだ。昨日ここに置いたときには、新品みたいにほとんど完全だったんだからな。やりやがったな、アトキンソン。判事の前に引きずり出してやるぞ。はったりだと思うなよ！」

アトキンソンの顔から、堪忍の色が失せた。

「さっさと出ていくんだ、マグス。そして口の聞きかたを学ぶか正気を取り戻すかするまで、二度と戻ってくるんじゃないぞ。二度とふざけたまねをしにくるなよ。わしはこのゲームをずいぶん長くやってるが、それをいちばんよく知っているのがあんただろう。さあ、さっさと出てけ。その薄汚れた本も忘れずに持っていけよ！」

マグスは本を箱の中に戻した。顔が燃えるようだ。アトキンソンの失態に違いない。他に説明しようがないではないか。だが心の中ではマグスには分かっていた。アトキンソンはまるで自分の蔵書であるかのように丁重にあの本を扱い、店の中で起きたことはすべてよく知っていたはずだと。それに、あれだけの本をこんな状態にするには、何時間もかかる。もしかしたら誰かが夜中にこっそり忍び込み、閉店している間に本を駄目にしたのかもしれない。彼はそれをアトキンソンに言おうとしたが、口を突いて出るのは言ってはならぬ言葉ばかりで、ただでさえ悪い状況はさらに悪くなり、気づけば彼は足元に置いたふたつの箱を自宅まで持ち帰る術もなく、路地に突っ立っていたのだった。それにこの本たちにはたいた金も、つまらぬ問題とはいえない。何倍にも増やしてやろうと思い、払える限りかなりの大枚を注ぎ込んだのである。バースはどうすればいいのだろう？ 遺品販売はどうすればいいのだろう？

彼は二輪の荷車を押している少年を見つけ、家に運ぶのを手伝ってくれるよう何ペンスか渡したが、なぜ今さらこんな本をわざわざ持ち帰らなくてはいけないのか、さっぱり分からなかった。こんな本の山は無価値だ。いや、まったくどうしようもないのだから、無価値よりなおたちが悪い。かまどの火種くらいにしか使えやしないのだ。マグスはことの次第を突き止めようとあれこれ考えながら、少年のあとを付いていった。汚された本にかかれていた殴り書きが、ベッドサイドに置いておいた例の手帳のものと同一であるのは疑いようがないことだが、マグスの知る限り、あの鍵を外して中身を見たのは自分ただひとりのはずである。

いや、待てよ！　サントンの息子がいたではないか！　ひと目見たときから気に入らなかったし、未だにまったく好きにはなれない。もしかして、あの男に嫌がらせをされたのではないだろうか？　だが、いったいどんな目的で？　マグスは本の代金を支払ったし、サントンがもっと高値でしか売らないというのであれば、マグスには止めることなどできなかったろう。サントンを騙《だま》したりはしていない。希望の買値を伝え、断られ、買値を言い直し、了承を得たのをはっきり聞いたのである。サントンに文句を言われる筋合いはないし、後《のち》にマグスが支払った額よりも価値のある本だと判明したところで、事務手続きの完了とともにサントンが父親から相続することになっていた遺産に比べれば、そんな差額は大海原に落ちた一滴にしか過ぎない。たかだか数ペンスを巡っての言い合いのようなものである。もしやサントンの頭がどうかしており、誰かにマグスをつけさせ、本をどうする気か計画を探らせ、その計画を破滅させるべくアトキンソンの店に押し入った可能性はないだろうか？　考えるだけ馬鹿らしい話だが、マグスには他の説明など思いつきもしなかった。

ふたりは、マグスの住まいに到着した。片方の箱を階段の上まで運ぶのを手伝ってくれるよう少年に頼んだが、運び終えた少年はおまけの一ペンスが貰えないと分かるとがっくりと肩を落とした。マグスがおぼつかない手つきで鍵を外してドアを開け、右足で最初のひと箱を中に押し込んだ。そして、もうひとつの箱が敷居の中に入るのを確かめてから、ようやく顔を上げた。その瞬間目にした光景に彼は思わずふらつき、背中からドアに激突してしまった。乱暴にドアが締まり、バランスを崩したマグスが転倒しかける。

床は、どこもかしこも本まみれになっていた。一冊残らず開きっぱなしで、すべて汚されている。本棚はどれも完全に空になっていた。この大虐殺を免《まぬが》れた本は、一冊たりともなかったのである。彼は左足のすぐ横に落ちていた『ボズのスケッチ集』を拾いあげた。赤紫のインクに覆われて元の文章はほとんど見えないほどで、猛烈な勢いで攻撃を受けたせいで、最初の五十ページには、まるで釘を思い切り打ち込んだかのような穴が突き抜けていた。マグスは部屋を回って破壊された本を次々と調べ、捨てていった。そして作業を終えるとやっとのことでベッドに寝転がり、泣き出したのだった。

だが、始まったのと同じくらいだしぬけに、そのすすり泣きが止まった。天井をじっと見上げる。書庫と蔵書が台無しにされたのを強烈に気に病むあまりに、マグスは頭上の石膏《せっこう》が同じように駄目にされており、黄白色の塗装面がほとんど殴り書きで埋め尽くされてしまっているのに気づかなかったのである。マグスはカーテンを開けた。日光から本を保護するためにいつでもカーテンは閉めてあり、家を照らすものといえば薄明かりとランプの灯りだけである。そこに陽光が射し込み、寝室の壁に貼られた古びた暗色の壁紙を照らしたのだった。すると、影だとばかり思っていたはずのものが、壁紙の模様を覆うように書かれた大量の殴り書きであるのが分かった。床に落ちていた本を一冊拾いあげると、カーペットに守られていない安いリノリウムの床が目に飛び込んできた。

言葉の海だ。どれもこれも同じ、恐ろしい文字で綴《つづ》られている。

マグスは、本を踏みつけてまた転びかけながら、リビングに駆け込んだ。次々と本を後ろに放り投げながら、ただ一冊の本を探し続ける。そして部屋の隅に転がるあの手帳を見つけた。昨夜自分が置いたところからは、完全に掛け離れている。そしてそこに書かれた文字と、部屋という部屋、本という本を埋め尽くした解読不明の文字とを比較してみた。どうやら間違いない。まったく同じ筆跡、まったく同じインクである。彼は手近な壁に書かれた言葉を指でこすってみた。だが指には何も付かなかった。そこで指を舐めてからもう一度こすってみたのだが、インクはどうしても消せないようだった。

怒り狂ったマグスは引き裂いてしまおうとしたが、手帳はびくともしなかった。ページを一枚摑んでもぎ取ろうとしてみても、縫り糸がしっかり踏ん張り、紙にはほとんど皺《しわ》すら付かないのである。と、マントルピースにマッチ箱が置いてあるのに彼は気づいた。彼は火を起こすと燃え上がらせ、迷いもせずに手帳を炎に投げ込んでしまった。燃え尽きるのを待ったが、そうはならなかった。

火かき棒を使って火勢がもっとも激しいところまで押し込んでも、手帳はまるで無事なのである。どのページも、茶色みを帯びてすらいない。やがて彼はすっかり観念して火かき棒で手帳を炎から出すと床にへたりこんだ。手帳を見ながら、いっそぱっと消えてはくれないかと祈る。だが消え去る気配など微塵もないのを見てとり、マグスは手帳に毒づいた。
　これは、英国図書館に持っていくような問題じゃない。遙かに奇怪な話だ。そしてマグスはたったひとりだけ、答えをくれるかもしれない女に心当たりがあった。

†

〈ダンウィッチ&ドーター〉の書籍販売店は評判が悪く、オカルト主義者たちですら、それに異存はなかった。ダンウィッチ自身も無礼な老いぼれだったが娘のほうがいっそう不愉快で、オカルトの世界に足を踏み入れた者は彼女のことを、魔女だ、いや暗鬼崇拝者《デモニスト》だと囁《ささや》いた。マグスは娘のほうとも父親のほうともできるだけ関わり合いにならないようにしていたが、ときには商業的な事情からどうしても接触が避けられないこともあった。だが欲しいものがあればエリザ・ダンウィッチは気前よく金を出すものだから、そうした会合はまだ少しはましであった。彼女は本を売りたいだけというよりも、何かさらに大きな得体のしれない目的の一部として書籍販売をしているに過ぎないのではないかとマグスは感じていたが、エリザはどうやら、不本意ながらも彼にどこか一目置いているようであった。エリザは商人であると同時に、蒐集家でもある——いや、おそらくは前者よりも後者であろう。これは書籍売買の業界では珍しいことであり、彼女のような売り手であればなおさらだが、エリザが蒐集する本は選びぬかれた偏執的なものばかりで、中には不快極まりないような書物まであった。マグスは何冊かその手の書籍を彼女のために探してやったことがあるのだが、彼女は手間を補って余りある報酬を支払ってくれた。だがマグスがどんな本を持っていこうとも、エリザの要求は止《とど》まるところを知らなかった。もっと暗く、もっと下劣で、もっと珍しい本をと、要求はどんどん高くなっていったのである。

中でも彼女がもっとも欲しがっているのは『アトラス・レグノム・インコグニトム』、もしくは『裂かれた地図書』と呼ばれる、マグスが実在すら疑っている一冊の本である。彼が考えるかぎりこの本は伝説だが、まさしく伝説級の価値がある本だ。もし実在しており手に入れることができたなら、間違いなく金持ちになれるだろう。間もなく遺産を相続し、一生遊んでだらだらできるだけの金を手に入れるあのサントンの息子などよりも、さらにすごい金持ちにだ。だがエリザと違いマグスはひどく疑い深い男であり、『裂かれた地図書』のような本の存在を信じるのに必要な信仰心が、彼には単純に欠落していた。

だがそんなマグスも一方では、書物には力があるのを知っていた。実在するものの言葉では説明できず、しかし個人や社会、はては国家をも変容させるほどの力である。今はもう彼にも確信があった。自分はどんな運命のいたずらか、人智を超越した強力かつ危険な書物を所持することになったのだと。そして、エリザ・ダンウィッヂならば、あらゆる奇書の知識を持っている。なぜページに書かれた記述が勝手に家の壁や持ちものに移ってしまったのか、マグスには答えが思いつくはずもなかったが、もしかしてエリザならば、いくつか可能性を考えつくかもしれない。いや、ともすれば彼女に譲ってしまうことすらできるのではないだろうか。それこそ、理想的解決策というものだ。あの本から自由になりたいと切望するあまり、もうただでやっても構わないとすら思っていた。

手帳を洗いたてのふきんで包み、コートのポケットにしまった。ポケットの中、手帳が発する熱が体に伝わってくるのを感じ、マグスは、もしや炎の熱が手帳に移ったのかとも思ったが、さっき持ち上げたときは、確かに冷たかった。家をしっかり戸締まりしてウォラム・グリーンまで地下鉄に乗り、ワールズ・エンドにある〈ダンウィッヂ&ドーター〉に出向いていった。目印は、鎖のようにつながるふたつのDで飾られた、真鍮《しんちゅう》のプレート一枚だけである。

呼び鈴を鳴らしたが、誰も出てこなかった。彼はもう一度鳴らしてみようかと思ったが、それよりメモを付けて本を階段に置き去りにしていくのがいちばんいいと思い立った。そして鉛筆と紙切れでもないかとポケットを探っていると玄関ホールに灯りがともり、ガラスの向こうにエリザ・ダンウィッヂのシルエットが現れたのだった。

「ミス・ダンウィッヂ、マグスです。大事な要件があるんだよ」

「マグスさん、今日は何を持っていらしたの?」ドアの向こう側から、くぐもってはいるもののはっきりと聞こえる声が返ってきた。

「本を一冊だよ。こいつが妙なやつでね」

「危ない本を持ってきたみたいね、マグス。においがぷんぷんする。聞こえるわ。本が囁いてる。そんなもの、私のとこに持ってこないでちょうだい」

マグスは、頭がおかしくなりかけているのではないかと感じた。いったいどういうことだ? においがする? 聞こえるだと?

「ちょっと、何を言ってるのかさっぱりだよ」彼は答えた。

「でしょうね。私に押し付ける気だろうけど、そんなものは要らないよ」

マグスはだんだん恐ろしくなってきた。エリザ・ダンウィッヂに受け取るのを拒否されるまで、押し付けてしまいたい自分の気持ちがどれほど強烈か、まったく気づいていなかったのである。

「助言が欲しいんだよ」マグスが返した。「こいつをどうすりゃいいか分からないんだ」

「どうしてよ、マグス？　本に何かされたの？　さあ、正直になりなさいな。ありのままを話してちょうだい」

「狂ってるように聞こえるかもしれんがね、ミス・ダンウィッチ。この本には、俺には読めん言葉がぎっしり並んでるんだ。その言葉が俺の家にある本という本に移ってしまったんだよ、いや、壁にまでさ。まるで病気みたいにどんどん拡がっちまって……」

「そんな本を持ってきたっていうの？　本でいっぱいのこの家に？」エリザが取り乱し、金切り声をあげた。

「他にどうしていいか分からなかったんだよ。迷惑かける気なんかさらさらなかったが、おっかなくってさ。どうすりゃいいのか教えてくれよ。どうすりゃ止めることができるんだ？」

しばらく考え込むような沈黙が流れ、やがてエリザ・ダンウィッチが手帳の特徴を説明するよう言った。その声に浮かぶ好奇心のような響きを、マグスは聞き逃さなかった。この女は欲しがっているのだ、と彼は思った。蒐集している本を見れば、欲しがるに決まっているではないか。だが、この本を警戒している。しないはずがない。

マグスは閉じたドア越しに、サントンの蔵書の中にこの本があるのを見つけたことから、その日早くに燃やしてしまおうとしたことまで、何から何まですっかり話して聞かせた。

「布に包まれていたって言ったわね？」エリザが訊ねた。

「そのとおりだよ」マグスは答えた。「ただの古い布きれさ。まあ、綺麗だったがね。ただ古かった」

「調べてみれば、きっとただの布きれじゃないのが分かるはずよ、マグス。何か模様はなかった？

言葉や紋章は？」

「正直に言うと、よく見てないんだ。でも、俺には無地に見えたよ」

「もっとよく見て。絶対にその布を見つけなさい。話じゃあ、サントンの蔵書と同じ箱から出てきたって言ったわね。でも、最初にあなたが調べたときには蔵書は無事だった。問題が発生したのは、あなたが包みをほどいてからってことになるわよね？　マグス、なんてうかつな男なの？　ああ、布をなくしてなきゃいいけど」

「なくしてたらどうだっていうんだ？　教えてくれよ！」

「封印みたいなものだと思うわ。魔法かまじないってところかしらね。まあなんでもいいけれど、その布が本の中に棲まう何ものかを封じ込めていたのに、解き放たれてしまったのよ」

「何がだ？　何が解き放たれたんだ？」

　エリザが笑った。その声にマグスは震えた。他人の苦しみを心の底から楽しむ者の笑い声だ。

「私の考えじゃあ、あなたが見つけてしまったのはジンよ、マグス」エリザが言った。「それも、たちの悪いやつだわ。ジンはその本で、その本がジンなの。問題は、ジンというものは目的を持っているってことね。あなたは、そのジンに目的を果たさせなくちゃいけない。ジンがそれを終えたら、あなたにもちゃんと分かるわ。じゃあ例の布を探して本をくるんで、私のとこに持ってきてちょうだい。ごまかしは駄目よ、マグス。ちゃんと同じ布を持ってくるの。もし騙そうとしたら、火《ひ》炙《あぶ》りにしてやるわ。さあ、帰ってちょうだい。あなたは病気持ちのネズミと同じだわ」

　マグスは言われたとおりにした。エリザ・ダンウィッヂと言い争いをする気はないし、問題の布をさっさと見つけたい。何よりもあの布が欲しかった。おそらくは、エリザがあの愛する『裂かれた地図書』を求める気持ちよりも、その想いは強かった。一刻も早く家に戻りたいマグスは、タクシーを呼び止めた。守銭奴にしては思い切った、余計な出費である。道すがら、たった今聞いた話を反芻《はんすう》した。ジン。本当にそんなことがありえるだろうか？　そんなもの『千夜一夜物語』に登場するランプの魔神と願いごとの話くらいしか知らない。それに、エリザはどんな意味で目的と言ったのだろう？　マグスに今言えるのは、この怪物に何か狙いがあるとするなら、本の破壊しかないということだ。そして、もう自分には破壊する本など一冊も残っていない。それではもしエリザの言うとおりだとするならば、最悪の事態はもう過ぎ去ったのだろうか？

家に戻るやいなやマグスは例の布をどこにやったか思い出そうとしながら、投げるように本をどかしていった。確かテーブルに置いたはずだが、なんの痕跡もない。どこに行ってしまったのだろう？　あの忌々しい布はいったいどこなのだ？

視界の端に何か動くものがよぎったので目を向けてみると、まだ灰がくすぶり続けている暖炉に向け、あの布がそよ風にでも吹かれたかのように向かっていくのが見えた。マグスは飛びかかり、宙で布を摑んだ。指からすり抜けかけた布を、しっかりと握りしめ、捕まえる。寝室に行き、マグスはがっちりと鍵をかけた。もし布が手元をすり抜けて暖炉に入ってしまっていたら、どんなことになっていただろう。窓はどれも閉まっている。開けっぱなしで留守にするような阿呆ではないのだ。彼はベッドに布を広げてその上に例の手帳を置くと、しっかりとくるんだ。あとは紐のようなもので縛るだけだが、あいにく手元には何もなかった。そういえばキッチンの引き出しに縫り糸の玉があったはずだと思い出し、それから――

マグスはだしぬけに、疲労に襲われた。くたくたで、吐き気がする。寝室の光景が目の前でゆらゆらと揺らいだ。それにこの暑さときたら！　こんな暑さ、最後にいつ味わったのかすら彼には思い出せなかった。手帳を見る。すっかりあの布にくるまれている。そしてマグスは疲れ果てていた。

心の底から疲れ果てていた……。

服を脱いで袖なしのユニオン・スーツ姿になり、背中と胸を冷やすために上半身のボタンを外し、それからベッドに転がった。部屋の換気をすべく窓に手を伸ばしたが、指が届きかけたところでマグスは力尽きた。そしてまぶたを閉じた瞬間、もう眠りに落ちてしまったのだった。

マグスは、ノミに食われる夢を見た。何匹かの小さなノミが彼に飛びかかり、腕や胸に食いついてくるのである。振り払おうとしても、手は動いてくれなかった。苦痛はどんどん強くなり、ノミの牙が深々と肉に食い込んでいるように感じた。こんな食いつきかたをするノミなど、いはしない。

マグスは目を開けた。

ベッドのわきにうずくまる人影があった。濡れそぼった暗い紫色のフード付きのマントが人影の頭から体までをすっぽりと包み込み、まるで波のように床に広がっていた。だが目が慣れてきたマグスはそれがマントなどではなく、皮膚を剝がれた肉体なのだと分かった。まるで殺された動物から取り出された臓物のようだ。目や鼻や口があるはずの顔面にはまぶたもない黒々とした目玉がふたつあるだけで、その下に、切れ味の悪い刃物でえぐられたかに見える、丸い口のようなものがあった。二本の細い腕が——骨にぶら下がるように付いた、粘液みたいなものを滴らせた剝き出しの肉である——肩ではなく、前胸部から突き出している。長い爪の伸びた片手は大きく開き、剝き出しになったマグスの体に置かれていた。もう一方の手は先に行くにつれて細くなり、指というよりもまるで昆虫の脚みたいに固く伸びていた。その鋭く尖った先端がマグスの腹を引っかくように切りつけ、何かの模様を描いていた。血溜まりのせいで見えないが、考えるまでもなくあの手帳に書かれた言葉と同じようなものだろう。

怪物が刹那、動きを止めた。マグスの肌から手を引き抜き、インク壺に万年筆のペン先をひたす書記官のように、自分の体にできた膿疱《のうほう》に刺したのであった。傷口から、赤紫の体液がどくどくと流れ出る。手の先に滴るほどその体液がつくと、怪物はまた作業に戻り、書いて、書いて、書き続けた。

そしてようやくマグスは、悲鳴を上げる気力を振り絞った。

†

目覚めると暗闇の中、血に染まったシーツに横たわっていた。ふらふらとベッドを出ると、自分を苦しめたあの怪物の痕跡を探し回ったが、そんなものは何ひとつとして見つからなかった。ドレッサーに付いた鏡の前に立つ。怪物の姿はなくとも、存在した証拠はマグスの体に残っていた。顔は無事だ。それだけは、何はともあれ救いだった。落ち着いている自分に彼は驚いたが、それに気づいた途端、自分は正気と狂気の境にいるのだとはっとした。

キッチンに行き、縫り糸の玉を探しだした。例の手帳は寝室の床に転がっており、布がはだけたところから表紙が覗いていた。きっと夜中に払い落としてしまったに違いない。手を伸ばした瞬間にまたあの時と同じ疲労感に襲われたが、今度は抗《あらが》った。手帳を拾いあげ、無理やり銀の鍵を元通りにかけなおしてからダイヤルを回した。昨夜はそれをすっかり忘れていた。まじないに比べればこんな鍵などは、さして重要ではないと思ったからだ。マグスは本を布でくるみ、中身を取り出すにはナイフを持ってこなくてはならないほど、しっかりと縫り糸で縛った。

すべて終わるとボウル一杯の湯を沸かし、乾いた血液を体から洗い落とした。ベッドサイドにいたあの怪物――本当にそんなものがいるならば、ジンということになる――に刻みつけられた文字だけが残った。この体に書かれた言葉の意味が、いずれ分かる日が来るだろうか。いや、そんな日は来ないだろう。そしてきっとそのほうがいいのだと、彼は胸の中で言った。

仕上げにマグスは、ウォラム・グリーンへの地下鉄に乗り込んだ。今度は、呼び鈴を鳴らすよりも早く、エリザ・ダンウィッヂが玄関を開けてくれた。赤いローブをはおり、素足は黄色いスリッパの中に隠れている。

「布を見つけたのね？」

「ああ、見つけたよ」

マグスが手帳を差し出すと、彼女はつかの間、受け取っていいものかどうか躊躇《ちゅうちょ》した。だが結局包みを手に取り、自分のローブのひだに隠したのだった。

「もう聞こえないわ。よかった」

「いったい何を聞いたんだね？」マグスが訊ねた。「教えてくれよ」

「マグシー、あれはあなたの名前を呼んでたのよ。あなたを欲しがってたの。この本に、いったい何をされたの？」

「まあ、どうでもいいことさ」マグスが答えた。

「いいえ」エリザは首を横に振った。「どうでもいいわけがないわ」

「そいつはまた戻ってくるかね？」

「私がここで封印を解かなければ、そんなことにはならないわ。大丈夫よ、出しやしないから」

「そんなもの、どうする気なんだ？」

「コレクションに加えるのよ。安全なところに保管して、誰か何も知らない人の手には絶対に触れないようにね」

「本当に、二度と戻っちゃこないんだね？」

「戻る必要なんてあるかしら？」エリザが微笑《ほほえ》んだ。「だってあなた、もう二度と忘れたりしないでしょう？」

彼女が手を伸ばし、マグスのシャツの前に触れた。マグスがその手を見下ろす。汗が染みたシャツを通して、未知の文字で書かれた言葉が透けて見えている。

「印を付けられたのね、マグシー」彼女が言った。「でもきっと、いいことをしてもらったのよ。だって今は信じてるんでしょう？　ただの本もあれば、本を超越した本もあるってね」

エリザがマグスの耳に唇を寄せ、囁いた。

「だから、私の本を見つけてちょうだい、マグス。あの地図書を……」

3 泥

それはもう、さまざまな種類の泥がございます。人は——ほとんどは都会の方々ですが——泥なんぞなんでも同じだと一笑に付すものです。彼らにしてみれば泥というものは、靴や服を汚すつまらぬものに過ぎないからでございます。ですが農夫や庭師といった人々にしてみれば、ただの泥ではなくそれは土壌であり、土壌ではさまざまなものが育つものです。花も。低木も。雑草も。

美しきものも。

恐ろしきものも。

†

厳しい批判の数々が、将軍のお耳にも入りはじめておりました。お顔からもご様子からも、誰にでもそうと分かりました。おかげで将軍は心底参っておいでした。私に教えてくださったところによりますと、人々があの方にしていることには名前があるのだというお話でした。みな「改竄《かいざん》」と呼んでいるというのです。自分たちに都合よく歴史を作り変え、己の目的のために人の栄光を傷物にし、無慈悲な千の刃によって評判をずたずたに切り刻むのでございます。だから本当に起きたことを書いておこうと決めたのだと、将軍はおっしゃいました。私は自分を見下ろす将軍の影に包まれ、藤を刈り込みながらそれを聞いておりました。夏に藤の剪定《せんてい》をするのも大切なことなのです。

ええ、確かに夏場の剪定には反対の方々がいらっしゃるのも存じておりますが、七月か八月初旬あたりに藤の剪定をするのは、それはもう大事なことなのです。水平に均《なら》し、わきを短く刈るのです――とはいえ主枠に四つまでしかつぼみを付けたくない冬のほうが大事なのですけれど。エスパリア（根垣）仕立ての林檎《りんご》も、果芽を作るのならば同じことです。それにクルミと葡萄《ぶどう》は晩夏に剪定しなくてはいけません。冬場にやると切ったところから樹液が止まらず、それはそれは寒々しいものなのです。

ですから、私は作業をしながら将軍のお話を聞いておりました。奥様はロンドンにお出かけで、秋までにお帰りのご様子はちらりともございませんでした。将軍のご結婚は失敗だったのだと、私は思いますとも。このようなことを私が申し上げるべきではないのですけれど、あのおふたりはまったく合わないと、最初から私はずっと思っていたのでございます。正直に申し上げるならば、将軍は特別に聡明な方ではありません。爵位を持ってはおいでですが、なんの意味もありはしません。ほとんどの連中は将軍をウィリアム卿と呼びますが、私にとってはいつでも変わらず将軍でしたし、これは私の想像なのでございますが、あの方も胸の奥底では階級で呼ばれるほうをお好みでいらっしゃったと思うのです。例の改竄だとかで、あれほどまでに胸をお痛めになったのも、それが理由でございましょう。将軍はオックスフォードの警備隊を経て、少尉に任じられ陸軍に入られました。サンドハースト王立陸軍士官学校や幹部学校で訓練を受けられたわけではありませんし、そのせいで他の将軍たちから見下されているのではないかと、いつでも気にしておいでした。将軍は、中将に昇任されたのと同じ一九一五年、ナイト爵を授かりました。その年以降、将軍の両手はずっと血まみれでしたから、人は中将にふさわしい戦いをしたと言います。まあ、私は兵士でも軍事歴史家でもありませんが。カンブレーで行われた公式審理により、編隊の指揮官たちは全員が無罪となり、下士官や下級の兵士たちにも落ち度があったのが分かりました。そう将軍が私に話して下さったのです。ちょうど、ハイ・ウッドで起きたことの責任はバーター少将にあるのだ、と教えてくださったように（一九一六年、第一次世界大戦におけるフランス、ハイ・ウッドの攻防戦でイギリス第四七師団は多くの死者を出し、作戦に失敗。その責任は、指揮官であるバーター少将にあるとされた）。

しかし今は余計な世話を焼く人々や、ドイツの共鳴者たちが、すでに弱まっている戦後イングランドの士気を折ろうという試みのもと、先の紛争における上級将校たちの能力に関する疑問を掲げたのでございます。将軍は、まったく相手になどなさいませんでした。間違いのない記録を残すべきだという思いのもと、回想録《メモワール》の執筆に着手なさったのです。題名まで決まっておりました。『デヴィルズ・イン・ザ・ウッド（森に棲まう悪魔）』という名です。これは言葉遊びなのだと、将軍はおっしゃいました。ハイ・ウッドでの失敗に先んじて起きた、デルヴィル・ウッドの戦いにかけてあるのだと。そして森の悪魔というのはドイツ人、要するにフン族どものことでもあるのです。将軍によると彼らは真の悪魔であり、デルヴィルで彼らを食い止めたのは、五人につき四人の死者を出しながら最前線で戦った南アフリカ人たちであったとのことでした。南アフリカの方々は一九一六年七月十四日、将兵総勢三千人超で戦いの火《ひ》蓋《ぶた》を切り、四日後に戦いを終えた戦場に立っていたのは、わずか六百人と少しだけだったのでございます。そしていよいよハイ・ウッドの攻防が幕を開け、新たに四千五百人が戦死もしくは負傷し、世はその責を将軍に負わせるか、負わせようとしたのです。

将軍はバーターを解任するようヘイグ（ダグラス・ヘイグ。第一次大戦では第一軍団司令官として英国海外派遣軍を指揮した）を説得なさったのですが、それでも将軍を責める声が止むことはありませんでした。彼らはハイ・ウッドで戦った、ソーターという名の兵士まで代弁者として見つけ、引っぱり出してきたのです。ソーターはお屋敷に来て、将軍に会わせろと詰め寄りました。幸いにもそのとき将軍はお留守で、門より先に進むことは叶いませんでした。ソーターは激昂したり面倒を起こしたりこそしませんでしたが、将軍が書くという回想録の噂を聞いて不快な気持ちだと声を荒らげました。ハイ・ウッドでは友人を幾人か亡くし、みんな善良な男たちだったが、将軍がきちんと仕事さえしていればまだ全員生きているはずだと私に言うのです。私は、そんな話は聞きたくないと答えて彼を追い返したのですが、彼を哀れに思う気持ちがあったのは認めざるをえません。あんな虐殺の現場からなんの傷も負わずに帰還するというのは、とても難しい話でございましょう。将軍自身、まったくの無傷というわけにはいかなかったのを、私は知ることになるのですから。

しかしソーターの訪問により、否定派を黙らせるために自らの戦争体験をしたためようとする将軍の決意はさらに固まる結果となったのです。自分ではなくイングランドのために書くのだと、将軍はおっしゃいました。疑念は敵なのだ、疑念とソーターのような男は敵なのだ、と。

泥が出現しはじめたのは、その時なのでございます。

†

初めて私がそれに気づいたのは、将軍にお屋敷まで呼ばれたときのことでした。はしごにのぼり、先ほども書きましたエスパリア仕立ての林檎にはさみを入れていると、私の名を呼ぶ将軍の声が聞こえました。私は全速力で向かいましたが、目で見るよりも先ににおいを感じました。他ではまず嗅いだことのないような、おぞましいにおいでございます。前にも書きましたが、泥にはさまざまな種類があり、他に比べて清潔な泥もあるものです。しかしこの泥ときたら、何頭もの動物たちが死を迎え、血を流し、最後に糞尿を垂れ流したかのような悪臭がするのです。泥そのものは灰色で、湿り気を帯びた大きな塊《かたまり》となって床板から上階の寝室へと続く階段にまでいくつも落ちており、その上にくっきりとブーツの足形が残っていました。将軍は顔をまっ赤にして怒りにまかせ、ご夫人のレディ・ジェシーがただでは済まさないと怒鳴りちらしておいででした。私が姿を現すと将軍はすぐさま私のほうを向かれ、許可もなく母屋に立ち入り、靴も脱がずに家を台無しにしたとお責めになりました。その罪で投獄してやる、二度と働くことなどさせるものかとか、そのようなつまらぬことを喚《わめ》きたてられたのです。家政婦が将軍の気をなだめようと、私が果樹園から一歩も出なかったこと、自分の目でずっと私の様子を見ていたこと、母屋には断じて近づかなかったことを指摘してくれました。私は、泥などほとんど付いていない自分のブーツを将軍に見せました。その夏は乾燥しており、地面もすっかり固まっていました。雨が降ってほしいと願っていましたが、ぽつりとも降らなかったのです。

さて、将軍がお気を取り直し、汚したのは私ではないとご理解なさると、ここで疑問が持ち上がりました。ではいったい下手人は誰なのでしょうか？　さらには、その下手人がまだ近くに潜んでいるのではないでしょうか？　将軍はかつてハンターとしてイギリス保護領ウガンダに赴き、バニョロ族やナンディ族と戦った方でございます。ですので、キャビネットにしまってあったアフリカ製のショットガンを取り出され、私は頑丈な杖を手に取りました。私たちは一緒になってお屋敷の部屋をすべてくまなく調べたのですが、侵入者のいた痕跡は何も見つからず、泥は徐々に小さくなりながら、上階の廊下の中ほどに位置する将軍の寝室のどこか近くに点々と続いていました。将軍の見るかぎり触れられたものも盗られたものも何もないとのお話でしたが、それにしても奇妙な事件です。足跡はのぼりだけで、下りのものは残されておりません。なるほど、忍び込んだ誰かが二階に着くころには、ブーツの泥もほとんど落ちてしまっていたのでしょう。しかしそんなに泥まみれだったのであれば、下る際にもちょっとした痕跡くらいは残りそうなものではありませんか。

将軍が警察に通報すると、警官がひとり、調書を取るためにやって来ました。しかし疑わしい者がいないか目を光らせると約束し、将軍には当分ドアや窓をしっかり施錠するよう伝える以外、その警官にも大してできることはありませんでした。私は家政婦を手伝い一緒に泥を掃除したのですが、これがまた本当に恐ろしいほど汚らしい泥でした。あんな泥から育ったものなど食べようとも思いません。分解してしまう寸前まで茹でられていたとしたって、まっぴらごめんです。

私は、不埒者《ふらちもの》が舞い戻ってきたときに備えて外の椅子で寝ましょうかと申し出ましたが、将軍は馬鹿なことを言うものじゃないと、それをお断りになりました。将軍は、おひとりで過ごされたかったのです。おそらく胸の内でひそかに、レディ・ジェシーがロンドンに留まることになさったのをお喜びだったのでしょう。それでも私は暗くなるまでお庭を歩き回り、念のため、家政婦を自宅まで送り届けたのです。

†

その夜将軍は、激しく寝室のドアを引っ掻く物音で目を覚まされました。まだ寝ぼけながらドアをお開けになると、なにか白と茶色のものが足元をさっと通り過ぎました。それは、かつてはお屋敷から一平方マイル以内に住む鳥や小型哺乳動物の脅威となっていたものの、今はほとんどずっと居眠りをしたり、蝿を追いかけたりして過ごしている、タイガーという名の巨大な老猫でした。将軍はこんなにも俊敏に動くタイガーをもう何年もご覧になってはいませんでしたが、間違いなく何かがタイガーを怯えさせ、階段の下に置かれたバスケットの中という定位置から飛び出し将軍の寝室まで駆け上がらせたのです。タイガーはベッドのヘッドボードに飛び乗り支柱に体を付けるようにして立つと、恐怖に全身の毛を逆立たせながら、ドアに向けて鋭い威嚇音《いかくおん》を発しました。将軍は、例のショットガンをベッドまで持ってきておられました。そんなこと、レディ・ジェシーがいらっしゃったら断じてお許しにならないでしょう。たとえドイツ軍が全軍でバラ園や家庭菜園を踏みにじりながら迫ってきたとしても、絶対にお許しになどなりませんとも。将軍はショットガンを構えて大声で警告しましたが、返事は何もありませんでした。代わりに、においが漂ってきました。下品で毒々しい泥の悪臭です。そして将軍は廊下の暗闇の中、壁際に低く蠢く何かの物音を聞きつけました。そして姿を丸見えにしてしまう危険も顧《かえり》みず、将軍は灯りをおつけになったのです。

ネズミが一匹、戸棚のわきの敷物を走っていましたが、これはただのネズミではありませんでした。この怪物はタイガーよりも巨大で、皮には泥がこびりつき、腹が腐って膨らんでいたのです。将軍が近づいてくるのを感じ取ると、ネズミは後ろ足で立ち上がって鼻をひくひくさせました。むしろ将軍を恐れてはいませんでした。ショットガンの銃口を向けられているというのにです。将軍は、ネズミのほうが自分に襲いかかろうとしているのだとお気づきになり、慌てて引き金を引かれたのです。弾丸が飛び出し、ネズミは一巻の終わりでした。しかし翌日になって原形を留めないほど無残な死骸（将軍が容赦なく命中させたので、ほとんど毛皮と怨念くらいしか残っていなかったのです）を目の当たりにした私は、本当に度肝を抜くような怪物だったのだと気づきました。尻尾のまあ、なんと長いこと。私の肘《ひじ》から先ほども長さがあるのです。

しかしその日私の記憶にもっとも強く残ったのは、泥のにおいでございます。においはお屋敷の隅々にまで立ち込めておりました。息をすれば鼻に入り込んできますし、ものを食べればその味がするほどなのです。敷物と床板も、その記憶を自らに刻んでおりました。なんとか足跡を消し去ろうと私どもも頑張ったのですが、どうしても消しきることはできなかったのでございます。恐れながら、専門業者を呼んできたとしても、あの足跡を消すのはひと仕事でございましょう。私の見ます限り敷物は縦から見ても横から見ても新しくせざるをえないでしょうし、床板は削ってニスを塗り直さなくてはなりますまい。屈《かが》んで足跡を直接嗅ぐと、それはもう鼻が曲がるほどのにおいなのですが、そこまでやればにおいを消してしまうこともできたでしょう。とにかく空気そのものが悪臭に満ちており、ドアと窓をひとつ残らず開け放ってもお屋敷からにおいを追い出すことはできなかったのでございます。

†

将軍は、回想録の執筆に戻られました。ここ二十四時間に起きた事件のせいで、執筆への情熱をさらに搔き立てられたご様子でした。私が窓から覗きますと、将軍は取り憑かれたようにペンを走らせておいでした。悪臭をまぎらわせるため、鼻の下に丁字油《ちょうじあぶら》を少し塗っておいででした。

私のほうはネズミの死骸を片付けはしたものの、毛皮に付いていたあの泥がいったいどこのものなのか、皆目見当が付かずにおりました——いや、むしろあの怪物そのものがどこから来たのか分からなかったのです。なにせあんなにも巨大なネズミなど、生死を問わず目にしたことなどなかったものですから。お屋敷のそばに立つ林にそれを捨てたのですが——この世からあのようなものを消すとなると、私などより昆虫や鳥たちのほうが上手ですので——その際私はふと、死骸の跡にほとんど血が残っていなかったのに気づいて衝撃を受けました。今こうして思い返してみると、血など目にした憶えはまったくなく、記憶にあるのは骨と皮と、正体の分からぬ灰色の物体ばかりなのでございます。その残骸をもっと入念に調べてみたところ、そこに残されていた毛皮はまるまる一匹分ではなく、固まった泥がこびりついてはいるものの、見間違いとは思えませんでした。しばらく調べてみた私は、残された毛皮の断片は同じ動物のものですらないとの確信に至りました。ばらばらになった骨のほうも同様で、違う齢《よわい》のものに見受けられ——色を見てそう感じたのです——私はそれを分別して並べてみました。鳥の翼骨と思しきものや、小型哺乳動物のものらしき上顎骨もありました。中央に短い牙が二本、そして両端に長い牙が一本ずつあるところから見て、おそらくはリスか、はたまたコウモリのものかもしれませんが、何はともあれあのような牙を持つネズミなど私は見たことがありません。

私は両膝を地面についたまま、どういうことかと頭を悩ませました。まるで下生えか地中から集めた他の動物たちの屍《しかばね》を寄せ集めて形をなしたネズミのようで、離れてみれば巨大な齧歯《げっし》類みたいに見えはしましたが、とても顔を寄せてもっとよく見てみる気にはなれませんでした。しかしだとすれば、そんな怪物が命を宿すことなどありえるでしょうか？　他の動物の死骸を寄せ集めたものであれば、この怪物が走ったと思ったのは、将軍の見間違いだったとしか思えません。きっと何者かが——おそらくはお屋敷じゅうに泥の足跡を残した下手人が——将軍に、汚《けが》らわしい嫌がらせをしたに決まっています。

泥のことを再び考えはじめると、私の中でふと何かが結びつきました。私は立ち上がって木々の合間を抜け、森の中心にある沼を目指しました。雨で水かさが増しても大した水量にならぬ沼で、その日も私の記憶どおりに低いままでした。いちばん深いところまで入ったとしても、腰から上は濡れないのではないでしょうか。水は濁《にご》っており、岸辺は乾いておりました。足跡を探してみましたが、ひとつも見つかりません。あたりには大量の蠅が飛び回っていました。汚らしい黒の虫けらどもが、耳や目にまで襲いかかってきました。
と、においを感じました。お屋敷に立ち込めていた悪臭よりずっと薄いものの、それでも私は確かに嗅いだのです。しかし将軍のお屋敷を汚したあの泥が放つ悪臭は私の服に、髪に、肌に染み付いていています。少なくとも私には、そう感じられました。ですから悪臭が沼から漂ってくるのか、それとも私に連れられてそこに来たのか、どちらかは断言ができませんでした。しかし、不安であったのは確かです。なぜそう感じたのかは分かりません。もしかしたら、静寂のせいかもしれません。何者かがどこか私の見えないところで、息を殺しているような気がしていたのです。

†

お屋敷に引き返す道すがら、将軍と出くわしました。例のショットガンをお持ちなのを見て、もしや私と同じようなことを考えていらしたのではないかと思いました。しかし沼に出かけたところでいいことなどありません。なにせその日は不快なほどの暑さで、蠅どもときたら頭にくるほどのしつこさでしたから。私は自分が沼を見てきたこと、そして岸辺が太陽の光でがちがちに固まっていたことをお話ししました。将軍は話を聞いて満足なさり、私と一緒にお屋敷に引き返しました。森を抜けるまで、将軍とご一緒できて心強く感じました。しかし、またしても理由は分からないのでございますが、沼から遠ざかるにつれて薄らいだはずのあの悪臭が、お庭にたどり着くと再び無視できぬほど濃くなってきたのです。将軍は執筆のため書斎に戻られ、私は道具をしまって帰宅いたしました。

†

次に起きたできごとは、将軍ご本人からお聞きしただけです。私は何も見ておりませんし、目撃者になりたかったともとても思えません。私にお話しできるのは、雨が降りはじめた直後、例の沼のほとりで将軍を見つけてから聞かせていただいた話です。

将軍は暗くなっても書斎においでした。回想録については行き過ぎた希望を抱いてしまったと思い込んでおられ、代わりに〈タイムズ〉紙か〈テレグラフ〉紙に記事を書き、ハイ・ウッドでのできごとを振り返って真実を公表しようとご決断されたのです。将軍は欠かさずに口ひげまでひたるほど上唇に大量の丁字油を塗って悪臭を追い払いながら、執筆に没頭しておられました。ですが、やがて丁字油もまったく用をなさなくなってしまい、そんなことがありえるのかは分かりませんが、悪臭はひどくなってきているようだという結論に将軍は達せられたのです。将軍の前の窓は細く開けてありましたが、お屋敷じゅうにある他のドアや窓は、どれも固く閉ざされていたのです。将軍はペンを置いてウイスキーをグラスにお注ぎになりましたが、そこで忌々しい丁字油のことを思い出されました。油を塗っていてはウイスキーを飲むことができません。そこで将軍は口ひげから丁字油を拭《ぬぐ》い、スコッチをやることにされたのです。

書斎から出た将軍は、泥を踏んでお滑りになりました。正面玄関は閉じたままだというのに、泥の足跡が書斎まで続いており——そこで、まるで足跡の主《ぬし》が立ち止まって将軍が走らせるペンの音に外から聞き耳を立てていたかのようでしたが、そこから向きを変えて食堂とキッチンのほうに向かい、廊下を突っ切り応接間に、さらには上階の寝室へと続いていたのです。足跡はどれもちぐはぐで、仄明《ほのあ》かりの中ですら、一組ではなくたくさんのものであるのが見て取れました。大きさも形もさまざまだったのです。

それに臭いです！　おお、あの悪臭ときたら！

将軍はぼんやりとしたご様子で、もはや誰が待ち受けていても構わぬから、ただ謎の正体を確かめたいといったように、足跡を辿《たど》っておられました。そして応接間に飾ってある奥様の写真に、汚れた指紋が付いているのを発見されたのです。バスルームの蛇口は詰まっておりましたし、洗面台には土や、将軍のお考えによりますとどす黒い血の汚れがこびりついておりました。廊下の壁紙はあちこちに汚れが染み付き、ドアというドアのノブからは泥が滴《したた》り落ちています。将軍のベッドに敷かれたシーツはもはや白くなく、まるで泥まみれの誰かが眠気に耐えきれずに使ったかのようなありさまでございました。しかし、将軍がいらした書斎を除きすべてのお部屋に侵入された痕跡が残されているというのに、肝心の侵入者たちの姿だけがまるで見つからないのです。

将軍が階下に戻られた時には正面玄関が開いており、ほとんど昼のように明るい月光が芝生と、お屋敷から森へと遠ざかっていくいくつもの足跡を照らしておりました。将軍はその足音を辿ってすっかり森に入り込み、さらに奥へ奥へといざなわれ、やがて気づいた時には例の沼の岸辺に立っておられました。将軍は、月光まで飲み込んでしまいそうなほどの闇をたたえた沼を覗き込みました。するとその途端に水位が下がりだしてどんどん引いていき、やがて悪臭を放つ灰色の泥溜まりだけが後に残ったのです。

その泥の中で、何かが蠢きました。

そこに将軍は何ものかを見つけました。泥とも他の何かともつかぬ怪物です。怪物は背中を丸めて沼の底に四つん這いになり、なんとか泥沼から這い上がろうとしていました。古びた木切れや腐った草葉がフードのように怪物の頭部を隠していましたが、そのフードから覗く青白い、まるで第二の月のような顔と、自分のほうに向いた濁った両目を将軍はご覧になったのです。その目は、本当は何も見えてないようでした。

沼地はもう沸き立つかのようでした。さらに多くの怪人がどんどん出てくる様は、ゆっくりとした、しかし留まることのない騒乱といった様子でした。将軍の目の前で、泥の中からどんどん死者が出てきました。無数の死者たちがどんどん湧き出してきたのです。己を正当化なさろうとする将軍のお言葉が偽りである証《あかし》となり、言い訳を閉じ込めた虚《うつ》ろな貝殻にひびを入れる、囁くべき名前と、語るべき物語と、失われた年月。

将軍はご存じだったのです。ずっとご存じだったのです。

将軍は膝からくずおれ、その列に加わる覚悟をなさいました。

†

その場所で私が翌朝、将軍を見つけたのでございます。将軍の服は灰色の泥にまみれており、がたがたと震えておいでなのは、寒さのせいだけではありませんでした。助け起こすと同時に雨が降りだし、将軍の体を綺麗に洗い流し、沼をまた満たしはじめました。私に支えられながらお屋敷に戻る道すがら、将軍がとめどなく喋り続けられるのを見て、私は錯乱してしまったのだと思いました。そのときですら将軍は、何が泥で何が泥でないのか分からぬご様子でした。私にもたれかかって震えながら、将軍がおっしゃいました。昨夜目にしたものは人間などではなく、彼らの記憶が手近なものを通して形を取り、出現したに過ぎなかったのだと。

将軍が私にその話をすることは二度となく、私の知る限り、他の誰にも話されませんでした。言うまでもなく、将軍はもう故人です。一九四一年、新たな世代がまた戦火と向き合う中、他界されたのですから。ご潔白を示そうとお書きになった原稿については、二度と将軍の口からお話をうかがうことはありませんでしたし、きっと書かれたものはすべて焼き捨てておしまいになったと思います。

私は科学に明るい男ではありませんが、読み書きはできますし、世を知りたく思う好奇心も失ってはおりません。我々の肉体には何十億もの原子が存在していることも、その原子がすべていっときは他の人間の一部分であったことも存じております。ですから私たちはみな、この地球上を闊歩《かっぽ》したあらゆる男性、あらゆる女性の徴《しるし》を内に抱いているということです。私の理解したとおりに申し上げるとするならば、そこには平均の法則が関係しております。私どもにとってそれが真であるならば、他のものにとってもまた真でありましょう？　つまり、泥のことです。第一次世界大戦では一千万人の兵《つわもの》が命を落とし、そのほとんどが泥中や地中に葬《ほうむ》られました。何十億、何百億という原子を宿した、一千万人がです。もし人間ひとりひとりが己の中にその他すべての人々を内包できるのだとしたなら、埋葬された兵たちの何かが……決して消えることのない彼らの記憶のようなものが地中に残り続けるということも、ありえるのではないでしょうか？

それはもう、さまざまな種類の泥がございます。

さまざまな。

4　異世界の彷徨《さまよ》い人

i

チャンスリーをゆく。ブーツに付いた肥《こ》やしを拭う以外は立ち止まらず。

チャンスリーをゆく。クウェイル弁護士のところへと。

世の連中に自分の社会的地位を知らしめたいと願う、富と権力の持ち主はごろごろいる。連中は最高のレストランで飯を食い、最上級のホテルに泊まり、自分がいかに金持ちかをひけらかすのを心から楽しむんだ。自分よりも重要な人々の利益のために尽くす者たちも、やはりこうしたひけらかしをせずにはいられない。だからお偉いさんがたの病気を診《み》るハーレー通りの医者連中は、アンティークの家具を揃えた豪華な住処《すみか》を手に入れる。まるで「ほらごらん！　私だってあんたと同じように、自分がどれほどの金持ちか見せつけることができるんだぞ！」と言わんばかりにね。無論、なんの労苦もなく遺産を相続するのに比べれば、自ら稼いだ金で財産を買うのは高貴さに欠けると言われるだろうし、張り合おうとする成金というものは、富を築くために払った努力も、そして金を手に入れるために犯した悪徳や罪も記憶から消えてしまうほど遥か昔に富を得た連中からはいつでも見下されるものさ。

一方、富や権力というものは慎重に使うべきであり、後先をまるで考えずに振るっていいものじゃないと理解している連中もいる。こうした人々は、自分にも他人にも富をひけらかすのを軽蔑する。ともすれば、自分の特権的な立場を恥じているのかもしれない。それに彼らは暮らしの中で世話になる人々――医者、弁護士、銀行員なんかがそうだ――が贅沢《ぜいたく》に囲まれて働いていられるのは、その快適さを生み出すために誰かがどこかで一シリングかそれ以上の金を余計に払っているのだと学んだのだ。人の金を扱うものはそれがどのくらい価値を持つものかを知っていなくちゃいけないし、人の金と同じように、自分の金だって節制しなくちゃいけない。

クウェイル弁護士は、十七世紀がすぐそこまで迫ったころにチャンスリー・レーンの隣人――人人から信頼されている、エド&レイヴンズクロフトという司法書士事務所だ――が開業して以来ほとんど代わり映えのしないチャンスリーの一角にある中庭に事務所を構えていた。細いアーチ道を抜けるとワンルームのアパートと大して変わらない広さの中庭に出る。敷石は、からからに乾燥した冬のさなかですら湿り気を帯びて滑りやすく、取り囲む建物はどれも侵入者を睨《にら》みつけるように中庭を見下ろし、窓にはめられた年代物のクラウンガラスは、中からも外からも景色を歪《ゆが》めてみせた。

その十一月の朝、中庭には食事の用意をするにおいが漂っていたが、ここには誰も住んでなどいなかったし、クウェイルの秘書であるフォーンズレイが主人の部屋の外に小さなストーブを出して茶を沸かしているのを除けば、料理をしている者もいなかった。一度は勧められるままにうっかり一杯貰ったこともあるが、同じ過ちはそれっきり二度としていない。道路工事の作業員たちが道路に塗りたくるタールのほうがまだ美味いし、ねばついてもいないというものだ。

真鍮の表札――広告まで出して仕事をしている男のものだというのに、色がくすんでしまっている――が、中庭の左にあるずっしりとした黒い樫材のドアの横にかけられている。他のドアはどれもこれも、部屋の主を示すそうした工夫がされておらず、僕の見る限りではひと部屋も使われている様子はない。どの部屋もまるで古代人の墓みたいにしっかりと閉ざされている。こじ開けてみたら何世代分にもわたる弁護士たちのミイラがまるで灰色の薪みたいに積まれていて、忘れられた事件に関する資料が腐り果て、彼らの頭上から雪のように舞い落ちていたとしても、驚きはしない。

クウェイルのドアを開けると頭上の鈴が、陰鬱《いんうつ》なインテリアとは不釣り合いな音色を響かせた。カビ臭い書類と溶けた蠟《ろう》のにおいがした。壁にかけられたランプの炎が、黄色い光と揺らめく影を、傾いてぐらぐらするのぼり階段に投げかけていた。これをのぼりきった上階で、クウェイルが仕事をしているのだ。長くここに通っている僕は、手をかけたらもげ落ちてもおかしくない手すりにも、足をかけるとすぐに崩落しそうなほどの軋みをたてる階段にも、もう狼狽《うろた》えはしない。クウェイルは、依頼人たちの頭上にどんな災厄も降りかかるのを許さない、抜け目のない男だ。彼の遠い親戚が仲間の弁護士と協力関係のようなものを結んでからというもの何世紀にもわたり、ロンドンに居を置くえりすぐりの名士たちが何ごともなくこの階段をのぼってきた。この仲間の弁護士というのは妻を亡くしたユグノー難民、クヴレという男で、フランスであれこれと大変な目に遭って心身が衰弱してしまったんだが、最後にはジンの呪いの餌食《えじき》になったということらしい。クヴレは強盗に遭って臓腑《ぞうふ》も引きずり出されんばかりの無残な姿に変わり果て、スピタルフィールズで見つかった。彼と密かな蜜月が噂された、ヴァレットという可愛らしいシルクの職工が住む近所だった。いつだったか、クウェイルのために調査をした礼にとラムの煮込みをランチに奢ってもらった時、きっと祖先がクヴレにすっかりうんざりし、法曹界から永遠に追い出すためにこの不運な男への強盗殺人計画をたてたのだろうとクウェイルが話してくれた。だとすれば、その計画が見事に成功したということさ。

階段をのぼりきると、フォーンズレイが机についていた。もしいなかったとしたら、キリスト再臨クラスの驚きだ。クウェイルいるところにフォーンズレイあり。業務時間中であればまず間違いなく、主人の青白く病んだ影のように付いて回っているんだ。ひとりの時に何をしているのか、僕には分からない。僕はよく、午後五時きっかりにクウェイルがフォーンズレイの首に付いたダイヤルを回して意識を失わせ、机の裏にある隠し場所にそっと寝かせているのではないかと妄想した。そして翌朝八時を迎え始業時間になると、また生き返らせるんだ。フォーンズレイは一見したところ、歳などまったく取らない男に見える。もし比較的低い年齢で加齢が止まっていたのなら人も羨《うらや》むかもしれないが、不健康そうな中年後期で止まっているせいで、延々と命の崖っぷちでよろめき続けているかのような雰囲気を醸し出しているのだった。

フォーンズレイは書類に走らせていたペンを止めて顔を上げると、僕を見てがっかりした。僕を目の前に呼び寄せたのが自分の主人でも、この男は一向に構わない。彼にとってはあらゆることが面倒であり、あらゆる客人は神に与えられた試練なのさ。

「これはソーター様」フォーンズレイが頭を下げると脳天からふけが小さな雲のように舞い上がって落ち、インクと混ざり合った。

「やあ、フォーンズレイさん」僕は答えながら、誰もかけていない椅子に帽子を置いた。「呼ばれてきたんだがね」

彼の表情を見て、僕を呼んだのはクウェイルの重大な過ちだと考えており、そのせいでなかなか万年筆を置かずにいたんだと分かった。

「いらしたとお伝えしましょう」

下から押し上げられるというよりも、上から引っぱられたかのように、彼が立ち上がった。ひどく痩せこけて軽いので、足を踏み出しても床板は軋みもしなかった。そして自分の机の奥にあるドアをノックし、入れというくぐもった返事が聞こえるのを待ってから、ギロチンのサイズを測ろうとしているかのようにドアの隙間から首を突っ込んだ。押し殺した声のやり取りが聞こえたかと思うと、どこか渋々といった様子でフォーンズレイはわきにどき、聖域に入るよう僕に合図した。

クウェイルの部屋は人が予想するであろうよりもこぢんまりとしており、部屋の主《あるじ》が視力を保とうとするなら賢明とは思えないほどに薄暗かった。窓にかけた分厚い赤のカーテンは両側をブロンズの輪で留められ、ガラスを通して入り込んだ陽光が三角形になってクウェイルの机を照らしていた。部屋にはずらりと本棚が並び、ペルシャ絨毯《じゅうたん》が僕の足音を吸収していた。いつ訪れても掃除婦に出くわすことは一度もなかったが、見るかぎり塵《ちり》ひとつ落ちてはいなかった。いるのはフォーンズレイだけだったが、どんなに想像力を働かせても、ハシゴに登ってふらふらしながら拭き掃除をする彼の姿は思い描くことができなかった。まったく謎さ。クウェイルの机は黒く変色してしまうほどに古い木材で作られた、巨大な一品だった。代々のクウェイルたちがこの向こうに腰かけ、いかにして顧客のために、さらに言うなら自分たちのために、そして汚された正義のために法を使えばいいだろうかと、じっくり考えていたんだ。おそらくはまさしくこの机で、哀れなムシュー・クヴレの運命が決められたんだろう。そしてフォーンズレイみたいな男が仕事を確実にやり遂げる相手のところに、金を持って遣いに出されたというわけだ。

クウェイル自身は六十回かもう少し冬を越したかくらいの、目を瞠るほどに上品な男だった（もしかしたら「春を越した」や「夏を越した」と言う者もいるかもしれないが、これは正確とは言いがたい。クウェイルは葉の落ちた木々や凍りついた水を思わせるような男だからだ）。背丈は六フィートで、僕には曖昧な記憶しか残っていないものの、稀に立ち上がれば僕と同じ高さに視線を合わせることができる、数少ない連中のひとりだった。髪は漆黒《しっこく》で、白髪染めに使っている靴クリームのにおいがうっすらとしていた。歯は不自然なほど白く、歯並びも揃っている。青白い肌は透けて見えそうなほどで、光の加減によっては、それを受けてぼんやりと光を放つ血管が残らず見えてしまいそうだった。しかし薄暗い部屋の中では、雪に落ちた枝の影のように、静脈と動脈の軌跡が見えないほどうっすらと浮かんでいるだけなのだった。半月形の黒縁《くろぶち》眼鏡が太陽の光を映し、クウェイルの目を僕から隠していた。

彼の左に置かれた赤い革張りの肘掛け椅子には、もうひとり男が座っていた。僕の見たところでは二十代くらいで、紳士風の装いだった。しかし足元に目をやると革靴は磨かれてこそいるものの底がすり減り、スーツは一年前の型遅れで、せめてものごまかしか、ボタンホールに一輪のカーネーションを挿している。金はあるが、苦労をしているのだ。靴磨きに払うくらいの金はあっても、いよいよはけなくなってしまう前に買い替えられるほどじゃない。正直な話、ぱっと見からして好きになれなかった。目からは生気が抜け落ち、あごと首はひとつになったみたいに見分けもつかない。他の男ふたりと部屋にいるだけであご数の平均を三分の一下げる男は、何があっても信用してはいけない。

「やあ、よく来てくれたね、ソーター君」クウェイルが声をかけてきた。「セバスチャン・フォーブズさんを紹介させてもらうよ。彼の叔父、ライオネル・モールディング氏が、私の顧客なんだ」

フォーブスが立ち上がり、僕の手を握った。思っていたより握力が強かったが、普段よりもややきつく力を込めたんだと僕は感じた。

「ソーターさん、お会いできて嬉しいよ」フォーブズが言った。いかにもこういう男がしそうな喋りかただ。音節が多すぎて鬱陶《うっとう》しいものだから余計なことは口にせず、スケートで滑るみたいにさっさと言うべきことだけ言ってしまえという感じだ。

「こちらこそ、フォーブズさん」僕は答えた。

「クウェイルさんのお話だと、なんでも先の戦いで、立派なご活躍をされたのだとか」

「ええ、戦いました。それ以上はお話しできませんが」

「どこにいらしたのかね？」

「第四七師団ですよ」

「なんと、ロンドン人だったのかね！　歴戦の兵《つわもの》じゃないか。オーバーズの戦い、フェストゥベールの戦い、ロースの戦い、それにソンムの戦いもだ」

「あなたも戦争に？」

「いや、悲しい話だがね。私の知識は、どれもこれも書物から仕入れたものばかりなんだ。残念ながら、戦争に出るには若すぎたものだから」

僕はフォーブズを見ながら、一緒に戦った連中には生きていたとしてもまだ今の彼より若い兵士たちもいたんだぞと思ったが、黙っていた。この男があの血の海に行かずに済む道を見つけたのだとしても、妬《ねた》む気はさらさらなかった。僕は戦い抜いたが、自分がどんなものに直面するのかを知っていたなら逃げ出して、二度と振り返らなかったろう。他の連中を全員あの場に残し、捨ててきたことだろう。

「確かハイ・ウッドに行ったのは、おたくさんたちだったね？」フォーブズが続けた。

「ええ」僕はうなずいた。

「あれは悲惨だった」

「ええ」僕はまたうなずいた。

「戦いのあと、バーターは解任されたと思うが、そうだったかな?」

「ええ、いたずらに兵を失いましたからね」

「あの男は愚か者だ」

「パルトニーほどひどい愚か者ではないですがね」

「おいおい、頼むよ。ウィリアム卿は立派な軍人だよ」

「ウィリアム卿は無知な男で、いい軍人を何人も死に追いやりましたよ」

「言っておくがジェシー・アーノットは私の亡き母の友人で……」

そういえばパルトニーは、アーノット家の娘の誰かと結婚したのを思い出した。きっと社交欄か何かで読み、朝食を食べる気がまったくしなくなったんじゃないだろうか。

話がさらに険悪な方向に行ってしまう前に、クウェイルが乾いた咳払いをした。

「さあ、ソーター君、座ってくれたまえ。フォーブズさん、あなたもです」

「謝罪を要求したい」フォーブズがむっとした声で言った。

「何に対する謝罪ですかな?」クウェイルが訊ねた。

「この男は国の英雄を、そして母の友人を侮辱したんだぞ」

「ソーター君は単に自分の意見を述べただけですし、紳士たるものそうした意見の相違は受け入れるべきでしょう。ご母堂を攻撃する意思などなかったのは、私が請け合いますとも。ソーター君、そうだね?」

クウェイルの声の調子には、僕が何か謝罪の印を見せたほうがよさそうだという響きが込められていた。跳ねつけてやりたかったが、僕にはどんなものでもいいから仕事が必要だ。面倒は起こしたくない。このあたりには大して行くところなんてありはしないし、どの通りの角を見ても、脚を失ったのがひと目で分かるようズボンを太ももまでめくりあげてピンで留めたり、片手でカップを持ちながらもう片腕を通すはずだった空っぽの袖をぶらぶらさせたりしている退役軍人の姿がある。僕には理解できないが、戦争に行かなかった人々は退役軍人たちを毛嫌いしている。僕たちに消えてほしいと願っている。もうパレードが開かれることも、頬にキスされることもない。兵士はただの物乞いに過ぎず、物乞いなんて好きな人は誰もいやしない。もしかしたら僕たちはその場にいるだけで、人々に罪悪感を抱かせるのかもしれない。おおかた、僕たちが泥にまみれて死に、イングランドを遠く離れた、正確にはどう発音するのか最期までよく分からないような場所に埋葬されてしまったほうがよかったんだろう。

「ご気分を害してしまって、申し訳ありませんでした」僕は頭を下げた。「そんなつもりではなかったんです」

フォーブズは、許してやるといった顔でうなずいた。「おつらい思い出だろうからね、気持ちは分かるよ」

彼がまた椅子に腰かけ、僕も自分の椅子に座った。クウェイルは険悪な空気をうまく捌いたことに満足げな様子で、本題に話を切り替えた。

「フォーブズさんは、叔父上を心配しておいでなのだよ」彼が僕を見た。「なんでも何日も姿を見かけてらっしゃらず、そのうえ居場所を示す手がかりもひとつとして残っていないのだそうだ」

「休暇でお出かけなのでは？」僕は言った。

「叔父には休暇を取る習慣なんぞないよ」フォーブズが答えた。「慣れ親しんだ環境が居心地いいんだといって、そのへんの村より遠くには滅多に行かんのでね」口をつぐみ、しばし考える。「待てよ、確かボグナーに行ったことがあったが、あまり気に入らなかったようだな」

「ああ、ボグナーですか」クウェイルは、これですべてが伝わるはずだと言わんばかりに、うんざりした声で言った。

「ご無事かどうかご不安なのなら、警察に行かれたほうがいいのでは?」僕は訊ねた。

クウェイルは、僕が思ったとおりに肩をすくめてみせた。ほぼすべての弁護士と同様、法的な目的のもとにきちんと捜索したいのであれば警察は邪魔者だと思い知っていたんだ。警察が便利なのは、彼の命令にきっちり従い、それ以上何もしないときだけだ。警察が何か勝手な考えをしている兆《きざ》しがあるとクウェイルはいつも不安がっている。だからどうしても必要な場合を除いては、できるだけ関わらないようにしているというわけさ。

「モールディング氏は、とてもプライバシーを大事にされる方でね」クウェイルが口を開いた。「私たちが警察にこの問題への介入を許したと知れば、きっとご立腹されるだろう」

「何か大変な目に遭っているなら、そうとは限りませんよ」

「どんな大変な目に遭うというのかね?」フォーブズが口を挟んだ。「家からほとんど出ない人なんだよ」

「じゃあ、なぜ僕が呼ばれたんです?」

クウェイルはため息をついた。あたかも世界に無限の失望しか感じず、失望の深さの違いくらいしか驚きに値するものがない男のような顔で。

「フォーブズさんは、モールディング氏にとってたったひとり生きている血縁者で、何か万が一のことがあれば第一位の遺産相続人になられる。しかし叔父上にはもっと長きにわたり幸せで健康な人生を送ってほしいと願っておいでだから、もちろん今回がその時であってほしいなどと考えてはおられないよ」

フォーブズはそれは違うと言いたげな顔をしたが、節度が勝ったか、そのとおりだといったふうにうめいてみせた。

「それを念頭に置くとだね」クウェイルは続けた。「叔父上のご無事を可及的すみやかに、そしていかに立派な集団であろうとも警察の介入なしに突き止めるのが、フォーブズさんの心の平穏にとって大々的貢献となるのは間違いない。君を呼んだ理由はそれなんだよ、ソーター君。こうした問題にかけての君の手腕は私がフォーブズさんに保証済みだし、君が過去の顧客たちの依頼で残した好成績も、すでにお知らせしてあるんだ。どうかライオネル・モールディング氏を見つけ出し、安全で温かな家族の腕の中に帰してあげてはくれないか。フォーブズさん、用件はそんなところで間違いありませんかな？」

フォーブズは、身を乗り出すようにして夢中でうなずいた。

「安全で温かな家族の腕の中、まさしくそのとおりだとも。無論、命があればの話だがね。残念な結果に終わった場合にも、詳しく事情を聞かせてもらいたいね」

「もちろんです」クウェイルはそう言って、少し間を置いた。「さてフォーブズさん、他に何もないようでしたらソーター君に必要な詳細を説明させてください。ご安心を、すぐにご連絡いたしますので」

フォーブズが椅子を立った。同時にドアが開き、コートと帽子、それから手袋を持ったフォーンズレイが現れた。フォーブズがコートを着るのに手を貸し、帽子と手袋を渡すその様子はまるで、死を拒んでいる瀕死の男と向き合う葬儀屋みたいだ。

「ところで支払いの件だがね……」フォーブズは、まるで金の話をするのは——特に十分な貯えがないときには——嫌なんだがと言いたげな口調で言った。

「モールディング氏の資産ですべてまかなえますとも」クウェイルが答えた。「ご自分のためにかかった費用を出し渋るようなお方のようには、とても思えません」

「じゃあそうしてくれたまえ」フォーブズは、安堵を声に滲《にじ》ませた。

そして戸口まで歩いて最後に立ち止まったものだから、フォーンズレイがその背中に追突しかけた。

「ソーターさん」フォーブズが言った。

「なんでしょう、フォーブズさん？」

「パルトニー中将について君が言ったことをよく考えてみたんだがね、またその話をしてみようじゃないか」

「楽しみにしてますよ、フォーブズさん」僕は答えた。

もちろん、そんなことはどうでもよかった。僕はハイ・ウッドで、炸裂弾が作った大穴に埋められる四十人の兵士たちを見た。僕もその場にいた。フォーブズはいなかった。

そしてウィリアム・パルトニー卿もいなかった。

†

クウェイルから、お茶に誘われた。机の奥には酒棚が置かれていたが、彼がフォーンズレイの淹れる紅茶より強烈なものを人に勧めるのなど見たことがなかった。たぶんそれは、フォーンズレイの淹れる紅茶より強烈な飲み物など、この世に存在しないからだ。

「いや、遠慮するよ」

「ソーター君、会うのもずいぶん久しぶりじゃないか。ずっとどうしてたんだい？」

「元気にやってたよ、ご心配どうも」僕は返事をしたが、彼はもう僕の健康になどさっぱり興味を失い、机の上にある書類の整理に戻っていた。フォーブズの件に関係のある書類だろうか。彼は右手の人差し指を舐めてページをめくり、はっと何かに思い至ったかのように動きを止めた。だが僕には、とっさの思いつきに打たれるような男じゃないくらいには、クウェイルを分かっている。もっと、ずっと先を考えている男なのだ。

「フォーブズのことはどう思ったかね？」彼が訊ねた。

「若いね」

「ああ、どこも若者だらけだよ」

「昔ほどじゃないだろう」

「戦争には、そのような効果があるようだね」クウェイルが言った。「しかし君は本当に、口を慎むことを憶えなくてはいけない」

「目上を相手にってことかい？」

「誰を前にしてもだよ。自分の貯えを誇りにしている者に対して、君は余計な癖《くせ》を持っている。ひとこと言ってやろうと思うと、つい本音を言い過ぎてしまう癖さ」

「胸に刻んでおくとするよ。指摘してくれてありがとう」

「いつでもそんな皮肉屋だったかね？」

「だと思うよ。ちゃんと相手は選ぶがね。君の言うとおり最後に会ってからずいぶん経つし、忘れていたんだろう」

クウェイルはこの言葉に笑いかけたが、そんな動作に顔の筋肉が慣れていないせいで、不敵な笑

み と嘲笑《ちょうしょう》の中間あたりの表情になった。

「フォーブズは、収入以上の浪費家だ」クウェイルが言った。「叔父の遺産が転がり込めば、その状況を可能な限りすみやかに打開するまたとない機会になるというわけだよ」

「食うために働けばいいのにな」

「なぜ働いていないと思うのかね?」

「あんな格好でできる仕事なんてありゃしないよ。カーネーションの宣伝をしようっていうなら別だがね」

クウェイルがもう一度、呆れ果てたようにため息をついた。

「彼の母親が年金を残しているし、確か投資先からもいくらかずつ金が入ってくるはずだ。フォーブズがもっと賢い男で浪費も少なくできるなら、おそらくは今の財産だけで快適な人生を送れるだろう。私なら快適に感じるであろうし、君のような男ならまず間違いなく快適に思う人生をだよ。だがあの御仁は賭けごとに目がなく、そのうえ衣装ダンスにしまってあるスーツときたら、村をまるまるひとつ覆い尽くしてしまえるほどの量だ。もしフォーブズが叔父上の金を手に入れたなら、まず間違いなく砂のように指の合間からこぼれていってしまうとも。そして彼も、今と大して変わらない状況に自分がいることに気づくだろう。もっとも、スーツは何着か増えているだろうがね」

「あの男が叔父を手にかけ、君のところに来ることでその痕跡を消そうとしてるんじゃないかと疑ったことは?」

「実にひどいことを言うな、ソーター君」

「みんなが考えてることを言葉にしただけさ。特に、大法官部(王立裁判所に置かれた高等法院の一部で、商法と信託法、および遺言検認法と土地法を扱う。他に女王座部と家事部がある)の中にいる連中がね」

クウェイルはぴかぴかのギニー硬貨を手にすれば染みを探さずにはいられず、美人を見ればどんな婆さんになるのか想像しないと気が済まない人物なんだが、静かに頭をさげて、僕の言葉に真実があるのを認めてくれた。

「質問への答えなら、ノーだよ。フォーブズが叔父に危害を加えたとは、私には思えないね。そういう男ではないし、仮に自分のためにひと働きするよう人に頼んだとしたなら、私が気づかないわけがない。しかし、ここに謎があるんだよ。ライオネル・モールディングは抜きん出た世捨て人で、たとえわずかの間だろうと家を離れて過ごすのを好まない御仁なんだ。年に一度、話し合いをしにロンドンに来るんだが、あの人にはそれすら苦痛なのさ。モールディングの口座には、十分に要求を満たせるだけの資金が入っていて、私はそれが今後も続くよう投資の面倒を見ているというわけだよ」

面倒を見ている、か。と僕は胸の中で言った。そうして莫大な報酬と、多額の手数料をせしめるのだろう。ともあれ、ここが大事なところだ。もしモールディングがもうこの世にいないなら、死体の身元が判明するやいなや、甥のフォーブズがその金を手にすることになる。その金が豪華な服やこれみよがしの衣装の購入で消え、それに従いクウェイルの実入りも減っていくというわけだ。クウェイルは浪費家のようには見えないが、それでも金は好きだし、自分の財布に入ってくる金の流れを減らす者があると思えば、まず歓迎はしないだろう。

「僕に何をしろと?」

クウェイルは机の上を滑らせ、一枚のマニラ封筒をよこした。

「モールディングを探してくれ。顔写真と一緒に、必要な情報はすべてそこに入ってる。いつもどおりの報酬と経費は支払うし、早々に解決してくれたらボーナスもはずもう。フォーンズレイから一週間分の報酬といくらか前払いを受け取ってくれ。当然、領収書は出してくれよ」

「当然ね」

「モールディングの屋敷からいちばん近い、メイデンズメアという村に宿があるんだが、聞いた話だと屋敷は、大隊まるごとひとつ宿泊できるくらいの部屋があるらしい。もし君がそこに宿泊する気なら、家政婦にベッドを用意させよう。住み込みで働いているわけじゃないんだが、朝一番に出勤して夕食後に退勤するらしい。少なくともモールディングがそこにいたときは、そうだったという話だよ。最初におかしいと言い出したのも、この女でね。彼女が世話をしてくれるさ。もっとも、別の宿を使ってくれたら、何シリングか節約になるかもしれんがね。さあ、モールディング関連の書類に目を通してくれたまえ。何かいつもとは違う支出がないかを探ってほしい。やり取りした文書を調べるんだ。私は君を信頼しているよ、しっかり口を閉じておいてくれる人間だとね。もっとも、誰かが間抜けな中将なんかの話を持ち出さない限り、だが」

僕は立ち上がった。

「それで、モールディングに何かあったと分かったときにはどうすれば？　もう生きていなかったとしたら？」

「その場合は誰か、復活させられる御仁を探さなくてはな」クウェイルが言った。「私はライオネル・モールディングに、生きたまま帰ってきてほしいんだ」

ii

メイデンズメアはノーフォーク・ブローズ——広さ百二十平方マイルで、ほぼ全域に広がる川や湖はどれも船での航行が可能だ——東端のすぐそばに位置している。近辺の人々は、単純に「ブローズ」と呼ぶ。村はウエスト・サマートンとカイスター・オン・シーのちょうど中間、オームズビー・ブロードの近くなんだが、僕が到着したのがもう夜遅くだったものだから、月明かりを浴びた川も沼も、のっぺりと銀に塗られただけのように見えた。駅まで出迎えに来る者もなく、僕はクエイルの金をいくらか使い、夜の友にするささやかな贅沢品を手に入れて〈メイデンズメア・イン〉という名の宿に入った。クウェイルが言っていたとおり、モールディングの屋敷である〈ブロムダン・ホール〉に僕のための部屋が用意してあったんだが、翌朝までは行かないことにしていた。美味いラムのローストに舌鼓を打ち、寝る前に何杯かビールを飲んだが、これはビールを楽しみたいからというよりも、人と話をするためだ。僕のような生業《なりわい》を持つ者としては、自分の口数を減らして相手の話に耳を傾けるほうが、見知らぬ土地についてより多くを学ぶことができるからね。それにメイデンズメアは小さな村だから、地元民たちから向けられる好奇のまなざしをよそ者がかわすのは不可能に近いんだ。

メイデンズメアにはなんの用事で来たのか当然訊かれたが、これにはぼかしつつも本当のことを答えた。ライオネル・モールディングの元でちょっとした仕事をするために来たが、それが完了するまで〈ブロムダン・ホール〉に滞在するつもりだとね。モールディング失踪のニュースはまだ広まっていないようだったが、これは家政婦であるミセス・ギッシングが職務に忠実であること、さらにはモールディングが孤独を好むたちであることの証だった。どうやらモールディングは村でも滅多に目撃されておらず、村人たちの中には無害な奇人とまで思っている人々もいる。しかしここは、他の地域とは少々違うと常に自負し続けてきた、古《いにしえ》のイースト・アングリア王国だ。自分たちと関わらない者、異質な者への寛容さがある。ライオネル・モールディングが孤独であり続けようとしたとしてもそれは珍しいことじゃなく、彼のような富まで持っているかはともかく見てくれが似通ったご同類は他にもたくさんいるんだ。モールディングの名を持ち出したところで、意味ありげな目配せを交わす者も、罪悪感に顔を曇らせそそくさと夜にまぎれていく者も、ひとりもいやしなかった。そんなものは〈ユニオン・ジャック〉誌に載っているセクストン・ブレイクの小説の中の話さ。だからたった二ペンスもあれば買えてしまうんだ。現実世界はもっと灰色で、複雑なんだよ。

ひとつだけモールディング絡みの話を聞き出せた。集まった地元民たちはさも可笑しげなようすだったが、僕には理解ができなかった。

「じゃあおたくは本の世話人ってことですかね?」宿の主人は、僕が目的を話すと言った。もみあげまでつながった頰ひげに赤ら顔の、やたらと上機嫌な男だ。周りで聞き耳を立てている連中に、ウインクしてみせる。「本の世話人ってことだよな、そうだろ?」

人々がどっと笑い出し、僕が何を言われてるのかさっぱり分かっていないと見て取ると、さらに大笑いを始めた。

「そのうち分かりますよ、お客さん」主人が言った。「なに、失礼なことを言ってるんじゃないんですよ。まあ、そのうち分かりますとも」

主人が席を立ってバーの閉店を告げに行き、僕はベッドに入った。

その夜は少ししか眠れなかったが、これはまったくいつもどおりのことだ。最後に夜から朝までぐっすり眠ったのはいつのことか、もう思い出せやしない。人より短い眠りで生き抜くことができたらと思っていたこともあったが、生き抜くのと生きるのは同じじゃない。夜明け直前になって僕はようやく数時間の、誰にも邪魔されない眠りを手に入れた。朝食には寝坊してしまったが、主人の奥さんが僕のためにハムとゆで玉子をいくつか取っておき、茶を淹れるために湯を沸かしている鍋の上で温めておいてくれた。食べている最中に彼女がしてくる話を、僕は楽しく聞かせてもらった。彼女は夫よりもずいぶん若く、ソンムで弟を亡くしたという。いつか墓参りがしたいのだそうだ。あっちの片田舎はどんな景色なのかと訊かれた。

「僕が帰るころには、大して見るものもありませんでしたね」僕は答えた。「でも今ごろは芝生もまた生えて、野原には花が咲いてるんじゃないかと思いますよ。もしかしたら、生き残った木もあるかもしれません。分かりませんが。でも、昔と同じってことはないでしょう、誰にとってもね」

「お客様はどうなんです?」彼女が、静かな声で言った。「お客様も、どなたか亡くされましたの?」

だが僕が答えるまでもなく、奥さんは答えを察していた。でなければ、質問しなかったろう。女っていうのは、誰かを失った空虚さを感じ取る力を持っているんだ。

「みんな誰かを亡くしましたよ」僕は席を立ち、両手と唇をぬぐった。

奥さんはもっと何か訊きたそうだったが、口にはしなかった。その代わり、「痛みと喪失感というのは、本当に奇妙なものですね。そうは思いません?」と言った。

「おっしゃりたいことが、よく分かりませんね」

「私が言いたいのは、誰も彼も同じ戦争に苦しみ、かつては愛する人が埋めてくれていた人生の空白を抱いているというのに、まったく同じようにその空白を味わう人はひとりもいないのです」奥さんは僕から目をそらし、遠く宿の外に目を向けた。「その話をしても、私たちが何を言っているのか誰にもよく伝わりません。同じような喪失感とともに生きている相手と話している時でさえもです。まるで少し違う同じ言語を話しているよう。とても大事な言葉の意味が、人によって少し違うのです。何もかも変わってしまったとは思いませんか？　お客様がおっしゃられたとおり。世界はもう二度と、昔と同じにはなってくれないのです」

「なってほしいとお思いですか？」僕は訊ねた。「あの戦争の種は、昔の戦争で蒔《ま》かれたものです。たったひとつよかったことがあるとするならば、それはそうした種が地中から吹き飛ばされて、二度と育たないことでしょう」

「本当にそう信じていらっしゃるの？」

「いいえ」

「私もですわ。でも希望を持たなくてはね。違いますか？」

「ええ」僕はうなずいた。「そう思いますよ」

†

それから間もなく、ミセス・ギッシングが宿にやって来た。小柄でむっつりとした年齢不詳の女だが、おそらく四十代だろう。全身黒ずくめの服を着ていた。宿の奥さんの話では、ミセス・ギッシングは先の戦争でふたりの息子を亡くしたんだそうだ。ひとりはヴェルダンの戦いで、そしてもうひとりはイーペルの戦いで戦死したんだが、まだふたりが赤ん坊だったころに寡婦になってしまったので、今はすっかり独り身だということだ。〈ブロムダン・ホール〉まではせいぜい一マイルかそこらといったところで、ミセス・ギッシングいわくいつも歩いて行き来しているそうだから、僕も一緒に歩いていくことにした。

〈ブロムダン・ホール〉に行くには村を通り抜けなくてはならず、村人たちとすれ違うたびに挨拶をかわさなくてはいけなかったが、僕の名前や用事を訊ねる者は誰もいなかった。知らない人は気にしないし、気になる人は昨夜バーで一緒だった連中からもう聞いているのだろう。僕にはそうとしか推察できなかった。村の中央に小さな芝生があり、そこに戦争記念碑が立っていた。記念碑の下に、新鮮な花が置かれていた。ミセス・ギッシングはとても記念碑など見ていられないかのように、路面を見つめ続けていた。僕は口をつぐんでいるべきなのかもしれないが、クウェイルの指摘どおり僕にはなんでもあけすけに話してしまうという悪癖があるし、宿の奥さんのせいであれこれ考えてしまい落ち着かなかった。

「息子さんを亡くされたそうで、残念です」僕はミセス・ギッシングに声をかけた。

彼女の顔が、まるで刹那の肉体的苦痛を味わったようにぴくりとこわばり、また元の表情に戻った。

「十二人の男の子たちがこの村から出征して、九人は二度と戻らなかったんです」彼女が言った。そして戻ってきた子たちも、何かをあっちの泥の中で無くしてきてしまったようで。私はまだ、なんのための戦争だったのかまったく分からないんですよ」

「僕もあっちに行きましたが、同じくなんのための戦争なのか分かりませんよ」僕は答えた。

その言葉に、彼女の空気が和らいだ。ほんのかすかにだが、それで十分だった。

「ヴェルダンかイーペルには？」彼女が訊ねた。その声には希望のようなものが浮かんでいた。僕から息子たちを知っていると、よく彼女の話をしていたと、そしてあっという間の死だったと聞きたがっているかのようだったが、僕にはそのどれも伝えられなかった。

「いいえ。僕の戦争はハイ・ウッドで終わったものですから」

「どこのお話か、私には」

「ソンムですよ。フランスの連中は、ボワ・ド・フォルコーと呼びますがね。何か熊手と関係あるそうです。近くにデルヴィル・ウッドという場所があったのですが、同じ隊の仲間はいつも悪魔の《デヴィルズ・》森《ウッド》と呼んでました。終戦後も、あそこは後始末がされませんでした。まだ地中には、数え切れないほどの遺体が埋まっているそうですよ」

「あなたはお友達を置き去りになさったの？」

「何もかも置き去りにしましたよ。でも、それで構わないんです。死者は気にしないと言いますし」

「本当かしらね」彼女が言った。「子供たちに話しかけると、耳を傾けてくれているのを感じるんです。死者というものは、耳を傾けるものですわ。いつでも聞き耳を立てているんです。他に何もすることなんてないでしょう？」

　それっきり、ミセス・ギッシングは口をつぐんだ。

†

〈ブロムダン・ホール〉は五エーカーの敷地にどっしりとそびえる巨大な建造物で、建屋のどの部分を見てもゆるやかに朽ちている様子が見て取れた。もはや廃墟になりかけていると言ってもよく、屋敷が見えてくるとすぐ寒々しい風が吹いてくるのを感じた。たとえ主の手を貸りられたにせよ、小柄な女ひとりであんな大屋敷の手入れができるなどとても想像できなかったが、ミセス・ギッシングの話によると、ほとんどの部屋は倉庫になっており、他には何もないんだそうだ。彼女の主な仕事は日に三度の食事の用意と洗濯、あとは部屋をいくつか清潔で人が暮らせる状態にしておくことらしい。モールディングはどうやら他には大した用事も言いつけなかったようだが、ミセス・ギッシングの様子には主人への並々ならぬ慈愛の念が表れており、彼が生活に不便することはないかと、心から気遣っているようだった。警察への通報を考えたことはないのかと訊ねてみると、ロンドンのクウェイルからそんなことはしないでくれときつく命じられたという話だった。どうやら、主人を案じて最初に連絡を入れた相手はクウェイルだったらしい。モールディングの甥、フォーブズが叔父の失踪を知ったのは、後々の話だった。金に困ると時々そうしていたように屋敷に電話をかけ、ミセス・ギッシングが話さないわけにいかなくなったのだ。

僕が仕入れた話によるとモールディングは失踪前の数ヶ月にわたり何度かロンドンに行っていたらしいのだが、どうやらクウェイルはまったくこれを知らなかったらしく、僕もまったく聞かされていなかった。そうした訪問の際にはまず朝早くにタクシーが玄関で彼を拾い、駅まで乗せ、ロンドンから最終便が到着してから今度は屋敷まで送り届けたそうだ。この訪問は三度行われていたが、モールディングはいつも出発予定日の前日になってからミセス・ギッシングに知らせた。

「あなたに何も言わずにロンドンに行ってしまい、ただ戻ってないだけ、ということは考えられませんか？」

「ありえません」彼女が首を振った。本心からそう思っている声だ。「旦那様はいつでも同じ運転手に駅までの往復を頼まれていましたし、ご予定を知らせておいででしたから。モールディング様は、繊細なお方なんです。子供のころにポリオにかかられ、その後遺症で右脚が曲がっておいでなんですよ。それが痛むものですから、あんまり遠くまではお歩きになれません。滅多に遠出なさらない理由のひとつが、これなのです。遠出は旦那様にとって、苦痛が強すぎるんです」

「じゃあロンドンのどこに行かれていたのか、誰と会われていたのか、心当たりは？」

「そのようなことは、私にお話しになりませんでしたので」彼女が答えた。

「敵はいましたか？」

「まさか、そんなわけがありません」ミセス・ギッシングは首を横に振った。「ご友人もおられませんでした――ですが旦那様がおかしかったというわけではないのです」彼女が、急いで言い足した。「必要なものは、すべてここでまかなえたんです」

彼女は、今や僕たちの前にそびえるほどに見えている屋敷を手で示した。

「ここが、旦那様のお住まいでし――」彼女が慌てて言葉を切り、言い直した。「ここが、旦那様のお住まいです。外界にはお出になりたがらず、代わりに外界を自分のところに招く方法を見つけられたんです」

妙なことを言うものだと思い、さっぱり意味が分からなかったのだが、屋敷に足を踏み入れた途端に理解した。

どこもかしこも本だらけだ。床にも、階段にも、本を収納する目的で作られた家具にも、まったく違うことに使うはずの家具にも。大廊下にも、下階と上階の部屋という部屋にも、本棚が置かれている。洗面所とキッチンにまで本棚がある始末だ。とにかくものすごい数の本で、もし屋敷を骨組みまでバラすことができたとして、中身はそのままに壁、床、レンガ、モルタルを取り払うことができるとしたなら、本だけで形作られた屋敷が人々の目の前に姿を現すことだろう。こんな光景には、お目にかかったことがなかった。これの前では、大英図書館の閲覧室ですら色褪せてしまいそうだ。そんな本の海に立っていると、このライオネル・モールディングの屋敷ほど印刷された言葉の産物で埋め尽くされた場所は、世界じゅうを見回してもふたつとないはずだという確信が芽生えてもおかしくはない。

ミセス・ギッシングをすぐ背後に従えて屋敷の中を歩きながら、僕は本の題名をひとつひとつ見ていった。あらゆるジャンルの本が、あらゆる主要言語で揃えられている。中には特注のテーブルを用意したうえにふたりがかりで扱わないといけないような、巨大な本も何冊か見受けられた。さらにはガラスケースにしまわれた極小の本もあり、印刷された文字が見えるよう、そのとなりに拡大鏡が吊るされていた。

「こいつはすごい」僕は息を吞んだ。

「毎日どんどん届くんです」ミセス・ギッシングが言った。「モールディング様がお戻りの時のために、新しいものは図書室に置いてあります」

彼女が初めて、不安の色を態度に表した。言葉に詰まり、目を潤《うる》ませている。

「きっと見つけてくださいますね？　ご本の元に、必ずや無事に連れ戻してくださいますね？」

僕は、最善を尽くすと答えた。敷地内は探したのかと訊ねると、探したと彼女がうなずいた。敷地をくまなく知り尽くした、テッド・ウィロックスという敷地管理人がいるそうだ。僕たちの他にライオネル・モールディングの失踪を知っているのは、村では彼と息子だけだ。ウィロックスは息子を駆り出し、一インチたりとも余すことなくモールディング所有の敷地内を捜索した。だが、屋敷の主人が残した痕跡は、何も見つからなかった。

その日ウィロックスは病に臥《ふ》せっている妹の見舞いで留守にしていたが、翌朝にはメイデンズメアに帰ってくることになっていた。帰ってきたらすぐ僕のところによこすよう、ミセス・ギッシングに伝えた。ギッシングとウィロックスの忠誠心と、無事を懸念しつつも主人の体面を守ろうという意思には、正直に言って驚かされた。ミセス・ギッシングはそれを察したのか、僕の部屋へと案内してくれながら、再び口を開いた。

「旦那様は、善良で優しいお方です。それだけはお伝えしておきたくて。いつだって私によくしてくださるんです。息子たち……最愛の息子たちもここの墓地に埋葬していただいたおかげで、毎日語りかけられるのですから。季節を問わずいつでも新鮮な花が供えられていますし、雑草だって伸びません。モールディングさんが、何もかも手配なさったことです。ロンドンの将軍様方に事情をお話しになり、ひとりずつ私のもとに返してくださったんです。見返りなど求められたことは、ただの一度もありません。旦那様のお望みは、お食事の用意ができていること、お召しものが清潔であること、ベッドが整えられていること、それ以外のときには誰にも邪魔されることなく本をお読みになることです。旦那様がどなたかに害を及ぼしになることも、どなたかに害を及ぼされることも、とても考えられません」

世の習いとはそんなものじゃないと言いたくなったが、息子ふたりが地中に眠るこのひとは僕などよりずっと世の習いを知っているんだと気づき、黙っていた。僕の部屋に着いて彼女は立ち去り、それ以上馬鹿なことを口にしてしまう危険から救われると、僕は自分の小さなバッグの中身を出し、ひとりで屋敷を見て回った。となりは浴室で、猫足のバスタブが置かれていた。いつもはブリキのバスタブに片手鍋で沸かした湯を入れて適当に済ませるばかりで、最後にいつちゃんと入浴したかも思い出せなかった僕は、その夜はたっぷりと風呂を楽しむ贅沢を味わってやろうと心に決めた。

他の部屋はどれも鍵が開いていた。ミセス・ギッシングの言葉どおりほとんどは倉庫として使われており、ライオネル・モールディングが倉庫にしまっておこうという品は、本だけだった。僕は、この屋敷は見たままなのだと理解しはじめていた。ここは巨大な図書館なのだ。こっちの部屋には地理学の本が、あっちの部屋には歴史書がどっさり置かれている。小説の部屋はたくさんあり、さらには詩と戯曲の部屋も同じくらいある。図録のみを集めた巨大な部屋もひとつあり、ひどく古いものや、おそらくはかなり高価なものも収められていた。何冊かエロティックなものも含まれていたが、それだけ特に読み込まれたような感じではなかった。

そのうち、モールディングの寝室を見つけた。ここも見渡すかぎり本だらけで、壁にも床から天井まで高さのある本棚が置かれていた。ベッドの後ろにある壁だけは別だったが、これは明らかに、モールディングがいつ開きたくなるか分からない本がしまわれているのだろう。この棚にはタキトゥスが一冊、養蜂に関する本が一冊、家庭菜園の指南書が一冊、そして妙な本が二冊あった。一六一二年刊行のマーティン・ルーランド・エルダー（父）の『錬金術辞典』、そして本来は三冊に分けられているハインリヒ・コルネリウス・アグリッパの『オカルト哲学』の合本だ。ルーランドのほうは「錬金術辞典に関する補足」という節《せつ》に革のしおりが挟まれており、ふたつの項目に下線が引かれていた。本の横に鉛筆が一本置かれており、これで引いたに違いないと思った。その二項目というのがこれだ。

ＡＮＧＥＬＳ――科学の賢者は時として、揮発《きはつ》性物質をこのように称する。そして、自らの肉体を霊的なものであると述べ、霊性を宿し、肉体を霊的なものとしない限り偉業をなすことはできないと言うのである。これは精神の凝華《ぎょうか》であり、ひとたび凝華したならば、揮発性物質の助けをなくして昇華することはない。

ＡＮＧＬＥ――三つの角度《アングル》を持つ物質。ヘルメス科学用語。賢者たちは、彼らにとって重要な物質、もしくは哲学者の水銀は、性質の面では三原質に、状態の面では四元素により、そして構成する物質の面では二物質から構成されるが、その根はひとつであるという。三原質というのは塩、硫黄、水銀である。四元素とは水、土、空気、火である。ふたつというのは個体と気体である。そして根となるひとつとは、あらゆるものが生み出された混沌のことである。

二項目の文末、「あらゆるものが生み出された混沌のことである」という文章は他よりも強く下線が引かれていたが、僕には他の文章と同様、さっぱり意味が理解できなかった。モールディングの部屋の捜索を終えたが、彼の居所につながる手がかりは何も見つからなかった。その後も屋敷の調査を続けてやがてキッチンにたどり着いてみると、僕から滞在中に毎日来てくれる必要はないと言われたミセス・ギッシングが、ひと家族がたっぷり一週間は食べられそうなほどの食事を料理しているところだった。僕はおそらくモールディングよりも少食だと思うと、彼女に説明した。

「モールディング氏は、だいたいどこで過ごされてたんです?」僕は訊ねた。

「書斎においででした」

これは意外でもなんでもなかった。自力でも、そう推察しただろう。キッチンへの行きがてら書斎にも首を突っ込んでみたのだが、そこが書斎だと分かったのは、ほんのごくわずかではあるが、他の部屋よりも蔵書の量が多かったからだ。

「書類や家計用口座の通帳などは、どこにあるか分かりますか」

「旦那様の机の中にあると思います」

「引き出しに鍵は?」

「かける必要などありますか?」彼女は、おかしなことを訊くとでも言いたげに、驚いてみせた。

「中には、お金のことにかけては秘密主義になる御仁もおられますからね」

「それにしても、どこのどなたが他人の問題に首を突っ込もうとなんてされるのかしら」

「ここの僕ですよ」

ミセス・ギッシングは答えなかった。いや、口にしたいような答えが見つからなかったのかもしれない。僕は鍋やフライパンとともに彼女をそこに残し、書斎に向かった。

iii

モールディングの書類保管法を理解するのには、やや時間がかかった。それは、書類がばらばらになっていたからだ。そこには積み上がった書類の山がいくつもあるだけだった。古いものも最近のものも交ざり合い、請求書と領収書が雑に分けられている。今年度に関わる書類もどっさりある。三セットある百科事典の裏を探ってみると、前年度の収支の詳細が収められたバインダーが何冊か出てきた。買いもののほとんどは個人小切手で支払われていたが、時に現金払いがされており、金額の大小に拘《かか》わらずすべての出費が小さな台帳に記録されていた。僕はミセス・ギッシングが運んできてくれた紅茶とサンドイッチで腹を満たしながら、午後になるまでそれらに目を通し、彼がどのように自分の財産を管理していたのかが分かった。わずかではあるが、個人的な書簡もあった。離れて暮らす甥っ子から届いた金の無心の手紙も何通か交ざってはいたが、ほとんどは本の購入に関連して送られてきたもので、ごく稀に、売却についてのものも見つかった。どうやらモールディングはイギリス全土、そしてなんとヨーロッパ大陸やアメリカにある数多くの書籍売買業者と取引をしていたらしい。

だが僕が興味をそそられたのは、モールディングのロンドン訪問の目的につながる手がかりともいえる、もっとも最近の購入記録だった。失踪前の何ヶ月か、彼はどうも、新たにふたつの業者と取引をしはじめたらしいんだ。ブルームズベリーで科学文献を専門としている〈スティーフォード〉、そして僕は今まで名前も知らなかったが〈ダンウィッヂ&ドーター〉という古書専門の業者だ。ダンウィッヂからの領収書は今のところ三十枚は見つけたが、どれも現金払いで、本の詳細は領収書に記されていた。賢者の石とやらに関係した『ヘルメティック・ミュージアム』は、一六七八年にラテン語で出版されているが、一八九三年に出た初の英訳版の領収書がある。次に、刊行年不明、ヨハンネス・トリテミウスの『水晶玉に天使の霊を呼ぶ法』。それから『グリモリウム・インペリウム』は一六七六年にローマで刊行されたものだが、元々はジョン・ディー博士が所有していた一冊だとされている。そして一六七六年にハンブルクでエドワード・ケリーが出版した『地上の星学の世界』のほか、同じようなジャンルのものがさらに何冊も見つかった。僕はその方面に詳しいとは言えないが、見るかぎり、ライオネル・モールディングはオカルト書物の図書室を作るために多大なる時間と労力、そして金を費やしているが、この新たなる熱意の恩恵にもっともあずかっていたのが〈ダンウィッヂ&ドーター〉のようだ。有名な〈スティーフォード〉とは違い、〈ダンウィッヂ&ドーター〉は領収証に連絡先も載せておらず、書いてあるのは職種だけだ。

僕は調べる手を止めた。怪しげな本のリストに目を通しはじめてからずっと、何かが引っかかっていた。僕はゆっくりと屋敷の中を引き返し、本棚を調べながら、どのようにジャンル分けがされており、さらに各ジャンルの中でどのように整理されているのか、メモを取っていった。これには数時間かかり、ようやく終わるころには暗くなりはじめていた。背中が痛くて目も霞《かす》んでいたが、はっきりと分かった事実があった。膨大なモールディングの蔵書の中、ベッドの上の棚に置かれた二冊を除き、オカルト関連の本は一冊もないということだ。〈ダンウィッチ&ドーター〉から購入したと思しき本も、影も形も見当たらない。確かに、僕が見落としたり、その手の本がどこか誤ったところにしまわれたりしている可能性もあるが、モールディングの蔵書リストが驚くほど細かく入念に作られているのを思えば、前者のほうがありえるだろう。念には念を入れるため、次の日にもう一度探してみることにした。モールディングの屋敷には電話がないため、僕はミセス・ギッシングを捕まえると、帰りの道すがら僕の代わりにロンドンに電報を打ってほしいと頼んだ。そして、クウェイルの助手のフォーンズレイに〈ダンウィッチ&ドーター〉の場所を正確に突き止め、翌朝ミセス・ギッシングが出勤途中に受け取れるよう電報を返してくれるよう伝えてもらうことにした。

もう、とっくに六時を回っていた。ミセス・ギッシングが用意しておいてくれたウナギのパイを、モールディングのワイン・セラーから持ち出してきた上物のボルドーと一緒に頂いた。食事が済むと、ミセス・ギッシングは僕のために風呂の用意をしてから、夜闇の中を帰っていった。彼女に礼を伝えると、初めて〈ブロムダン・ホール〉にひとり取り残された。

風呂を見てみたが、まだ僕には熱すぎた。ロブスターのように茹《ゆ》だってしまってはたまらないので、自分の部屋に引き返して赤ワインの残りをやりながら、湯がぬるくなるのを待った。暇つぶしのために本棚から何冊か持ってきたのだが、その中に、マクニールがサッパーのペンネームで出版した『ブルドッグ・ドラモンド』も入っていた。マクニールはイープルで戦った。彼が〈デイリー・メール〉紙や〈ウォー・イラストレイテッド〉で書いていた物語はややいいほうに脚色しすぎているきらいがあったが、それでも僕は楽しんでいた。なにせ、まだ戦争が続いているさなかに執筆していたんだ。もし当時の戦いがどれほど恐ろしいものかをそのまま書いたりしたならば、そんな物語が日の目を見ることは決してなかっただろう。

二ページ読み進めたところで、バスタブで水音がしたのが聞こえた。

「ミセス・ギッシングかい？」僕は声をかけた。

もしかしたら何らかの理由で彼女が屋敷に引き返してきて、どうしても風呂の様子を見たくなったのかもしれないと思ったが、玄関が開く音もしなかったし、寝室階に続く階段が、苦しみ悶《もだ》える霊魂のような軋みやうめきをたてるのも聞こえなかった。バスタブにはられた湯の温度を確かめるためにさっと手で混ぜるような音も、バスルームからは聞こえてこなかった。とぎれとぎれに、しかし止まることなく、誰かがバスタブで体を洗うような音がしてくるだけだ。

ミセス・ギッシングは、僕の部屋の暖炉に火を入れてから帰っていった。僕は暖炉から火かき棒を手に取ってしっかり握りしめると、バスルームのほうに向かった。緊張感のせいでそう感じるだけかもしれないが、僕が最後に見たときよりもやや広くドアが開いていた。ほんの少しだけだ。僕が近づいていくにつれて水音がだんだん早くなったかと思うと、あたかも中にいる何者かが僕の接近に気づいて聞き耳を立てているかのように、だしぬけにやんだ。

僕は火かき棒を使って、ドアを思い切り押し開けた。バスタブはもぬけの殻で、湯面にはかすかな波紋が立っているだけだった。だが、水の色が変わっていた。僕が最後に見たときはほとんど透明で、うっすらと茶色みを帯びているだけだった。それが今は気持ちの悪い、凝固《ぎょうこ》した牛乳のような黄色になっており、うっすらとあくが浮いているんだ。それに、まるで腐りかけた魚みたいなにおいもする。

僕はバスタブを見下ろしながら、なんだか間抜けになったような気持ちで、湯を調べるために火かき棒を突っ込んでみた。底に沈んだ死体の柔らかい感触が伝わってきて、火かき棒に押されてぶくぶくと泡が立ち上ってくるんじゃないかと、半ば予感していた。だがそんな泡などは出現せず、火かき棒が遭遇した障害物は、バスタブの陶器のみだった。バスルームには他に、人が隠れることのできる場所などひとつもありはしない。

もう一度、ミセス・ギッシングの名を呼んでみたが、声がバスルームのタイルに跳ね返るばかりで、返事はなかった。湯から漂ってくるにおいに顔をしかめる。たぶん僕が聞いたあの音は、水道管から汚水が流れ出し湯を汚す音だったのだろう。こんな湯に浸かる気はもうさらさらなかったが、それでもまだ風呂を諦めてはいなかった。ミセス・ギッシングいわく湯の蓄えはふんだんにあるとのことなので、僕はろくろく考えもせず、栓を抜こうとバスタブに手を突っ込んだ。

蠢く何かが僕の手に触れた。硬くて関節があり、まるでロブスターの甲羅みたいだ。僕は栓の付いた鎖を握ったまま悲鳴をあげて手を引き抜き、湯が抜けていくのを見つめた。引き潮の浜辺に残る泡のようにバスタブに跡を残しながら、湯面はどんどん下がっていった。やがて水位がほんの六インチまで下がると、とつぜん排水口のあたりで何かが動き、水面に飛び出してきた。ピンクを帯びた黒い鎧《よろい》のような体とたくさんの脚が、ぱっと見えた。大きさも鋭さも比較にはならないがハサミムシのようなハサミがちらりと見えたかと思うと、その怪物は小さな排水口の中に体をねじこみバスタブから姿を消してしまった。小さな排水口よりはるかに大きな体だというのにだ。しばらくはパイプから音が聞こえていたが、やがてそれも止み、静まり返った。

無理もない話だが、風呂はすっぱり諦めた。バスタブに栓をした僕は、すぐに屋敷じゅうのバスタブや流し台を探し、栓をして回った。あの怪物がまた出てくる気になったとしてもこれで防げるという確信はなかったが、せめてまやかしの平穏を手に入れたかったのだ。

僕はベッドで体を起こし、考え続けた。いったいあれはなんなんだ？　僕が知らないだけで近隣の住民には馴染み深い、ノーフォーク・ブローズに生息する甲殻類か何かだろうか？　あの〈メイデンズメア・イン〉の主人に言ったらまた常連に耳打ちし、僕が見たあの怪物は珍しいものでもなんでもなく、クリーム・ソースと一緒にフライにするか、少量のワイン・ビネガーを加えて鍋で茹でるかすれば最高に美味いんだなどと言ってみせるのではないだろうか？　でも、僕にはなぜか、どうしてもそうは思えなかった。あれに触れた指には不快な疼《うず》きが残り、ランプの灯りを浴びて赤く腫れ上がって見えた。

やがて、ようやく眠気が訪れた。夢の中で、パルトニーの戦車部隊が虚しくハイ・ウッドを目指していた。轟音《ごうおん》をたてながら暗闇を抜けていくいくつものシルエットを、砲撃の閃光が照らしだす。すると戦車の形が変わってしまった。金属の胴体ではなく、呼吸をする生物に化けてしまったのだ。重厚な無限軌道ではなく、関節の付いた短い脚を動かしながら進んでいく。砲塔が頭になり、銃身が細長く奇怪な脚に変容し、弓なりに曲がる尖った牙が並んだ口から毒を撒《ま》き散らしている。閃光弾が稲妻のように炸裂する。その光が照らし出す光景は、あちこちに塹壕《ざんごう》が掘られた荒れ地よりもさらに無残だったが、僕にとってはほぼ見慣れた景色だった。遠くに廃墟となった村があるのに気づき、僕は自分の前に広がっているのはノーフォーク・ブローズの景色と、メイデンズメアの成れの果てなのだと気がついた。十六世紀に建てられた礼拝堂の尖塔だけが、瓦礫に囲まれたまま無傷で残っている。だがこれは、瓦礫の中にいくつも死体が転がる、ハイ・ウッド近くの町の景色でもあった。砲撃で老人も女も、そして年端もゆかない子供も皆殺しにされたのだ。住民は全員避難したと聞かされていたが、実は違ったのだ。

僕は、驚いて目を覚ました。まだ暗く、時計の音だけが静寂に響いていた。

だが、この部屋に時計はない。

体を起こす。音は、寝室のドアの向こう側から聞こえてくる。ドアは僕が閉めたし、ベッドに入る前にしっかり鍵もかけた。耳をそばだてているうちに、音は時計の針というよりも、舌打ちの音のように変わっていった。僕はランプをつけ、いざというときのためそばに用意しておいた火かき棒を握りしめた。ベッドからおり、できるだけ足音を立てないようにしながら床を進んでいく。音はだんだんと早くなり、僕がドアにたどり着くと同時にぴたりとやんだ。そして、足音のようなものがさっと遠ざかっていくのが聞こえた。鍵をはずし、ドアを引き開ける。そこには誰もいない廊下が延びているばかりで、ランプが照らす先に階段が見えた。その向こうに、影がひとつ見えた。目を細めて凝《こ》らしてみたが、それ以上はっきりとは見えなかった。

ドアに目をやる。誰かが錠前を剝き出しにしようとしたかのように、鍵穴周辺の材木が剝ぎ取られてぼろぼろになり、白い中身が剝き出しになっていた。手を伸ばし、指でこすってみる。棘《とげ》が肉に刺さり、僕は悲鳴をあげた。前歯で棘を引き抜き、床に吐き捨てた。傷口から、小さな血の宝石が湧き出してきた。

闇の中から、においを嗅ぐような音が聞こえてきた。

「誰だ！」僕は叫んだ。「何者だ！　出てこい！」

返事はない。僕は廊下の奥へと足を踏み出した。進んでいくにつれ、影は少し後ずさっていった。ゆっくりと引いていったバスタブの湯と、姿を現し逃げ出すしかなくなったあの怪物のことを、びくびくしながら思い出した。二歩、四歩、六歩、八歩……。僕の前に広がる闇がランプの灯りに敗北し、背後の闇が膨れ上がり続けた。階段にたどり着いた僕の前に、影がくっきりと見えた。吸い込まれそうなほどに黒々としたその影は、ぴくりとも動かなかった。人間よりもずっと大きく、やや背中を丸めている。頭の形が分かるような気がしたが、ゆらめくランプの光のせいではっきりとは見えなかったし、周囲を包む影が時には同化し、時には離れていくせいで、うまく判別できなかった。影の中に、姿なき星々のきらめきのようなものが見えた。影が僕のほうを向いた瞬間、鋭い切っ先がいくつも見えたように感じた。まるで黒いガラス皿が落ちてきて、割れる瞬間に凍りついてしまったかのようだ。指にできた傷口から血が滴り、床に落ちるのを感じた。においを嗅ぐような音が、また始まった。

僕は後ずさった。すると影もまた、暗闇をまるごと引き連れて前に進みはじめた。今度はさっきよりも速く、僕がかざしているランプの光もみるみる役に立たなくなっていった。暗闇が光を侵食し、外側からゆっくりと飲み込んでいく。光はすぐにガラスの向こうでちらちら揺れる程度に小さくなり、それからすっかり消えてしまった。

火かき棒を放り投げた。何も考えず本能的に、割れたガラスの集合体みたいな影が見えたほうに投げつけた。火かき棒は空中で一回転し、重くて頑丈な取っ手が黒い影の中心に命中した。百万もの薄い水晶がいっせいに割れたかのような音が響き、あたりを取り巻く影がそれに応じ、波紋のように波打った。僕は後ろ向きに倒れて頭をしたたか床にぶつけたが、意識を失う直前あの吸い込まれるような暗闇が崩れ落ち、ほんの短い間、時空に穴が開いたように見えた。その穴の向こうに、ちらりと見えたんだ。見知らぬたくさんの星座と、黒い太陽と、死んだ世界の残骸が。

そして、穴に向かって叫ぶライオネル・モールディングの顔が。

iv

ミセス・ギッシングは朝七時を回ってすぐ、年配の男をひとり連れて現れた。ウィロックスに違いないと思ったが、やはりそのとおりだった。僕はもう起きていて、湯気の立つ紅茶のカップとおかわりを入れたポットをテーブルに置き、図書室で座っていた。ミセス・ギッシングは、この宇宙で自分に天が与えたはずの場所を僕がお茶を用意するために冒し、さらには自分の食い扶持《ぶち》を脅《おびや》かしたかのように、憤慨した顔をしてみせた。男が自分でお茶を淹れるようになれば、すぐに料理や洗濯もしはじめるはずで、そうするとミセス・ギッシングやお仲間は路上で物乞いをするしかなくなってしまうからだ。やすやすとそんなことをさせてたまるかとばかりにミセス・ギッシングは足音も荒くキッチンに行くと、僕が腹は減っていないと言っているのにベーコンと玉子を焼き、トーストを用意してきた。

「よくお休みになれましたか？」彼女が訊ねた。

「いや、眠れませんでしたよ」僕は首を横に振り、思い切って質問してみた。「ギッシングさん、この屋敷で夜を過ごしたことはおありですか？」

おそらくは、もう少し慎重に言葉を選んで質問すべきだったんだろう。ミセス・ギッシングは、身持ちの堅い寡婦としての評判を傷つけられたと思っているような顔をしてみせた。僕が何度か謝るとようやく彼女も僕の意図どおりに質問を受け取り、モールディングの屋敷で夜を過ごしたことは一度もないと打ち明けてくれた。

「モールディングさんが、物音や異変があったとこぼしてらしたことは？」僕は続けて質問した。

「ご質問の意味が分かりかねます」

僕にもよく分からなかった。人の心というものは、苦しみから身を守るためによくおかしなまやかしを見せるものだが、昨夜の事件もその例に漏れず、すでに夢ともうつつともつかなくなっていた。

「昨日の夜、バスタブに何かいたんですよ」僕はいった。「何か妙な生きものが」

ウィロックスが、初めて口を開いた。

「ネズミでしょうかね？　ここには住み着いているんですよ。こういう古い屋敷に忍び込むのはお手の物です。ちょいと毒を撒いておきましょう」

「いや、ネズミじゃなかったですね。正直にいうと、なんだか分からないんですよ。お湯が抜けると同時に、排水口から逃げてしまったものですから。僕には、甲殻類によく似ているように見えましたね」

「甲殻類？」

「ほら、カニとかロブスターとか」

ミセス・ギッシングは、狂人でも見るような目で僕を見た。本当にそう思ったのかもしれない。ウィロックスはどうすればいいのか分からない顔をして、ロンドン人は自分にはさっぱり分からないユーモア感覚を持っているのかもしれないと考えているようだった。

「誰がロブスターをバスタブに入れたとおっしゃるんです？」ミセス・ギッシングが言った。「私はそんなことしませんよ」

彼女が今にもまた腹を立てそうだったから、見知らぬ男のバスタブにロブスターを放り込むような人だと思って責めているわけじゃないと説明した。

「それだけじゃないんですよ」僕は言葉を続けた。「この屋敷に住む何かに目を覚まされたんです」

「何か……ですか？」ウィロックスが首をひねった。

「ええ。僕にはそうとしか説明できそうにありませんよ」

「幽霊のことを言ってらっしゃるんですか？」

「幽霊なんて信じちゃいませんよ」僕は首を横に振った。「モールディングさんは信じてらしたんですか？」

「そんなお話をされていた記憶はございませんね」ウィロックスはミセス・ギッシングを見た。彼女も肩をすくめ、首を振ってみせた。

「質問したのは、モールディングさんがどうやら近頃、オカルト関連の本を集めた図書室を作っていたようだからです。何かがあって、そうした興味を掻き立てられたんじゃないかと思ったわけですよ。お屋敷に何かいるなどとおっしゃったことは、一度もないんですね？」

「ありません」

「ここ何週間かで苦しそうだったり、疲労や不安を感じてらした様子は？」

「ありませんね」

「僕の頭がどうかしてると思ってますか、ギッシングさん？」

ミセス・ギッシングが初めて笑った。「そんなこと、とても申し上げられません。ですがここは大きく古いお屋敷ですし、大きく古いお屋敷というものは、不慣れな方々からしてみれば奇妙とも思える軋みや物音をたてるものでございます。朝食をご用意いたしました。それを召しあがれば、ご気分も晴れるでしょう」

「ウィロックスさんはどうです？」僕は彼の顔を見た。「僕の正気を疑っておいでですか？」

「お会いしたばかりなので確かなことは申し上げられませんが、私には実にしっかりしておいでに見えます。ですがミセス・ギッシングが言われたとおり、見知らぬお屋敷に慣れるには時間がかかるものです。ここのように古いお屋敷となれば、なおさらでしょう。私ですら、ふと背後を振り返ってしまうことがあるくらいです。こういう場所とは、そのようなものでしょう。ずっしりと歴史をまとっているわけですから」
　モールディングのことも訊いてみたが、ミセス・ギッシングが話してくれた以上のことは聞き出せなかった。給料について質問されたから、クウェイル氏が支払うよう手配すると告げた。ウィロックスはこれを聞くと満足げな顔をした。だが、クウェイルを個人的に知っていれば、満足などするはずがない。クウェイルがさっさと支払うなど滅多にないことだし、モールディングが自宅で使う雇用者に対する支払い義務などというものは、クウェイルの優先順位ではずっと下のほうなのだ。僕に前もって金を払ってくれたのは、それだけモールディングの生還に彼が不安を感じている証なんだ。

　ウィロックスが、庭仕事に出ていった。キッチンからは鍋や皿のぶつかり合う音が聞こえ、香ばしいベーコンのにおいが図書室にも漂ってきた。そうして日常の印ともいえる生活音とにおいに囲まれていると、昨夜のできごとがだんだんと現実味を失っていった。あれは異様なことではなかったのだ。気持ちが落ち着くと、謎の事件にも人はもっとも合理的な説明をつけようとするものだ。そうせずにおくのは、狂気の種を蒔くのと同じことだからだ。あの事件のせいで僕の精神は乱れ、粉々になってしまいそうだったが、それでもまだ完全に不安の前に屈してしまうわけにはいかなかった。

　その時、玄関をノックする音が響いた。ミセス・ギッシングは手が離せないので僕が出てみると、郵便局から来た少年が電報を手に立っていた。チップの一ペンスは経費としてクウェイルに請求できるだろうか。領収書をもらっておくべきだったかもしれない。

　電報は、フォーンズレイからだった。やたらと短いのは、ひと文字いくらで金を払うため、きっちり数えながら打ったからだろう。挨拶もなしのぶっきらぼうな文面で、〈ダンウィッヂ&ドーター〉はチェルシーのキングズ・ロードあたりのどこかで営業しているとは耳にしたものの、住所を突き止めることはできなかったと悔しさが綴られていた。そして最後に短く、こう付け加えられていた。

センゲツ　モールディングノ　コウザヨリ　タガクノヒキダシ　アリ　イチマンポンド　クウェイルハ　シラズ　チョウサ　サレタシ

一万ポンドともなれば、そいつはひと財産だ。モールディングの図書室は安全だが、僕には中を調べようがない。まだ金がそこにあってもおかしくはないが、もしモールディングがクウェイルを通さずに金を引き出したというのであれば――無論、その権利は完璧にあるのだが――つまり、彼は自分の弁護士にも話したくない何らかの理由のために金が必要だった、ということになる。それも、緊急にだ。

僕の経験では、通常とは違う支出はさまざまな憶測を呼ぶものだ。たとえば徐々に金が減り、その金額や頻度が増えていくような場合には、ギャンブル依存を抱えていることが疑われる。そして金額がより大きいものの支出の量や頻度が一定であれば、女に貢《みつ》いだり買ったりにはまっている可能性が出てくる。一度きりの多額の支出、それも自分の弁護士に内密でしたような支出なら、合法性の疑われるようなことに使ったか、何か問題を片付けようとして支払ったか、というようなことが考えられる。

しかし僕が知るかぎりライオネル・モールディングは、ギャンブルにも女にもうつつを抜かすような男ではなく、そうしたものに浸りきって面倒に巻き込まれるような人物じゃない。しかし一万ポンドの出費は何かを購入したことを示してはいるものの、モールディングはすでに巨大な屋敷を一軒持っているし、もうこれ以上必要ない。とはいえ〈ブロムダン・ホール〉近辺に自動車やヨットが急増したというわけでもない。

となると、ライオネル・モールディングはいったい何に金を注ぎ込んだというのだろう？

ライオネル・モールディングは本に注ぎ込んだのだ。

珍しい本に。とてつもなく珍しい本に。

僕は朝食を摂ってからミセス・ギッシングと列車の時刻を確認し、ロンドンに引き返す準備をした。

V

いろいろと理由はあるが、僕が〈スティーフフォード〉にほとんど行ったことがない主な理由は、僕の頭でも分かるような本がほとんどないからだ。それに、店に足を踏み入れた瞬間にそれを見抜かれるんじゃないかという恐怖もあった。物理学や原子関連の本が山と積まれたカウンターの向こうからおせっかいな店員が出てきて、慇懃《いんぎん》な態度で僕をドアの外に連れ戻し、挿絵だらけの週刊誌がたんまり積まれたニュース・スタンドのほうを指差すのだ。だが僕が入っていくと、ラグビーのフロントローにいるような体格の実に礼儀正しい青年が出てきて、散らかった事務所の椅子まで案内し、やって来た目的を説明する僕に耳を傾けてくれたのだった。モールディングが最近買った本のレシートを持ってきたが、字があまりにも汚く、読める部分だけ見てもさっぱり意味が分からなかった。

あんな文字でもすらすら読んでみせるのだから、リチャードと自己紹介してくれたこの若者は、たとえ本売りや科学でうまく行かなかったとしても、古代サンスクリット語を読み解いて立派に出世するだろう。

「こいつはブレア老人の字ですよ」彼が言った。「何年も見てるから、もうなれてます」

「ブレアさんとはお会いできるかな？」

リチャードは、複雑な顔をしてみせた。

「その、何週間か前に亡くなってしまって」

「それは残念だったね」

「九十二歳でした」

「それでもやはり残念だよ」

「ここを立ち上げたスティーフォードさんが、ブレアさんにお店を譲ったんですよ」リチャードが説明してくれた。「店の創立を知る、最後の人でした。それにしても、いつもまったくひどい字でしたよ」

彼が、手元のリストにまた視線を戻した。

「この購入記録には、明らかにパターンがありますね」

「どんなパターンだね？」

「というのはですね……。『ライプニッツ－クラーク往復書簡』をお持ちのようですが、これは英語版の初版が一七一七年に出たものですから、間違いなくそれ以降の版ということになりますね。ほとんどの読者にとってこの本の読みどころは、空間と、そして時間に関する議論です。はあ、一八九七年に刊行されたエルンスト・マッハの『感覚の分析』がありますね。僕はまったく専門分野ではないんですが、僕の理解が正しければ、マッハは感覚のみが現実であり、実体など存在しないのだと書いています」

　リチャードは、僕には大して興味がないような名前をさらにいくつか読み上げた。「プランク。アインシュタイン――この男は大物になりますよ」そんなふうに、彼はどんどん続けていった。

「さてと」ようやく、リチャードがひと息ついた。「ウィリアム・ジェームズの本をあれこれご注文されたようですね。そのうち何冊かは、普通うちでは扱わないような本ですよ。『アメリカ心理学研究学会会報　第三巻』に『宗教的経験の諸相』に、それに『信ずる意志』もそうだ。これは興味深い本ですよ。つまらないわけじゃないのですが、それはもう風変わりで」

　僕は話が終わるのを待ち続けた。自分の忍耐力には、ときどき驚愕させられる。

　リチャードは、申し訳なさそうに笑った。「すみません。あんまり面白いものですから。ジェームズは、〈多元宇宙《マルチヴァース》〉というものについて論じているんです。私たちがいるこの宇宙などほんの一部分にしか過ぎないという、仮説的な宇宙論ですよ」

「彼は他の宇宙に何があると考えているんだい？」

「そこまで考えていたかどうか分かりませんが、まあ僕はジェームズは専門外ですからね。しかしモールディング氏のご購入リストから判断すると、どうやら実在の本質に関心を持たれていたようです。小難しい題材ですよ、特に一般読者にはね」

　僕は礼を言った。ここではもう新たな情報が得られるかも、ちらりとでも理解できる話が聞けるかも、分かったもんじゃない。

「ところで」僕は口を挟んだ。「もしやチェルシーにある〈ダンウィッチ〉とか〈ダンウィッチ&

ドーター〉とか言う書籍商に憶えはないかな?」

「あるとは言えませんね」リチャードが答えた。「ですが、ヤング・ブレアさんならご存じかもしれません。ロンドンにある書籍商はすべて知っておいでですから」

彼は僕を案内して飛ぶように階段をあがり、心理学関連の本だけをしまった狭い区画に入っていった。ダーク・スーツを着た、まず八十歳は超えているであろう痩せた男が、レジの向こうで居眠りをしているのが見えた。

「ブレアさんの弟さんかい?」僕は訊ねた。

「ひどく妙な話に思われるでしょうが、違うんですよ」リチャードが答えた。「それどころか家族でもなければ、親しい間柄ですらないんです。ヤング・ブレアさんは、お葬式にお花も出さなかったくらいなんですよ」

リチャードがそっと揺り起こすと、ヤング・ブレア氏はぱっと目を覚ました。自分と話がしたい相手が来て、心から嬉しそうな様子だ。起こしてもらえただけでも、きっと嬉しいのだろう。彼くらいの歳ともなれば、いっときの昼寝と永遠の眠りとは、もう紙一重なのだ。

「こちらはソーターさんです、ブレアさん。書籍商のことでご質問がおありだそうで」

ヤング・ブレアはにっこり笑い、何かもごもごと喋ったが、僕には「よろこんで」と「お答え」の二語しか聞き取れなかった。ともあれ、吉兆を感じさせる二語だ。

「チェルシーの、ダンウィッヂという書籍商をご存じないかと思いましてね」僕は訊ねた。

ヤング・ブレア氏の表情が暗くなった。顔をしかめ、首を横に振る。そして人差し指を立て、いましめるように振ってみせた。またしてもぶつぶつと唇から言葉が漏れ、不快そうな長いうめき声と混ざり合う。そしてようやく僕にまったく話が通じていないらしいと見て取ると意を決し、短いながらも意味の分かる言葉を発した。

「あれは忌むべき男だよ。娘はもっとひどい。むむむ……オカルト主義者なぞ！　炎だとか地獄の業火だとか。まったく。まったく。古めかしくて、忌まわしくて、あんなもんは科学じゃない。断じて科学とは違う」

ヤング・ブレア氏は身を乗り出し、カウンターを指先で叩いた。

「ちんぷんかんぷんなまやかしだ」ひとことひとこと、注意深くはっきりと発音する。

「住所を知りたいんですよ」僕は言った。「チェルシーにあると聞いたんです、確かキングズ・ロードだったかと」

ヤング・ブレア氏はまたぶつぶつ言いはじめたが紙を一枚取ると、上品なカッパープレート体で住所を書いてくれた。僕は礼を言って帰りかけたが、彼がぱっと立ち上がり、ぎょっとするほどの力で僕の腕を摑んだ。

「連中には近づかんことですよ」彼が声を荒らげた。「悪い奴らだ、ふたりとも。とにかく娘のほうは最悪だ！」

僕がもう一度礼を言うと、ヤング・ブレア氏は手を離してまた椅子にかけた。そしてまぶたを閉じ、うたた寝へと戻っていった。

リチャードは、すっかり驚いた顔をしていた。

「いやはや、ブレアさんが亡くなってから、こんなに興奮してるのを見たのは初めてですよ」

vi

それから僕はクウェイルに進捗《しんちょく》を——もしくは進捗がないことを——報告するためにチャンスリーに出向いたのだが、彼は部屋を留守にしていた。フォーンズレイだけが物憂げな顔をして、まるで地面に落ちたトウモロコシの粒をつつき回る病気の雌鶏《めんどり》のように、びっしり法律用語の並んだ書類に万年筆を走らせていた。

「ずいぶん長くお出かけでしたな」彼が、挨拶代わりに言った。

「何を言ってるんだい?」僕は首をひねった。「留守にしてたのは、たったふた晩じゃないか。奇跡の人みたいに言わんでくれよ」

フォーンズレイは、机に置いたカレンダーを指で叩いた。象牙の立方体をいくつも並べ、それを回転させて日にち、月、そして年を表示させるやつだ。そのカレンダーに、十月十五日と示されている。

「カレンダーが間違ってるんだ」僕は答えた。

「私のカレンダーは、断じて正確です」彼が首を横に振った。

僕は壁につけて置かれた椅子に、どかりと腰かけた。一週間も経っていたとは。ありえない。純粋にありえない。僕は八日の列車に乗った。ポケットに乗車券が入っている。交通費をごまかしているとクウェイルに思われたりしないよう、ちゃんと取っておいたんだ。僕はそれを取り出そうとポケットと財布の中をまさぐったが、乗車券は跡形もなく消えてしまっていた。

「具合がお悪そうで」フォーンズレイが言った。

「なかなか眠れなくてね」僕は答えた。カレンダーをじっと見る。ありえない。ありえない。

フォーンズレイは口の中で静かに質問を転がしていた。本当にあごが動いているのが見えた。

「もしやどこか……」

彼の声が途切れた。まるでクレイグロックハートがクウェイルの部屋の外まで移動してきたかのように、その軍事精神病院の影が僕たちふたりの頭上を覆っていた。

「いいや、どこも悪くないよ」

だが彼は、僕を信じているようには見えなかった。僕は、気にしていないふうを装った。

「電報はお受け取りに？」

「ああ。一万ポンドだよ。それだけあれば、かなり買いものができるだろうさ」

「ええ。ところで、件の御仁がそれで何を買われたのかは、もう突き止めたのですか？」

「今朝受け取ったばかりだから、もう少し時間がいるよ」僕は答えた。

フォーンズレイが、またさっきの目で僕を見た。訂正しなくては。もしフォーンズレイがクウェイルに、僕がどうかしてるだとか、信用できないなどと言ったら面倒なことになる。僕は金が要るんだ。

「すまない」僕は、なんとかこの最悪な状況を言い繕《つくろ》った。「要するに、今朝ちょっと情報を受け取ったっていうことさ。電報にあった件に関係する情報をね」

「ほほう、大進展の内容をお聞かせ願いたいですな」

「僕の考えでは、モールディングが金を注ぎ込んでいたのは、本だよ」

「本ですと？」フォーンズレイはすっとんきょうな声をあげた。「一万ポンドもあれば、図書館まるごと買えてしまうでしょうに」

「もう図書館に住んでるようなもんだよ」僕は答えた。「モールディングのように大量の本を持っていると、簡単に手に入るような本には興味がなくなっちまうらしい。もうとっくに持っているからね。その代わり、珍しい本に興味が向くようになるんだ。珍しければ珍しいほど、値段も張るってわけだよ」

「それで、いったいどの珍しい本の話を今私たちはしているんです？」

だが僕が答えるよりも先に、フォーンズレイは自分で答えを考えはじめていた。

「無論、品性下劣な本のたぐいではありますまい。そんなお方にはとても見えません」

「それは、どういう意味で品性下劣かにもよるね、僕に言わせれば」

「哲学的な話はおよしくださいませ。私の言いたいことは、ちゃんとお分かりでしょう」

「もし、エロティックな本の話をしているのであれば、そいつは違うな。モールディングの秘めごとはそれじゃない。自分の図書室にとあるジャンルの本を何冊か置いていたんだが、そんなにはたくさんなかった。どうやらオカルトに対する興味をふくらませていたようなんだが、購入した本の一部しか行方を突き止めることができなかったよ。ほとんどが消えてしまっているんだ、もっとも僕が屋敷で見落とした分もあるだろうけどね。ひとりで調べ尽くすには、数がありすぎるんだ」

「オカルト？　エロティカ？　たった一週間で、ずいぶんとお詳しくなられたものですな。どうやら、経費を使った甲斐があったというものですよ。モールディング氏は見つからないのに、あなたはみるみる知性をお付けのようだ」

またただ。一週間。一週間。

「そんなの誰でも普通に知っていることだろう。さて、もっとはっきりした情報を見つけたら知らせると、クウェイルに伝えてくれよ」

「領収書はどうされますか？」

「届けるよ」

「そうしてくださいませ。私どもも、大金持ちというわけではありませんがね、ご存じと思いますが」

「フォーンズレイさん、そんなことは一度も思ったことがないよ。もし金持ちだったら君だってもっとましな身なりをして、それにふさわしい態度でいることだろうさ」

フォーンズレイは何か言い返しかけ、言葉を飲み込んだ。かつてクレイグロックハートから退院したばかりのころ、僕を雇わないようにとフォーンズレイが言葉を尽くしてクウェイルを説得しているのを、半分開いたドアの外で立ち聞きしたことがあった。戦前、僕は今やっているのと同じような仕事をクウェイルに何度か依頼されたが、当時フォーンズレイはただの秘書見習いだった。クウェイルの雑用はヘイリーという昔気質《むかしかたぎ》の男がやっていた。セヴァストポリで怪我をした男で、ランチを食べながらポート・ワインを飲《や》っていた。

「あの方は将校ではなかったのですよ」フォーンズレイが詰め寄った。僕が下士官から昇進させられたことを言っているのだ。「それよりなにより、壊れています！」

クウェイルが答えた。「私やおまえよりも将校にふさわしい男だよ。それに壊れた男は治りもするさ。自分を癒《いや》そうとする者であれば、なおそうだ」

僕がクウェイルを裏切らないのは、これが理由だ。クウェイルが僕を信頼してくれているからだ。それに、仕事をすればちゃんと払ってくれる。多額でもなければ払いが早いわけでもないが、ちゃんと払ってくれるのだ。

「それじゃあまた、フォーンズレイさん」僕は言ったが、彼から別れの挨拶はなかった。

†

書籍商〈ダンウィッチ&ドーター〉が入っているチェルシーの住所に着くころには、すっかり暗くなっていた。キングズ・ロードの西の突き当たりにあったパブから名前を取った、ワールズ・エンドという地域だ。前世紀、この一帯は芸術家村のようになっていた。ターナー、ホイッスラー、ロセッティといった面々がこのあたりに住んで活動したのだが、未だにどこか自由奔放な雰囲気が漂っている。

しかし〈ダンウィッチ&ドーター〉はどうやらひっそりと目立たずにいたいのか、そのテラスハウスが業務を行っている印はたったひとつ、正面玄関のドアにかかった、繋がり合うふたつのDが彫られた真鍮のプレートだけだった。呼び鈴を鳴らしてみる。一分して、素肌にベストを着てその上からジャケットをはおった禿《はげ》の男が出てきてドアを開けた。片手に煙草を一本、もう片手に真鍮の燭台《しょくだい》を持っている。

「何か？」男が言った。

「ダンウィッチさんですか？」

「ああ、そうだよ。知り合いだったかね？」

「いいえ。今日はおたくの顧客、ライオネル・モールディングさんの代わりに来ました」事実を考慮すれば、これは大した嘘とはいえない。「僕はソーターという者です」

「もう遅いが、モールディングさんに関係ある話なら、中に入ってくれて構わんよ」

彼がドアを大きく開け、僕は足を踏み入れた。中は薄明かりに照らされていて、壁という壁に並べられた無数の本がモールディングの屋敷を連想させた。上階に続く階段が見えたが、ダンウィッヂは右手のドアの奥に僕を案内した。そこはふた間続きの片方、店舗のような用途で使われている部屋だった。どのテーブルも、どの棚も、そしてどの箱も本でいっぱいで、ガラスと鉄格子のはめられたカウンターの奥にしっかりとしまわれている。

「購入する本のリストを預かってきたのかね？」ダンウィッヂが訊ねた。唇に煙草をくわえ、右手を出す。「さあ、それを渡しな。今回は何をご所望かな」

僕は答えなかった。メイン・フロアの窓際に机がひとつ置かれていて、その上に吸い殻が山盛りになった灰皿が載っていた。客がいないときダンウィッヂがそこで仕事をしているのは、ひと目で分かった。残りのテーブルはどれも、手書きのシンボルが描かれた紙に占領されていた。僕には解読できない、暗号か何かだろうか。僕はぱらぱらとめくってみたが、どれも僕のような門外漢には解読不能なものばかりだった。

「これは何語です？」

「ほとんどは、英語とヘブライ語だよ。文字を置き換えて暗号化してるのさ。パターンさえ憶えてしまえば、解読はそう難しくないよ。こいつは〈黄金の夜明け団〉の元大達人《アデプタス・メイジャー》が持っていたものだ。見たところ、イシス・ウラニア・テンプル（〈黄金の夜明け団〉にとって事実上初の神殿、つまり支部組織）についてベリッジ（エドワード・ベリッジ。〈黄金の夜明け団〉の中心的人物のひとり。医師であったが、オカルトに傾倒していた）と仲違いがあったらしい。そしてクロウリー（アレイスター・クロウリー。〈黄金の夜明け団〉に所属した人物であり、近代西洋において最高の魔術師とされる）ともね。クロウリーについて言えば、ベリッジを責める気にはならんね。あの男は間違ってるよ、わしには分かる。この仕事のおかげで、連中のことはよく見ているからね。さて、ご注文の本が見つかったら、モールディングさんに知らせるよう君に連絡するよ。なに、お買い得にしておくから、心配することはない」

ダンウィッチは僕に勧めようともせず新しい煙草に火をつけ、煙の向こうからいぶかしげな目で僕を見つめた。

「モールディングさんは、普通ご自分で来られるんだがな」彼が言った。「いつも個人的な頼みごとをされるものだからね。人を使いに出されるなんて、普通じゃない」

僕は彼に向き直った。

「モールディングさんが、失踪したようなんです。それで捜索を依頼されました」

「なるほど」ダンウィッチがうなずいた。「ここにはおらんよ」

「最後にモールディングさんとお会いになったのは？」

ダンウィッチは、不機嫌そうに頬を膨らませていた。「うむ、二、三ヶ月前だったか、もっとかもしれん」

「本当に？」

「最低でもな」

僕はポケットに手を突っ込み、〈ダンウィッチ&ドーター〉が出した領収書のたばを取り出した。

「それは妙ですね。ここにあるレシートはすべて、もっと最近のものですよ」

「まあ、郵送でもたくさん販売しているからね」

「なるほど。ですが先月、モールディングさんは何度もロンドンを訪れてます。必要もなくそんな頻繁にロンドンまで出かけるような習慣はないのにも拘わらず、です。とても慎重な方でしてね。列車の乗車券と、摂った食事の内容や利用したタクシーのメモをすべて保管しているんです。すべて目を通してみたんですが、どうやらこのお店に来たのは一度どころじゃないようですよ」

嘘だと怒鳴られるものと思ったが、ダンウィッヂは白旗をあげた。

「もちろん、わしの記憶違いかもしれん。いつでもひっきりなしに客が来るからね。きっとモールディングさんに気づかなかったんだろう。接客はほとんど娘がしているからね。わしはほとんど裏方なのさ。前からずっとだよ」

「娘さんはご在宅ですかね、ダンウィッヂさん？」

「ああ、もうすぐ帰ってくるはずだよ。すぐに来ると思うがね」

ダンウィッヂは本棚に並んだ本をあれこれ弄《いじ》り回し、背表紙を棚の端とぴっちり揃えていた。玄関まで僕を迎えに出てきたのが自分だったことに閉口しているのは、一目瞭然だった。

「モールディングさんが購入された本に、何か心当たりは？」

「すぐには出てこんな。君には想像がつかんほどたくさん本を売っているからね。うちで扱うような本を好きな輩《やから》は多いんだよ。本当に多いんだ」

ダンウィッヂはぴりぴりしているように肩をいからせながら、さらに不機嫌そうな顔で書棚の整理を続けた。

「でも記録は取っているんでしょう？」

「娘がやってるよ。わしは計算担当なのさ。店を閉めてから売上を計算し、朝になったら銀行に入れにいくんだよ」

「裏方であり、会計係、ですか」僕は言った。「記憶力以外は、いろんな才能に恵まれていらっしゃる」

彼は皮肉には応じず、ばつが悪そうに笑ってみせた。

「もう昔みたいに若くない」ダンウィッヂは笑みを歪め、嫌な感じのする訳知り顔になった。「記憶なんてぱっと消えちまうんだよ。呪いみたいなもんだが、祝福だともいえるね」

彼が僕の右肩越しに背後に目をやった。その顔に安堵と、そして恐怖のような色が浮かんだ。

「やあ、帰ってきた。どこに行ってたか心配したぞ。こちらの紳士が、モールディングさんのことでご質問がおありだそうだよ」そう言って、意地悪な笑みを浮かべる。「失礼だが、さっそくお名前を忘れちまったみたいだよ」

「ソーターです」僕は答え、娘のほうを振り向いた。

†

まず驚いたのは、彼女のがっしりと頼もしい雰囲気だった。痩せているとはまず言えないが、かといって太っているわけでもない。人生の大半を重い肉体労働に費やしてきたといった風体で、もし指で押したならば、ほとんど柔らかい肉を押すこともないうちに筋肉の感触に突き当たりそうだ。女にしては背が高く——五フィート八インチか、もう少しあるだろうか——三十歳から五十歳の間なら、何歳でもおかしくない。くすんだ茶色の髪をぴっちりとお団子にまとめてピンで留めていた。あまりにも青白い顔色に似合わない口紅を塗っているせいで体格と裏腹に血色が悪く見えることをのぞけば、ほとんど化粧っ気もない。真珠色のボタンがついた黒のドレスを着てはいたが、割とタイトなドレスだというのに、くびれはほとんど見えなかった。性別などないんじゃないかと思わず口を滑らせかけたが、そんな無礼をするわけにはいかない。彼女は間違いなく女だ。しかしヴィクトリア女王像を口説こうと思わないのと同様、彼女のことも口説く気にはなれなかった。何か、内側から魅力のなさが滲み出ているんだ。地味な女や、さらには醜い女たちもいろいろ見てきたが、そうした女たちの中には外見的な欠点を内面が補っている者もいた。慎ましさや優しさが容姿まで変えてしまうかのようで、冴えない外見が和らいで見えるのだ。だが、彼女はそういう女とは違う。魅力のない原因が彼女の中にある以上、髪を整えようと、念入りに化粧をしようと、素敵なドレスを着ようと、なんの助けにもなりはしない。

「エリザ・ダンウィッヂです」彼女が口を開いた。「お会いできて何よりです、ソーターさん」

彼女が僕の名を口にするその響きには、僕のことを知っているのだと確信させる何かがあった。父親のほうと初めて顔を合わせたときには、そんな雰囲気などまったく感じなかったんだが。愚鈍な父親は娘の登場に勇気づけられたか、今や腕組みをして満足げな表情を浮かべて僕をまっすぐに見ていた。あたかも「そら、助けが来たぞ、可愛い助けがな。この子がお前さんの頼み事を解決してくれるよ、ああそうとも。きっと邪魔な鳩《はと》どもを追い散らして、羽根をくわえて帰ってくるだろうさ……」とでも言うかのようだ。

そんな妄想に応えるかのように、エリザ・ダンウィッヂは背中に回していた両手を前に出した。まるで、手近な鳥の首を絞めてやろうとしているみたいだ。細く華奢《きやしや》な、皺も染みも何もない手だ。なんだかマネキンの手が彼女の両手に融合してしまったようだった。爪は完璧に磨き上げられ、部屋を照らす光にきらめいている。

「モールディングさんは、いいお客様です」彼女が言った。「ここに来てくださるのを、いつも心待ちにしていましたわ」

「ここにはよく来られたんですか？」

「どうしてあの方のことをお訊きになるのか、聞かせてもらえますか？　お客様がたのことは、できる限り慎重に対応したいものですから。もうお分かりかと思いますが、当店は非常に専門的なサービスを提供しています。ここで売られているものを見て眉《まゆ》をひそめる人もいるから、チャリング・クロス・ロードに面したショー・ウインドウに商品を並べないことにしているんですよ」

「モールディングさんが行方不明なんですよ」僕は答えた。「失踪してもう一週間も——」

ふとフォーンズレイの机にあったカレンダーを思い出し、僕は言い足した。「いや、もっとかもしれません。僕は、モールディングさんの安否を探るよう、彼の弁護士から依頼を受けたんです」

エリザ・ダンウィッチは、これを聞いてもひどく狼狽えたようには見えなかった。もしかしたら彼女の周囲では人が消えることなど珍しくないのかもしれない。ひょっとしたらこの店のどこかには、そんな修練にまつわる書物、たとえば『肉体を離れた人々』のような本が収められた場所があるんじゃないだろうか。それでも彼女は、こうした状況にふさわしい言葉を口にしてみせた。もっとも、本心から言っている様子はちらりとも見えなかったが。

「それは残念ですわ。あの方に災厄が訪れなければいいのですが」

「おっしゃる通り、彼はいいお客です。そんなお客さんがいなくなってしまうのは、歓迎しかねるでしょう?」

彼女は小首をかしげた。僕を気に入るかどうか決めかね、別の角度から値踏みしようとしているのだ。

「ええ、ソーターさん。私もそう思いますわ」

私たちではなく、私か。これは興味深い。この店の主がどちらなのかが、やすやすと透けて見えた。店名を〈ドーター&ダンウィッチ〉に変えたほうがよさそうだ。

僕は彼女の前をはなれ、鍵のかかった戸棚の前で足を止めた。

「ここにあるのは、値打ちものの本ですかね?」

エリザもやって来た。香水はつけておらず、むんとした嫌なにおいが体から漂っていた。

「どの本も、値打ちものになる可能性がありますわ。本をお求めになるお客様が、その本にどのような価値をお求めになるかによるんです。値打ちとは年月と、希少性と、状態と、そしてもちろんその本への愛情に関係があるものです――もしくは純粋に、その本を手に入れたいという欲求とね。もちろん、誰もが認める価値と値打ちを持つに至るような本も、中にはあります。あの戸棚にしまわれているのは、そうした本たちですわ」

「誰もがとびきり高い値打ちをつけるような本も、売っているんですか?」

「何冊かは」

「在庫の中で、もっとも高価な本となると、どんなものです?」

「思いつくのは、千ポンド近くの値がつく十六世紀のオカルト書籍が何冊かありますけど、お探しのお客様はほとんどいらっしゃいませんよ」

「では千ポンドを超えるとなると? 千ポンドを超えるような本を仕入れておいでですか?」

彼女は首を横に振った。

「いいえ、ここにはありませんわ。それほど高価な本となると、買い手が決まっていないと、とても仕入れられませんよ。そのうち売れるだろうという見込みだけで、そんな値打ちを持つ本を投機でもするかのように仕入れるわけにはいきません。そんなことをしたら、破産してしまいますから」

「でも、そういう本も存在するわけですね?」

「ええ、もちろん」

「オカルト書籍で?」

彼女は、やや考えてから答えた。

「ほんの何冊かだけですよ。たくさんはありません」

「ライオネル・モールディング氏は、そうした本をお探しだったのでは？」

エリザ・ダンウィッチは、きつい目で僕を見つめた。表情はほとんど変わっていなかったが、仕方なく嘘をつくかだんまりを決め込むかを判断する前に、僕がどこまで知っているのかを、そして自分がどこまで話していいのかを吟味《ぎんみ》しているのだ。それに、彼女が強い女性である一方、自惚《うぬぼ》れが強いのも分かった。目を合わせたその瞬間から、彼女が嫌悪を抱いているのを僕は感じていた。嘘を見抜かれればエリザはそれを屈辱に感じ、プライドを傷つけられる。ここはだんまりを決め込んでくれたほうが、少しはいい。そうすれば僕が正しい道筋にいることに対する暗黙の証明になるし、これ以上僕に質問を重ねさせれば、彼女は自ら追い込まれることになる。どちらにせよ、今ここで繰り広げられているゲームの第一ステージに、僕が勝利するということだ。

そして彼女は真実を——ほんの一部かもしれないが——口にした。

「ええ、モールディングさんはとても珍しい本をお探しでした」

「その本というのは？」

「あまりにも異様なために題名のない本ですよ……というよりも、さまざまな状況下でさまざまな名前をつけられた本なんです。どれも、その本の本質を捉えているとはいえない名前ばかりですけれどね。最初はモールディングさんも、本当にそんなものが存在しているのか確信をお持ちではなかったのです。元より調べなくては気がすまないたちのモールディングさんは次々と難解な本を読むようになっていったのですが、一冊読み終わると、さらに難解な本が待っているのです。まるで木の枝が育つにつれて、どんどん細くなっていくようなものですわ。そしてモールディングさんは、ある本たちについての記述を見つけることになりました。実際の本というよりも噂に近いものなのですが、本の神話を含む、何冊もの本です」

僕は続きを待った。彼女も今や、すっかり楽しんでいた。専門家というものは、耳を傾けている聞き手が大好きなものなんだ。

「モールディングさんがご存じのタイトルは、私が昔その本の話が出たとき耳にしたものと同じで、『アトラス・レグノム・インコグニトム』でした。普通は『未知なる次元の地図書』と訳されるのですが、ときには『地理学的不可能性の地図書』や『裂かれた地図書』と呼ばれることもあります。誰が書いたのかも、いつごろ書かれたのかも分かりません。さまざまな書物の中で触れられるのですが、内容についてはどこにも具体的に記されていないのです。この本について何らかの知識を持つ者はひとにぎり……そして実際に目にしたことがある者となると、ひとりもいはしません」

「いったい中身はどんなものなんです？」

「どうやら、世界地図のようですね。ここは違う、別の世界の地図ですよ」

「惑星の地図ってことですか？　火星とか、そんな感じの？」

「いえ、異界のです。この宇宙を超越した、別の宇宙の地図ですよ」

「多元宇宙《マルチヴァース》……」僕は、〈スティーフォード〉であの若者が口にしていた言葉を思い出し、つぶやいた。

またしてもエリザは無言で僕を吟味しはじめた。けれど僕は、その言葉を口にした若者の名前すら憶えていないのに、うっかり変な知ったかぶりをしてしまったと感じていた。だいたい、仮に銃をこめかみに押し付けられていたとしても、そんなものについては初歩の初歩すら説明できないのだ。

「ええ」彼女がうなずいた。「そう呼んでも差し支えないと思いますわ」

「もし実際にその本が市場に出たとしたら、いくらの値が付くと思いますか？」

「ああ、そこが厄介なところなんですよ。なにせ、写本や複製が存在しないのです。存在するのはオリジナルただ一冊のみと言われていますが、それにしても、もうはるか昔に消えてしまったのですから」

「オリジナルしかない？　なぜです？」

エリザのこわばった身動きを見て、彼女の心のよじれまで見えるような気がした。最初に彼女が僕に明かすつもりだったのは、どうやらこのあたりまでなのだ。彼女がついた最初の嘘を、僕は嗅ぎ取った。エリザの体臭までもが変化し、さっきよりも苦みを増していた。

「見たこともないものを複製できる人など、いはしません」彼女が言った。「複製を作るには、オリジナルがなくてはならないのですから。私たちも時間をかけて探し回ったのですが、モールディングさんのご要望にお応えすることはできませんでした」

偽りのにおいを吸い込んだ僕は、舌先で唇を舐めてその風味を確かめてみた。イラクサの悪臭と、銅の味がした。

「もし誰かが地図書のありかを突き止め、買い手もいるとしたなら、一万ポンドで費用をまかなえますかね？」

「一万ポンドもあれば、いろいろなことができますわ、ソーターさん」彼女はそう答えてから、妙な言葉を続けた。もっとも、最初から妙なこのやり取りを、さらに妙にできるとは思えなかったが。

「一万ポンドもあれば、魂だって買えるでしょう」

彼女はそう言うと、父親が見送るからと言い残して立ち去った。荒い足音を響かせながら、ゆっくりと階段をのぼっていく。僕たちの頭上でドアが開いてまた閉じると、店はまた静まり返った。

だが僕は、彼女が聞き耳を立てているのを感じていた。

「お力になれたならいいんだがね」ダンウィッチが言った。

「まあ、多少は」僕は答えた。「ところで、ロンドンで似たような本を扱う書籍商は他にありませんか？」

「うちみたいな店はないね」ダンウィッチは首を振った。「だが、何軒か教えておくよ。あんたのような上客を独り占めするのは胸が痛むしな」

彼はメモ用紙にいくつか住所を書くと、戸口まで見送ってから渡すと言い張った。

「さあ、ごきげんよう」ダンウィッチは僕を夜闇の中に追い出しながら言った。「せいぜい気をつけるんだな」

「もしかしたら、またお邪魔すると思います」僕は答えた。

「娘に伝えておくよ。きっと喜ぶだろうさ」

彼がそう言って、僕の目の前でドアを閉めた。

vii

翌日、僕はダンウィッチに渡されたリストの店をひとつひとつ回ってみたが、ろくに成果は上がらなかった。そのうち何軒かはモールディングの領収書で見覚えがあったが、いずれにせよモールディングとそれらの書籍商との取引は大したものじゃなく、値打ちものなんてせいぜい数冊くらいのものだった。『未知なる次元の地図書』の名前を出すと、たいていはぽかんとした顔を向けられるか、そんなものは存在しないと一笑に付されて終わった。一方、何らかの形で〈ダンウィッチ&ドーター〉の名前が出ると、誰もがだいたい顔をしかめた。僕は、彼らの嫌悪の裏側にそこはかとない不安感があるような気がした。

僕が到着したときには、〈スティーフォード〉はまだ営業中だった。日中を正規の授業に費やす学生たちに応じるため、他の書店よりも遅くまで店を開けているのだ。ヤング・ブレア氏はいるかと訊ねると、今帽子とコートを取りに行っているが、すぐに正面玄関から帰宅するところだと言われた。僕はそこで待ち続けた。もうすっかり夜になり、街は霧に包まれていた。鼻をかみ、この街の空気のおかげで自分の肺は今どんなことになっているのだろうと、幾度目か分からない考えごとをする。なかなか頭から離れてくれないんだ。

ヤング・ブレアは子宮から押し出される赤ん坊のように店から出てきた。慣れ親しんだ温かな場所から、寒く冷徹な外の世界へと。彼は最後にもう一度、愛情を込めたまなざしで店内を一瞥《いちべつ》すると布帽子をかぶり、耳がちゃんと隠れるよう念入りに調節した。古びてはいるが擦《す》り切れてはいない茶色の革かばんを右足の横に、そして傘を左に置いている。近づいていく僕を見ながら、彼はしばらくどこで見た顔か思い出そうと格闘していたが、やがて誰だか気づいて顔を輝かせた。その顔には、僕が好きなたぐいの善良さがあった。ものごとを愛情と感謝のみで見つめてそれを支えとする方法を見つけ出した者だけにしか見られない、人生という苦難が持つ徒労や醜さを捨て去った雰囲気だ。僕が挨拶して、しばらく一緒に歩いてもいいかと訊ねると、彼がうなずいたので、僕は「もちろん」だとか「こちらこそ、喜んで」だとか、そんな言葉を思い浮かべた。もっともそうした言葉には、たいてい「うむ」だとか「ああ」だとか、意味の捉えづらい言葉がつきもので、はっきりと意味を確信しがたいものなのだが。僕たちは一緒にトッテナム・コート・ロードに向かい、それからオックスフォード・ストリートに出た。最初に見つけた〈ライオンズ・ティー・ルーム〉のそばで彼がもの欲しそうににおいを嗅ぎ、ちょっと寄ってもいいかと言った。

グラディス（十九世紀から〈ライオンズ・ティー・ルーム〉では、ウェイトレスがこう呼ばれていた）に紅茶とサンドイッチを注文すると、ヤング・ブレアは両手を膝の上で組み、ほほえみを浮かべて周囲の喧騒を眺めながら、注文の品がテーブルに運ばれてくるのを待った。修道院さながらに静かな〈スティーフォード〉に比べればかなり騒がしかったはずだが、ヤング・ブレアはそれを心から楽しんでいる様子だった。指には指輪も見当たらなかったし、ヤング・ブレアが店を閉めてから若手店員たちが彼と一緒に自由な時間を過ごそうとするとは、どうにも考えにくい。宿敵ブレア老人が死んだ今、ヤング・ブレアは店で最年長だ。彼の話がそこそこ理解できたとしても、わざわざ付き合おうという連中などほとんどいないに違いない。

店を出るときに彼が見せた、何か言いたげなまなざしを思い出した。〈スティーフォード〉は彼にとって、本当の家なんだ。夜どこに身を横たえるかなんて、それに比べればどうでもいいことに過ぎない。思うにヤング・ブレアは店を離れている間、ときにひどい孤独を感じているのではないだろうか。

僕たちは一緒に、サンドイッチを食べ、お茶を飲んだ。そして、食べ終えたヤング・ブレアが人差し指を舐めて皿に残ったくずまですっかり綺麗に取ってしまうと、僕はホイップ・クリームを添えた林檎のタルトでもどうかと持ちかけた。ヤング・ブレアは断る振りだけはしてみせたものの、僕が手を挙げて通りかかったグラディスを呼び止めると、確かにタルトがちょっとあると最高だろうとうなずいた。そうして僕たちは食事を続け、ティー・ポットにもお茶のおかわりをもらい、ようやく食事がすべて胃袋に収まるころを見計らって、僕はまた〈ダンウィッチ&ドーター〉の話を切り出したのだった。

ヤング・ブレアは出どころも品質もまったく気に入らない商品を購入するか迷っているような顔をして、頬を膨らませあごをぽりぽりと掻きながら、指先でテーブルを叩いた。

「嫌な女だよ」ようやく口を開いた彼が、まるでずっとその答えが頭の中に引っかかっていたのだというように言った。「実に、実に、嫌な女だ」

僕は反論する気がないのを明言してから、困惑の種について少し話して聞かせた。共通の知り合い（そう聞くとヤング・ブレアは人差し指で鼻先を叩き、大げさにウインクしてみせた）が〈ダンウィッヂ&ドーター〉に本を探すよう依頼したのだが（彼が顔をしかめ、さらにむっつりした顔になると「ぞっとするような女だ」と言った）、とにかく漠然とした本で、正体を掴むことができないのだと。そんな状況であれば、この共通の知り合いは次に誰を頼るだろうか？

ヤング・ブレアはじっと考え込んだ。

「オカルトですな？」

「ええ」

「忌まわしいものですよ。あんなものに近づいちゃいけません」

「かもしれませんね」

「珍しい本を？」

「とても」

「高価なものですね？」

「とても、とても高価です」

「ならばマグスですね」ヤング・ブレアが、確信を込めてうなずいた。「マグスしかいやしません」

「ファーストネームもありますか？」

「あるでしょう。聞いたことはありませんがね。腐ったやつです」

彼はテーブルに身を乗り出し、声を落とした。「蛆虫《マゴット》・マグスと言われてますよ」

「その男も、書籍商なんでしょうか？」

「いやいやいや、まさか、まさか」

ヤング・ブレアは、失礼なことを言うなとばかりの顔をしてみせた。まるでそんなことをほのめかすだけで、書籍商としての自分の評判に傷がつくとでも言いたげだ。

「やつはブック・スカウトですよ」彼が言った。

「どういう意味です？」

「稀少な本を探す仕事ですよ。安い値で買い叩いて――寡婦とかそういう方々からでしょうが、私もそれ以上のことは存じません――それを書籍商に売りさばくわけです。私なら店に入れるなど、断固しませんがね。盗人や詐欺師も同然の男です。だけど、とにかく本は見つけてくるんですよ。表紙のついてるものなら、何だって探し出すやつです。本のことはよく知ってます、ええマグスは実によく知ってます。けれど、愛しておらんのですよ。そこが大事なんです。本は愛さにゃいけません。愛してこそ、なんですから」

ヤング・ブレアは右手を出すと、親指を中指と人差し指と擦り合わせた。

「何もかも、こいつのためです。お分かりでしょう？　金ですよ。他には何もありゃしない。まったく、女みたいにたちが悪い。いっそ金と結婚しちまえばいいんです！」

彼は自分のジョークに笑うと、懐中時計に目をやった。

「もう帰らねば」

ジャケットの内ポケットから財布を出す彼を、僕は手を振って止めた。

「お時間を頂いてしまったので、お礼に出しますよ」

「それはそれは」ヤング・ブレアが言った。目がうっすら潤んでいるように見えた。「なんとまあご親切に。ありがとう」

「最後に、もうひとつだけ」僕は、荷物をまとめはじめた彼に声をかけた。「そのマグスとやらには、どこに行けば会えますかね？」

「プリンセス・ストリートでしょうな」彼が答えた。「シナゴーグのすぐそばですよ。番地は分かりません。そのあたりで訊いてください。もう一度、お礼を言わせてもらいますよ。ありがとう」

ヤング・ブレアは僕の腕を軽く叩いた。

「マグスにはお気をつけなさい」と、険しい顔をする。「本を愛してなどおらん。かつては愛したのかもしれんが、きっと何かがあったんでしょう。オカルトか。忌まわしき本、そして忌まわしき所業です。分かりますか？」

そのときはさっぱり分からなかったが、とにかくもう一度彼に礼を言った。

プリンセス・ストリート。スピタルフィールズの近く、ホワイトチャペルにある通りだ。僕はロンドンのそのあたりには詳しいんだが、記憶によるとプリンセス・ストリートにはシナゴーグがふたつあるはずだ。プリンセス・ストリート・シナゴーグと、チェブラー・トーラーだ。腕時計に目をやる。八時を回っている。ねぐらに引き返してもいいし、ブック・スカウトのマグスを探してみてもいい。あのヤング・ブレアと同じく――というか、僕が抱いた彼のひとり暮らしのイメージと同じく――僕も帰ったところで大して何もありはしない。僕はもしかしたらあの老書籍商に自分の孤独を重ねているのかもしれない。

いや、そんなことはどうでもいい。僕はマグスを追うことに決めた。

viii

さて、ホワイトチャペルにブック・スカウトのマグスを悪く言おうとする者がひとりもいないとするならば、それは、僕が出会った連中がひとり残らずマグスのことになど言葉を費やすような無駄なことを嫌っていたからだろう。最初はチェブラー・トーラーあたりで聞き込みを開始したが、やがて通りのずっと先にあるプリンセス・ストリート・シナゴーグのほうを、不機嫌そうに指差された。だが、そのプリンセス・ストリート・シナゴーグのあたりでも、マグスについて訊ねると誰もがいかにも嫌そうな目を僕に向け、一度などは、見るからに汚い痰《たん》を吐きかけられて、一インチの差でブーツを汚されそうになったほどだ。そしてさんざんねばってようやく、古びたスポディク（黒い大きな毛皮の帽子）を頭にかぶったハシド派（十八世紀中ごろに起こったユダヤ教内部の宗教革新運動の信奉者）の老人が、小便と淀んだ水の悪臭が漂う裏路地を僕を教えてくれたんだ。入口から覗くと、ひしめき合うようにして立つ小さなアパートの迷宮が目の前に広がった。売春婦だろうか、若い女が煙草をくゆらせながら表に立っている。

「ここに住んでるのかい？」僕は訊ねてみた。

「住んでるのも――仕事場もここよ」そう答えた彼女が階段のほうをあごでしゃくる様子を見て、想像通りの仕事なのだと確信した。

「あなた、お巡りさんなの？」

「違うよ」

「お巡りさんみたいだわ」

「そりゃあいいことかい？」

「このあたりじゃあ、違うわね」

「マグスって名前の男を探してるんだ。このへんに住んでるって聞いたんだけどな」

「あら、あいつ何か面倒でもやらかしたの？」

「なんでそんなこと訊くんだい？」

「面倒でも起きないと、お兄さんみたいな身なりの人があいつのこと嗅ぎ回ったりなんてしないからよ」

「マグスってのは、どんな男なんだい？」

「関わりたいとは思わないわね。ま、あいつが黄金まみれのちんこを持ってて、やったあとあたしにくれるってんなら話は別だけどさ」

なかなか面白い妄想だ。

「なんとかマグスをよく言うやつを探そうとがんばってるところだよ」僕は言った。「死んでから誰も墓参りしないんじゃ、寂しいだろうからな」

「そんなこと考えなくていいわよ。ほんとに死んだか確かめようと、大勢行くだろうし」

「そのためだけに、きっとダンス・シューズがそのへんの店先にずらりと並ぶだろうな」

彼女が笑った。「そうならなかったら、自分の靴でなんとか踊るとするわ」

「で、マグスは今いるのかい？」

「だと思うけどね。早めに帰ってきたはずだから。階段をのぼってくのが聞こえたの。マグスはやたら咳をするからね。咳をするだけで、死にゃしないんだけどさ」

「本当にマグスが嫌いなんだね」

「だって、スライスして一ポンドいくらで売ろうとしてるような目で女を見るんだもの。あいつが臭いのは、中身が腐ってるからよ。まるで墓場の死体みたいな臭いだし、人の命を助けるためだろうと、一ペニーすら出すような男じゃないんだ」

煙草を吸い終え、彼女が影の中に吸い殻を放り投げた。

「階段のてっぺん、九号室よ」

「君の部屋かい？　それともマグスの？」

「マグスよ。あたしは五号室だから、気が変わったら来てちょうだい」

「変わらないだろうけど、ありがとう」

「なにさ？　自分は上等だから立ちんぼうなんか相手にできないっていうの？」

「いいや、僕なんかより売春婦のほうがずっと上等だからさ」

僕はポケットの中に手を突っ込むと、謝礼として彼女がこれくらいは取るんじゃないかと思えるくらいの金額を手渡した。あの郵便局の少年と同じく、領収書は頼まなかった。フォーンズレイとクウェイルには、信用だけを盾に金をもらうとしよう。

「こんなのいいのに」彼女が言ったが、さっきよりも声色が柔らかみを帯びていた。

「おかげでずいぶん時間が節約できたからさ」僕は答えた。

彼女が金をしまった。

「マグスには気をつけるのよ。いつでもナイフを持ってるからね」

「なぜそんなものを？」

「護身用よ。何から身を守る気か知らないけどね」

読書家はみんな内気で勤勉だという印象を持っている連中がいるなら、マグスがそんなものはひっくり返してしまうだろう。

「ご忠告どうも」僕は答えた。

彼女の元を立ち去りかけた瞬間、ある考えがひらめいた。ライオネル・モールディングの写真をポケットから取り出し、彼女に見せてみた。

「ここらで、この人を見かけたことはないか？」

彼女は写真を手に取ると、しばらくじっと見つめ続けた。

「あるような気がするけど、この写真よりずっと老けてたわ」

「いつの話だい？」

「さあ、はっきりとはね。一ヶ月は言い過ぎだけど、でも一週間は経ってるかな」

「マグスに会いに来たんだろうか？」

「ま、あたしに用があって来たんじゃないのは確かね」

女は僕に写真を返すと路地に溜まった汚水に触れないようスカートをたくし上げ、どこかで客を探しに立ち去っていった。僕はそれを見送った。彼女は日々の苦しみの中にも愛らしさを漂わせてもいたが、今の仕事を続けていればそのうち愛らしさは色褪せ、苦しみが湖の氷のように、表面から芯まですべてを覆い尽くしてしまうのだ。こんなときでなければ、彼女についていっただろう。彼女が与えてくれる肉体的な快楽のために、それなりの金を払っただろう。

戦争の前だったなら。ハイ・ウッドの前だったなら。

マグスの部屋へと続く階段をのぼりながら、僕は胸の中でことの顛末《てんまつ》を想像してみた。モールディングは地図書を探索しているうちに〈ダンウィッヂ&ドーター〉にたどり着いた。そしてダンウィッヂと娘も助けにならないと分かると他に目を向け、ついにマグスとつながった。彼は地図書が手に入るなら大金を出すと言った。マグスが見たこともないような大金だ。だが、安穏と暮らしてきたモールディングと、マグスは違う。マグスは、この老人は自分には想像もつかないような大金持ちなんじゃないかと想像した。そして、本を必ず手に入れてやると言ってモールディングをおびき出し、命を奪ったのだ。

ブック・スカウトのマグスが、ナイフを握りしめている。

マグスが。人殺しが。

あまりにもすっきりしているし、分かりやす過ぎる。つまり、おそらくこれは事件の真相じゃないということだ。だが、もしあの娘《こ》の言うとおりモールディングがここに来たのであれば、彼の失踪へとつながる一連のできごとには、マグスも絡んでいたということになる。

九号室のドアを見つけ、ノックした。返事はなかった。マグスの名前を呼び、もう一度ノックした。ドアを開けてみようとしたら鍵がかかっていたが、鍵というものは防犯というよりも、防犯したという安心感を得る程度の役にしか立たんものさ。僕は財布からハリガネを取り出し、一分かそこらでドアを開けた。

中はまっ暗だった。カーテンが引かれていて、人がいる物音も気配もなく、いびきも聞こえなかった。僕はもう一度マグスの名を呼ぶと、目当ての男はナイフを持ってるんだともう一度自分に言い聞かせながら部屋に踏み込んだ。

入ってすぐは広い部屋になっていて、くたびれたソファと、まったくソファと似合わない椅子がいくつか置いてあった。あとは本だらけだったが、モールディングの屋敷でしばらく過ごしたうえに〈スティーフォード〉と〈ダンウィッヂ&ドーター〉に立ち寄ってきた僕は、隙間さえあれば無数の本が詰め込めるだけ詰め込んである光景にも、すっかり慣れきっていた。洗っていない服のにおいと体臭が立ち込めていたが、その向こうから焼いた肉のにおいもしていた。豚肉だろうか、そんな感じのにおいだ。壁は新たに塗り直されたばかりだったが、ところどころ下の落書きが隠しきれていないようで、何が書いてあるのか見えそうに思えた。

空っぽの寝室の右手にある開けっぱなしのドアは、キッチンに続いていた。僕に背中を向け、男がひとりテーブルに着いていた。かつては白かったに違いない灰色のシャツの上からベストを着て、裸足で腰かけている。頭はずいぶん禿げてきており、石にへばりつく蜘蛛《くも》の巣のように、薄くなった髪の毛が脳天にはりついていた。

「マグスさん?」僕は声をかけてみた。

マグスは――本当にマグスかはともかく――動かなかった。僕はポケットに手を突っ込んで警棒を握りしめたが、近づいていってみると、椅子の人物は両手を開いてテーブルの上に出しており、武器は何も見当たらなかった。

ドアから数フィート進み、僕は立ち止まった。男はじっとしたまま動かない。息も止めている。いや、死んでいるのだろうか。キッチンの奥にまた進みはじめると、男が動かない理由が分かった。テーブルに着いた死体からは両目がなくなり、深々とふたつの眼窩が口を開けていた。懐中電灯を持っていたならきっと、中を照らして頭蓋の中まで見えたことだろう。顔を近づけると、ふたつの眼窩から焦げたにおいがした。まるで脳みそを目がけてまっ赤に焼けた火かき棒でも突っ込んで、周りの肉でも焦がしたみたいだ。肉は固まっていたが、今のところまだ腐敗はしていなかった。死んでそれほど経っていないのだ。

テーブル上、マグスの両手の間には一枚の封筒が置かれていた。手に取り、中を見てみる。そこには五百ポンド入っていた。マグスのような男には大枚だろうが、金は手つかずのままだった。金の出どころはどこだろう？　もう一度、封筒を見てみた。クリーム色をした上質の封筒で、凸凹《でこぼこ》した細かいエンボス加工が表面に施されている。〈ダンウィッチ&ドーター〉の店にあった、ペンや紙が置かれたあの机を思い出した。ダンウィッチから受け取ったリストは、まだ財布の中だ。僕はリストを開くと、封筒と並べて置いた。同じ紙だ。

と、背後で何かが動き回る小さな音が聞こえた。ネズミだと思い振り向いてみたんだが、目に飛び込んできたのは、鋭いハサミを付けた節だらけの甲殻類が、身悶《みもだ》えするようにしてストーブの裏側に逃げ込んでいく姿だった。その光景を目にした衝撃から立ち直ると、僕はキッチンの隅に置いてあったほうきをぱっと摑み、床にひざまずいた。床はべとついていて、何年も掃除された形跡がなかった。ストーブの下の暗がりを覗き込み、何か動くものはないかと目を凝らす。片手でほうきの頭を、もう片手で柄《え》のなかほどを握り、影の中めがけて突き出した。ほうきの先で壁に押し付けられた何かが身悶えるのが伝わってきた。さらに力を込めたが、その何かは逃げ出した。そして僕の右側に向かって走っていったものの、角に追い込まれて逃げ道がなくなった。もう僕の意のままだ。僕は何度も何度も柄の先で突き、やっとそれが身悶えるのをやめると、ほうきを使って光の当たるところに死骸を動かした。

七インチか八インチほどの細長い体は、ロブスターみたいに甲冑をまとっていた。ぐつぐつと煮立った鍋の中からなんとか逃げ出したかのような、鮮やかな赤い甲羅だ。僕の数えたところだと節の付いた脚はぜんぶで十二本あり、どの脚の第一関節からも弓なりに曲がった見るからに凶悪そうな棘が突き出していた。尻尾の先にはハサミが付いていて、ますますモールディングの屋敷で僕を襲ったあの怪物に似ていたが、頭に付いた複眼は蜘蛛というほうがしっくりきた。口の上に大きな黒い球体がふたつ付いており、その周囲に小さな目玉がぽつぽつと不規則に並んで同心円を作っていた。口には内側に向けて反り返った鋭い小さな歯がずらりと並び、それを囲むように鉤爪《かぎづめ》のような牙が生えていた。あれで獲物を斬り、引き裂くのだ。

手を伸ばそうなんて思えなかった。体は小さいが全身を透き通った毛で覆われ、死してなお、何があっても触りたくないミルクのようなねっとりした体液を流している。徐々に弱まりつつはあったものの、死骸はストーブの炎のような強烈な熱を放っていた。怪物の口がよく見えるよう角度を変えると、反り返った歯の奥にちらりと何かが見えた気がした。キッチンのサイドボードに置かれた汚い皿にナイフとフォークが載っていたので、僕は何かがもっとよく見えるよう、それを使って怪物の口を大きく開かせた。うっすらと色を帯びているものの白く、まるで卵のようなにおいの、まるで——。

僕は込み上げる吐き気をこらえながら、ナイフとフォークを床に落としてよろよろと怪物から後ずさった。これまで生きていて、ひどいものなんて数え切れないほど目にしてきた。その僕が吐き気を覚えるなど驚きだったが、確かに吐き気をもよおしていた。

怪物の口の中にあったのは、目玉だった。かつて哀れなマグスのものだったに違いない。もう一度椅子にかけた死体に目をやり、また床に転がる怪物を見た。だんだんと弱まっていく熱が、また伝わってきた。そしてマグスの顔面に開いた眼窩と、脳天にまで届く二本の穴から漂ってくる焦げたにおいも。さっきは、なにか焼けた火かき棒のようなもので頭を二度突き刺されたんじゃないかと思った。しかし考えるのも嫌だが、どうやら違ったらしい。何か猛烈に熱いものが肉を焦がしながらマグスの頭の中から出てきた、なんていうことがありえるだろうか？

だが、なぜマグスは動かなかったんだろう？　なぜ振り払おうとしてもがき苦しまなかったんだろう？　なぜ、なかなか出てこない料理をじっと待ってでもいるかのように、両手をテーブルの上に出して座り続けていたんだろう？　そしてこいつは、この怪物は、顔面に開いた細い穴を通るにはでかすぎる。新たな世界に抜け出し、そこでこんなにも成長したんだろうか？　だが、そんなにも急激に育ったりするものだろうか？　きっとどこかで脱皮したはずだ。おそらくは、この床のどこかで。僕はもっとよく調べてみた……。

仮説を証明してくれる何かを探して床に這いつくばろうとした瞬間、僕は止まった。マグスの頭には穴がふたつ開いている。焼け焦げた穴が二本、脳を突き抜けている。この怪物が、経緯《けいい》はともかくブック・スカウトの頭の中に宿り、そしてそこから出てきたというのなら、穴は一本しかできなかったはずだ。ということは――。

そう、マグスの部屋のどこかにもう一匹、同じ怪物がいるということだ。僕は身をこわばらせ、物音が聞こえないかと耳をそばだてた。ほうきを使い、キッチンの隅や戸棚の下を探ってみる。それから今度は他の部屋に行って入念に捜索した。ベッドからはシーツを引き剝がし、マットレスまでどけてみたが、別の怪物がいる気配は微塵も見つからなかった。積み上がった本の合間にも、埃をかぶった戸棚の上にもいない。もしマグスの穴に開いた二本目の穴が僕の想像どおりのものだとするなら、怪物はどこかに逃げ延びたということになる。

キッチンに戻ってみた。マグスは動いておらず――もう二度と動くこともなく――金はまだ封筒の中だった。僕は頭の中で、さっき整理した顚末につながる別の筋書きを考えてみた。モールディングは〈ダンウィッヂ&ドーター〉に近づき、ダンウィッヂと娘が彼をマグスに紹介した。ともあれ、マグスも一匹狼などではなく、ダンウィッヂ親子のために仕事をしていたのだが。モールディングが探している本を見つけ出し、その報酬を〈ダンウィッヂ&ドーター〉から受け取ったのだ。

いや、こちらの線のほうが濃厚だ。マグスは自分が地図書を手に入れたとモールディングに信じ込ませて金を持ってこさせ、金を手に入れるやいなやダンウィッチにモールディングを押し付け、労力の見返りとして五百ポンドをせしめたのだ。しかしこの怪物と、行方をくらませた双子のかたわれは、いったいどこから来たのだろう？　そしてライオネル・モールディングの屋敷にいたあの似たような怪物は、どうやってバスタブなんかに入り込んだというのだろう？

僕は、マグスをじっと見つめた。答えを教えてもらえるんじゃないかとでもいったように。すると、本当に答えを言おうとしているみたいに、マグスの口が動きはじめた。あごが下がって唇が開いていく。だが、そこから出てきたのは言葉などではなかった。すでに硬直した口をこじ開けながら四本の鉤爪が突き出してきたのだ。その力で、マグスのあごがばきばきと音を立てるのが聞こえた。二匹目の怪物が、開いた口の隙間から姿を現した。マグスの内臓を喰《く》っているのだろう、赤く染まった口が動いている。

僕はほうきを振り上げると、マグスの顔に柄を思い切り叩きつけて攻撃した。衝撃でマグスの歯が折れる感触が手に伝わり、ほうきがまっぷたつに折れてしまった。怪物はその一撃のせいで、喉の奥に身を隠そうとマグスの口の中に引っ込んでいったが、僕は手を緩めはしなかった。マグスの喉の奥で光る奴の黒い両目を見つけると、僕は折れたほうきの鋭い切っ先を向けた。死んだマグスの口の中にそれを突き立て、やがて口も舌もぐちゃぐちゃになり、歯がすべて叩き折れてしまうまで何度も何度も繰り返した。喉の奥にいた怪物の死骸は、もはやマグスの残骸とほとんど区別もつかなかった。

そして、僕は泣き出した。

ix

マグスの死体が横に転がる汚れたキッチンの隅で、どのくらいそうしていたか分からない。その間ずっと、前世に出入りしていたような気分だった。ひとつではなくいくつもの前世を出入りし、そのたびに別の人間になっていたのだった。息子、夫、父親、兵士、患者、そして今は、彷徨《さまよ》える魂になっている。ほうきの柄がマグスの肉に突き刺さる感触と音を感じているうちに、自分が手にしているのはもはやほうきの柄ではなくライフルに変わっていた。泥溜まりに倒れた男の胸骨に、右足で踏みつけ引っぱらないと抜けないほど深々と銃剣の切っ先が突き刺さっていた。クルーシフィクス・コーナー墓地（フランス、ソンムにあるイギリス軍墓地）で僕は、責め苦を負う倒れたキリスト像の横にうずくまっていた。遠くにハイ・ウッドが見え、目の前にはデス・ヴァレーが広がり、いつ果てるとも知れない砲撃の轟音が鳴り響いていた。九月のとある朝、僕は爆撃が地面に開けた大穴の縁《ふち》に立ち、四十七人いたロンドン大隊の最初のひとりが灰色の泥の中に埋葬されるのを見ていた。灰色の泥が亡《なき》骸《がら》を取り込み、これから腐敗させていくのだ。

そこで僕は弾け飛び、世界そのものがばらばらの破片になった。

クレイグロックハート。ひとりの看護師が僕の乗る車椅子を押し、従軍牧師と仲間の士官たちが待つ小さな個室へと入っていった。そして誰かが、耳を疑うようなことを僕に囁《ささや》いた。六月十三日にゴータ爆撃機がロンドンに爆撃を行い、女も娘も少年たちも、瓦礫の下敷きになったというのだ（一九一七年の空爆）。

そして気づくと僕はまた地面に開いた別の穴の前に立ち、そこに降ろされていくいくつもの死体を見下ろしていたのだった。棺の蓋がしっかりとネジで止められる前に、亡骸を見ることは許されなかった。爆弾を喰らって肉と砕けた骨だけになってしまった人間など見たことがないだろうとでもいうかのように。爆弾を喰らった人々の姿は、僕の想像などはるかに超えるものなのだとでもいうかのように。

夫でも、父親でも、兵士でもないとするならば、僕は何者なんだ？

何者なんだ？

†

警察に通報するべきだが、常識がそれを拒んだ。床に転がる怪物の死体は、すっかり冷えきっていた。そして冷えると同時に干からびた殻だけになり、僕が靴で触れた瞬間、灰でできているみたいに粉々に崩れ去ってしまった。マグスの喉に逃げ込んだ一匹も似たように崩壊し、死者の口と喉の奥を黒々とした破片で覆い尽くしていた。もし警察が来たりしたら、僕は間違いなくブック・スカウト殺害と死体損壊容疑で御用になるだろう。マグスの部屋を教えてくれた、あの娘を思い出した。僕の名前こそ知らないにせよ、どんな男かはすらすら説明できてしまうだろうし、そのうえ僕が渡した金だけでは口封じにならないだろう。マグスは痩せこけた男だし、もっと人目につかない場所でさえあれば、部屋から運び出してどこかに捨ててしまうこともできるが、この死体を肩にかついでスピタルフィールズとホワイトチャペルの通りを抜けるだなんて、ほぼ不可能だ。

と、部屋のドアを誰かがノックした。居留守を使ったがまたノックの音が響き、女の声が聞こえた。聞き覚えのある声が、ドアの向こうからしてくる。

「もしもし？　何かあったの？」

路地にいたあの娘だ。

「もしもし？」

僕は立ち上がった。このまま無視したら、きっと彼女が自分で警察に通報してしまう。玄関に出る以外、選択の余地なんてありはしない。

ドアを半分開ける。無事な姿を見せながら背後の部屋を隠すことができる、ギリギリの線だ。彼女は安堵と困惑が入り混じった顔をしてみせた。

「心配したわ。マグスは――」

「評判の男だからな」僕は彼女を遮《さえぎ》った。「もっとも、ふさわしい評判とは言えないし、今じゃもう当てはまりもしないけどな」

「あの人、大丈夫なの？」彼女が不安げに言った。「ひどいことしてないでしょうね？」

「しやしないよ。実は、マグスはちょっと具合が悪くてね」

僕は酒を飲んでいる身振りをしてみせた。マグスのベッドの端に、安いジンの空き瓶が積み上げられているのを見ていたからだ。娘は、なるほどねといったようにうなずいた。

「いかにもあの人らしいわね。飲んだほうがいいのか悪いのか、まったく分からない人だわ。どっちにしろほとんど変わらないんだもの」

「さて、寝ゲロで夜中に喉を詰まらせて死んじまわないように、ベッドに横向きに寝かせてから僕も帰るとするよ」

「あなたも具合が悪そうね」彼女が僕の顔をじっと見た。「大丈夫なの？」

「ああ、そういやそうだな……」

顔に汗をかいていた。唇に付いた汗の味がする。

「よかったら〈テン・ベルズ〉に行かない？」彼女が言った。「気付けに、ウイスキーでもどうかしら。さっき親切にしてもらったし、一杯おごるわよ」

断って、できるだけ早くその場から遠く離れてしまいたがったが、一杯飲《や》るのにそそられもした。それも、マグスが飲んでいたような安酒とは違うやつをだ。それに、さっさと逃げ出したりして余計な疑いを持たれたくはない。

「よし、じゃあごちそうになろうかな」僕は答えた。「マグスの無事を確かめたら、すぐに行くよ」

「何か手伝おうか？」

「いや、ひとりで大丈夫さ」

「分かった。じゃあ下で待ってるから」

にっこり笑い、ドアを閉めた。そしてキッチンに戻ってマグスを見下ろした。もう手のほどこしようもない状態だが、川まではそう遠くない。街が寝静まるまで待てば、マグスの顔を隠してひどい二日酔いの男を運んでいるような振りをし、川岸まで運んでテムズ川に捨てることもできるかもしれない。そうすれば何日かは発見されずに済むだろうし、ぼろぼろの顔面も水で腐敗したか、船のスクリューに巻き込まれたかということで片付けられてもおかしくはない。とりあえず僕は、テーブルに置いたままになっていた金の入った封筒を手に取り、ポケットにしまった。

泥棒だと思われてはいけないので言っておくが、着服する気はなく、クウェイルに渡して保管しておいてもらうつもりだった。これはライオネル・モールディングの金だし――僕にはそう確信があった――このまま部屋に置きっぱなしにしておけば、誰かのポケットに入ってしまうことになるだろう。クウェイルなら、ちゃんと預かってくれる。クウェイルなら、ちゃんと預かってくれる。この金をどうすればいいか、クウェイルなら知っている。一瞬、クウェイルに助けを求めたい気持ちに駆られ、マグスのキッチンで起きた事件を話してしまいたくなったが、もしかしたら信じてもらえない可能性もあるし、警察に引き渡される危険もある。

クウェイルは狡猾《こうかつ》で用心深い男だが自分から人をごまかすような人間じゃないし、殺人かもしれないとなると、なおさらだ。そうなればクウェイルは苦しみつつも僕を警察に突き出し（「可哀想に、戦争が終わってから前とすっかり変わってしまったんです」）、裁判になれば僕の弁護をしてくれもするだろうが、もし僕が殺人犯だと思うならば匿《かくま》ったりは絶対にしないだろう。

階段をおりて娘と合流した。娘はサリーだと自己紹介した。僕は彼女と一緒に、コマーシャル・ストリートの〈テン・ベルズ〉へと歩いていった。店は、切り裂きジャックの被害者、アニー・チャップマンとメアリー・ケリーの行きつけだと吹聴《ふいちょう》して野次馬を集めていたが、似たような自慢をする店はこのあたりにずいぶん多い。だがサリーとそんな人殺しの話などするのはおかしい気がしたし、彼女のほうも持ち出そうとはしなかった。その代わり僕たちは、今の仕事に触れないようにしながら、彼女の過去の話をした。そして僕は自分のことも少しだけ、話しすぎないように話したが、本名は教えなかった。一時間ほど話すと彼女の知り合いだという女性が何人か来たので、僕は席を立った。

サリーはもうほろ酔いになっていた。帰りかけた僕に彼女はキスしようとし、一緒に自分の部屋に行こうと言い出した。僕は断ったが、別の晩にまた会いに来ると約束した。それを嘘だと見抜いた彼女が傷ついた顔をし、僕の胸が痛んだ。サリーはいい娘だし、僕はもうずっと長いこと女と付き合っていない。前の人生を終えてから、一度もだ。

バーテンダーに金を渡し、彼女と友人に一杯出してくれと伝えた。彼女は暗く傷ついた目で、出ていく僕をじっと見ていた。今ごろになって、サリーがどうしているか気になっているんだが、もう手遅れだ。僕たちはみんな、もう手遅れなんだ。

x

さて、自分は正気を失いかけているんじゃないかと僕が疑いだしたのは、いつだったろう？　たぶんバスタブで最初の怪物を見たときだろうか？　それとも夜中に星々の塊のような物体が弾け、凍てつく暗闇が目の前に現れたあのときだろうか？　そう、僕にとっては現実にしか思えないし、そう信じてはいるものの、僕は自分の正気を疑いかけている。フォーンズレイに会って、僕に電報を送ったのは二日ではなく一週間も前だと言われたあのときだろうか？　そうかもしれない。そうだ、おそらくあのときに頭がおかしくなりはじめたんだ。僕が自分の空想の産物により苦しめられているのだとするならば、あの奇怪な二匹の甲殻類は、それを説明してくれる最大の証拠じゃないか。現実にしがみつく僕の手がすっかり弱まってしまい、あらゆる疑念が尽き果てようとしているんだ。まだ正気が残っている間に銃弾一発でけりを付けてやるくらいの分別は持ち合わせていなくては。

しかし酒に寄った勢いでマグスの部屋に引き返した僕は、いよいよ頭がどうかしたのかと恐ろしくなってしまった。死体をテムズ川に捨ててやるつもりだったのに、ブック・スカウトの姿がこつ然と消えていたんだ。キッチンの床に横たわっていたはずの死体が、跡形もなく消えてしまっていたんだよ。

だが、悪夢はそれで終わりじゃなかった。室内の様子そのものが変わっているじゃないか。家具の配置も本の並びも、間取りすらも——何もかもが違っていた。入って右手にあったはずのキッチンが、今は左手にある。ぐしゃぐしゃに乱れたベッドも、部屋の反対側に置かれている。本棚はひとつ残らず消え去り、本はまるでそろばんの珠みたいに整然と積み上げられている。

「まさか」思わず声が出た。「そんなはずはない」

でも現実だった。実際そうなっていたんだ。この両目で僕は見たんだ。

コートのポケットを手で確かめた。封筒はまだそこにあった。両手を開いてみると、ほうきの柄の跡がしっかりと残っていた。頭がくらくらして、ウイスキーと何かが胃袋で混ざり合い、ずっしりと重かった。窓辺に椅子が置かれているのに気づき、僕はそれに腰かけ自分を落ち着かせようとした。

だが座ってほんの何秒かで、下の路地を包む暗がりの中に何かが蠢くのに気がついた。僕は斑点のように蝿がとまった薄汚いカーテンに隠れたまま身動きひとつせず、娘を店に残してひとり出てきたダンウィッヂが夜闇に紛れていくのを見つめた。

xi

僕の考えることの顚末は、こうだ。

エリザ・ダンウィッヂは、高価な本がぎっしりしまい込んである階下から聞こえてくる物音で目を覚ました。特に価値のある本はほとんどがもう箱にしまわれ、万全の状態で運び出されるのを待っており、彼女と父親は二十四時間のうちに残りも運び出してしまう手はずを整えていた。そう、きっと父親の帰宅を待って運び出すつもりなんだろう。本当ならばダンウィッチも今ごろもう帰宅しているべきなのだろうが、あの男は夜行性だし、エリザもまだまだ自分は父親の心配をするような歳じゃないと思っている。

物音がまた聞こえた。誰かが身動きをして革張りの椅子を鳴らす音と、軋む木の音だ。もしかしたら知らないうちに父親が帰っていたのかもしれないが、いつもなら何時であろうと帰宅すれば娘に声をかける男だ。

違う。階下には父親ではない誰かがいるのだ。

彼女はベッドの下から警棒を取り出した。一九一九年に起きた警察のストライキの間に解雇され、その後間もなく死んだ警察官の持ちものだった警棒だ。警官は制服を処分してしまっても、警棒は捨てられなかった。エリザ・ダンウィッチはそれを彼の妻から、警官の祖父が遺したオカルト書籍のささやかなコレクションと一緒に譲り受けたのだった。もっともこのコレクションの価値は、警官も家族もまったく知らなかったのだが。エリザはこのコレクションを、適価以上の価格で買い取った。その買取金額のごく一部だけでも、本がごっそり仕入れられるような金額でだ。エリザは人を騙すような性癖の持ち主じゃなかった。ほとんどの連中よりも、本というものの本質をよく理解していた。本には歴史があり、歴史とは記憶というもののひとつの形なのだと。

そしてオカルト書籍というものは、他の多くの本よりも記憶に残りやすいものだ。

エリザは足音を忍ばせながら階段をおりていった。燃える薪のはぜる音が聞こえ、壁に炎がゆらめいていた。彼女は、もしや家が火事になり本が燃えてしまうんじゃないかと恐ろしくなった。そして、本を助けなければと頭がいっぱいになり、部屋に飛び込んだ。

「こんばんは、ダンウィッチさん」僕が声をかけた。「いつ来るかと頭を悩ませてたところですよ。今夜はやたらと寒いので、ちょっと火を焚《た》いてましてね」

　僕は何ページか本からむしり取り、暖炉の火格子の向こうで燃えている炎に投げ込んだ。アーサー・エドワード・ウェイト（〈黄金の夜明け団〉に所属していた文筆家で、ウェイト版タロットの作者として知られている）の『儀式魔術の書』という本で、元は一九一三年にロンドンで出版されたものだが、僕の手元にあるのは序文を読む限り、どうやら後に自費出版されたもののようだ。僕がこの一冊を選んだのは版が大きく紙も上質だったからだ。実によく燃えてくれた。

　エリザ・ダンウィッチは悲鳴をあげ、警棒を手に飛びかかろうとしたが、僕が拳銃を見せると口を閉ざして足を止めた。クルーシフィクス・コーナーでドイツ兵の死体から取ってきた、四インチのルガーだ。こんなものを使う気はなかったんだが、あのあと父親のほうと話をしてから自分の部屋に引き返したんだ。僕はコマーシャル・ロードで老ダンウィッチに追いつくと、一緒にマグスの部屋に戻るよう頼んでみた。最初は僕が思うほど乗り気になってはくれなかったんだが、なんとか言うことを聞いてくれるよう説得する方法を見つけた。

「やめてくれよ」彼は、何度も何度もそう繰り返した。「やめてくれよ。わしに言わんでくれ」

だが、彼は何かを知っていた。ただ、十分知らなかっただけでね。

「地図書のせいだよ」ダンウィッチは、僕が少々痛めつけるとようやく口を割った。「地図書だ。世界はもう変わっちまったんだよ」

　それを聞いたから、僕は〈ダンウィッチ＆ドーター〉に戻ったんだ。そして、そうしたほうがエリザ・ダンウィッチにとっても僕にとっても安全だろうと思い、椅子の横に彼女から受け取った警棒を置いた。僕が座るように言うと彼女は言われたとおり椅子に腰をおろし、僕によこしまな気を起こさせたりしないよう、ガウンの前を合わせて素肌を隠した。僕は警棒のことを質問してみた。これは主に、彼女と父親が警察と繋がっているかが気になったからで、もしそうだとしたら面倒だからだ。手に入れた経緯を聞き出し、僕は安堵した。

銃口を適当に彼女に向けたまま、僕は左足を使って本の入った箱をひとつ自分のほうに引き寄せた。不安げに見守るエリザの前で、何冊か調べてみる。ウェイトの本よりずいぶん古そうで、厳重にくるんである。

「引っ越すみたいだな」僕は言った。「ライオネル・モールディングから手に入れた金のおかげで、場所を変えて店舗拡大ってわけか」

「田舎に移るのよ」

「理由を訊いても？」

「もう街は安全じゃないから」

「確かに、マグスにとっちゃ安全じゃなかったみたいだな。いや、最悪の影響を喰らっちまったと言ってもいい」

エリザは表情ひとつ変えなかったが、プリンセス・ストリートに父親がいたのを思えば、マグスに死の運命をもたらした何かに彼女が絡んでいるのにほぼ疑問の余地はなかった。父親のほうは、マグスがどうなったかは知らないと言い張った。部屋に入ってもいないし、死体を動かしてもいないのだと。僕から聞くまでは死体があるのも知らなかったと言ったのだ。そして我ながら妙だと思うが、僕はそれを信じたのだった。

「君はマグスに五百ポンド払った。あの手の男にとっちゃ大金だよ。なぜそんな金を？」

エリザはまたしても、何も答えなかった。

僕は足元の本から一冊本を取り出し、炎に投げ込んだ。

「やめて！」

彼女がさっと立ち上がった。僕が銃口を向けるのを見て、炎から本を取り出そうとするのを必死にこらえる。

「撃つぞ、ミス・ダンウィッチ」僕は警告した。「足か、それとも膝か。殺したくはないからな。だが、激痛だ。ものすごい激痛だ。それに、こっちには父親がいるのも忘れてもらっちゃ困る。近ごろ体を悪くしておいでのようだが、健康でいられるかどうかはあんたにかかってるんだ」

実際には、進んで話に協力してくれるよう二発ひっぱたいただけで、泣き出したダンウィッチを見て僕もそんな暴力を振るった自分を恥じたんだが、娘がそんなことを知る必要はない。ともあれ、ダンウィッチが娘の従順な下僕であるのは分かったものの、ここしばらくマグスと交わした取引についてはほとんど何も聞き出せなかった。エリザはただ単に、僕がライオネル・モールディングを嗅ぎ回っているのをマグスに知らせるよう父親を使いに出し、僕が調査の結果この店にたどり着くことを恐れて、しばらくロンドンを離れるよう言っただけだったんだ。

「父はもう年寄りよ」彼女が言った。もう一度椅子に座らせるには、父親の話を持ち出すだけで効果てきめんだった。

「これから協力してくれるなら、もっと長生きできるとも」

彼女が生唾《なまつば》を飲んだ。

「もう本を燃やすのはやめて」

「話さえしてくれりゃあ、そんなことはしないさ、ミス・ダンウィッチ。あの五百ポンドのことを教えてくれ。地図書の真実を教えてくれ」

燃える本の火明かりと熱を浴びながら、彼女が話しだした。

xii

彼女は、まるで子供に話すように僕に話をした。

「あの本は世界を書き直す本なのよ」

時と場合が違えば僕はエリザの顔を見ながら噴き出してしまったかもしれないが、彼女にはふざけた様子などなかったし、実を言えば僕も彼女を信じはじめていた。なにせマグスの部屋ががらりと様変わりしているのをこの目で見ていたし、彼女の父親が悲痛な顔をして必死に証言するのも聞いていたからだ。

「どうやってだ？　本がどうやって世界を書き直したりできるんだ？」

「周りを見てみなさい、ソーターさん。本はいつでも世界を変えているのよ。クリスチャンならば、あなたは聖書に……神の言葉に、もしくは人々の手によって搾《しぼ》り取られて最後に残った、聖書の残滓《ざんし》に変えられているわ。イスラム教だとしたら、クルアーンをごらんなさい。共産主義者なら、マルクスとエンゲルスを。分からない？　この世界はいつも本によって変えられているのよ。『共産党宣言』が出版されたのは一八四八年、つまり一世紀も経っていない昔だし、『資本論』はもっと新しい。だというのに、ロシアはもうその二冊にどっぷりで、他の国々だって近い将来同じ道を辿るのよ」

「だが、それは概念だろう」僕は答えた。「本は概念を人に伝え、その概念が人の心を捉えるんだ。本にその原因があるわけじゃない。銃弾が人を殺してもそれは銃のせいじゃないし、剣が人に傷を負わせてもそれは剣のせいじゃない。同じことだ。銃弾を放つのも刃を振るうのも人間だし、世界を変えるのだって人間なのさ。確かに本は人に影響を与えるかもしれないが、読まれない限りは無力だ。自分から変化を起こしたりはしない」

エリザは首を横に振った。

「本当にそう信じているなら、あんたは馬鹿だわ。本は媒介者なのよ。そして、表紙の中に閉じられている概念は、拡がる時を待つ感染症なのよ。人の中で増殖するの。宿主に応じて、順応しながらね。本は人を変え、本に変えられた人が世界を変えるんだわ」

「違う、それは――」

彼女が身を乗り出し、僕の腕に手をかけた。炎の熱に包まれて座っているというのに、その感触に骨の髄《ずい》まで冷え切ってしまった。苦痛を感じ、顔に出ないよう必死にこらえる。この女は、普通じゃない。

「分かるわ。私の話を信じているのが」彼女が言った。「前に会ったときとは顔が違うもの。マグスのことを教えてちょうだい。あなたが見たものを」

なぜマグスのことを知っているのかと、僕は迷った。だが、理由はともあれ彼女はたしかに知っているのだ。

「両目から頭蓋の中へと、焼け焦げた穴がふたつ開いていたよ」僕は答えた。「そして怪物がいた。節足動物か、それとも甲殻類かは分からないが、この世界じゃ見聞きしたことがないような怪物だよ。あの怪物がマグスの頭の中を通って、両目から出てきたに違いない。二匹とも殺したよ」

「マグス……」エリザは、哀れみを浮かべた声でつぶやいた。「あの男は、本を嫌悪していたわ。金稼ぎの種くらいにしか思っちゃいなかった。本そのものではなく、追い求めるのが好きだったのよ。でも、ずっとそういう男だったわけじゃないの。ある時から、本を恐がりはじめたのよ。私たちと交わした、いくつかの取引の中でね。私たちが扱う本の中には、時おり邪《よこしま》な本も交ざっているものなの。そんな恐ろしい本の埃を……そうした本が持つ毒の粉塵《ふんじん》を吸い込んで、毒されてしまうのよ。マグスに起きたのは、それよ。あの人は、どんどん奇妙な本を探し出していったけれど、決して読もうとはしなかった。けれど、きっと地図書への好奇心が恐怖を上回ったのね。マグスは本を読み、そこに秘められていた何かが脳に根付いてしまったのよ」

「マグスはどうやって地図書を手に入れたんだ？」

「いつでも探し続けていたわ、噂や風説を追いかけてね。マグスは他のどんなスカウトとも違って、先人たちが叶えられなかったことを成し遂げたがっていた。そんなとき、モールディングが私のところに来たの。私は、あんな地図書を探すなんてやめておけと言ったのだけれど、モールディングもまた、あれに魅せられはじめていたわ。マグスが誰とも違うスカウトならば、モールディングもまた、他とは違う蒐集家ってことね。そうして力が組み合わさり、状況が完璧に重なった。地図書はそれを見逃すことなく、姿を現す道を選んだのよ」

「まるで地図書を生きものみたいに言うんだな」

「まだ分かっていないのね」彼女はため息をついた。「本は形のあるものじゃない。言葉と概念を運ぶものなの。ひとりひとりの読者に、違う影響を及ぼすのよ。私たちの心の中に映像を焼き付けるの。そして、根をおろす。マグスを見たでしょう。本を、それも地図書のような本を軽く見ていた者に、どんな運命が訪れたかを」

僕は炎を見つめた。投げ込んだ本はまだ燃え続けていた。焦げる革表紙のにおいがする。炎が燃え移ったページが、まるで苦悶するかのように内側に丸まっていた。

「最初から、この地図書の話だったのか」

「やがてマグスはついに、もっともありえない場所で地図書を発見したの。グラスゴーに住む、独身の老婆が持っていた蔵書の中にね。そんな本なんて存在も知らない敬虔な人で、どうやってその本が自分のところにやってきたのかも、マグスに説明できなかったそうよ。価値などない復刻本の中に、ひっそりと隠れていたの。その時が訪れるまで、人に読まれるのを拒んでいたのね。それをマグスが発見して正体を見抜き、私に連絡をよこしたというわけ。そして、私に買い手を探すように言ってきたのよ。買い手のほうも現れたのを知らずにね。だけど、地図書は知っていた。マグスとモールディングを待っていたの」

「それで君はマグスに発見の報酬を払い、本をモールディングに渡したわけか」

「ええ」

「騙さなかったのか?」

「いいえ。私はそういうのは慎重にやるたちだから」

「道徳を重んじるんだな」

「そうじゃないわ。怖いだけよ」

僕は彼女の言葉を無視した。

「君も地図書を見たのか?」

「見てないわ」

「なぜだ?」

「さっきも言ったとおり、怖いからよ」

「ちらりとくらいは見たわ。モールディングが取りにきたときにね」

「ちらりとも か?」

「どんな本だった?」

「大きさはだいたい縦二フィート、横一・五フィートで、深い赤の表紙。金色の輪で閉じられていたわ。表紙には、ふたつの言葉が焼き付けられていた。『Terrae Incognitae』、つまり未知の国、という意味よ」

「表紙はなんだった? 革か?」

「いいえ、革というよりも、皮ね」

「動物の皮?」

彼女はもう一度、首を横に振った。

「もしかして……人間とか?」

「それも違うわ。あの装丁はこの世のものじゃない。私の手の中で脈打っていたもの。まるで血液が循環しているように、温もりを感じた。私に持たれているのが嫌だったんでしょうね。あの本が自分を持つことを許すのは、モールディングただひとりだけ。あの人が、地図書を手にする運命だったのよ。ずっとあの人のものだったとも言えるわね」

想像を超越するような話だった。彼女が地図書を見つけてモールディングに売ったというのは信じるが、あとはとても受け入れられる内容じゃなかった。生きている本、意思を持つ本、完璧な瞬間が、そして完璧な持ち主が訪れるまで自ら身を隠していた本。

「もし君の話が真実だというのなら、どうして今なんだ? どんな変化が起きて、本が行動を始めたんだ？」

「世界よ」エリザが答えた。「地図書の力もなしに、世界が勝手に変わってしまったの。災厄が災厄を呼び、時が満ちてしまった。それが真実なんだと、あなたは誰よりもよく分かるはずよ」

まさしく、僕にはよく分かった。

「戦争か」

「戦争よ」彼女が繰り返した。「ウェルズは、『戦争を終わらせるための戦争』って言ってたかしら？　もちろん、そんなのは間違いよ。あの戦争は、世界を終わらせるための戦争だった……この世界をね。森羅万象は、ずたずたに引き裂かれてしまったわ。そうして世界が地図書を迎える、そして地図書が世界に出てくる、完璧なタイミングが整ったの」

僕は目を閉じた。炸裂弾が開けた穴に落とされた死体が立てる重く湿った音が聞こえた。そして、妻子の死の報せを届けられた僕の悲鳴が聞こえた。農家の残骸から運び出されていく、よじれた亡骸が見えた。たった一発の炸裂弾で、家族が皆殺しにされたのだ。生まれたての子も、まだ生まれていなかった子も、炎と瓦礫に包まれ最期を迎えたのだ。エリザは間違っていない、と僕は胸の中で言った。もしすべて真実だとするのなら、世界など地図書の好きにさせてしまえばいい。僕が目にしてきた光景に比べれば、世界の残骸の中からどんなものが出現しようと今より悪くなるわけがない。宿屋の奥さんは正しかったんだ。僕は、毒の種が戦争によって地中から吹き飛ばされたなんて信じちゃいなかった。種は吹き飛ばされたりせず、地面を染め上げた血の中から芽吹いたのだ。

「地図書を書いたのは……作ったのは誰なのだ？」

エリザが目をそらした。

「神ならぬものよ」

「じゃあ悪魔か？」

　彼女が笑った。しゃがれた、耳障りな笑い声だ。

「悪魔なんていやしないわ。こんなものはすべて――」彼女は無数のオカルト本を手で示した。箱にしまわれたものも、しまわれていないものも、そしておそらくは炎に投げ込まれたものも、一冊残らず。「ただのまやかし……無知な人々の娯楽に過ぎないわ。マントと角を着けて舞台で飛び回る役者と同じくらい、現実とはほど遠いものよ。あの本を作ったのは、キリスト教の三頭の神なんかよりも、ずっと偉大で、ずっと恐ろしいものよ。百万の頭を持ち、さらにそのひとつひとつが百万の頭を持っているのだから。光を憎むものはすべてそれの一部分であり、それから生まれたの。未知の異界からね」

「いったい何を言ってるんだ？　地図書を通して何者かがこの世界を自分の好きに変えちまおうとしているとでも？」

「そうじゃないわ」彼女は首を横に振った。いつの間にかこわばりが消え去ったその顔は狂信者の光を放っており、前よりもさらに醜くなったように思えた。「分からないの？　地図書が開かれた瞬間に、この世界は存在をやめたのよ。そして地図書が、すでに死んでいたこの世界の残骸を消し去り、異界の大地と入れ替えたんだわ。ここはすでに、未知の異界なの。歪んだ鏡に映ったものがただの鏡像ではなく、現実のものとなったと考えればいいわ」

「そんな変化が、どうして僕たちの目に見えないんだ？」

「あなたは変化を目の当たりにしたでしょう？　なぜだかは分からないけれど、すぐに他の人々も見るようになるわ。きっともう、どこか心の奥底で、意識の底ではもう感じていながら、起きた変化を受け入れることを拒んでいるんでしょう。認めることは、真実に服従することであり、真実に生きたまま食われることなんだもの」

「だめだ」僕は声を荒らげた。「まだ何かできることがあるはずだ。僕が本を見つけてやる。消し去ってやる」

「常に存在するものを消し去ることなんてできやしないわ」

「やってみるさ」

「もう手遅れよ。変化は終わったんだもの。ここはもう、私たちの世界じゃないのよ」

僕が立ち上がり、彼女も一緒に立った。

「もうひとつ訊きたい」僕は彼女を見た。「それだけ訊いたら出ていくよ」

「言わなくても分かるわ」

「本当か？」

「最初の、そして最後の質問。本当に重要な、たったひとつの質問。それはなぜか、でしょう？なぜ私はそんなことをしたんだろう？　なぜ私は地図書と共謀なんてしたんだろう？　なぜ？　なぜ？　なぜ？」

無論、彼女の言うとおりだった。僕にはただ、うなずくことしかできなかった。

「それは、好奇心のせいよ」彼女が続けた。「何が起こるのかをこの目で見たかったからよ。だけどマグスのように、モールディングのように、きっと私もただ知らず知らず地図書の意思に従っていただけだったんだわ」

「なぜか」が最初で最後の質問だとすれば、「何が起こるのかをこの目で見たかったから」が最初で最後の答えということになる。エデンの園で神にも別の言葉で告げられたこの答えを、人は何をするにも最後には常に口にしてきたのだ。

「言っておくぞ」僕は言った。「止める方法を必ず見つけてやる」

「私も言っておくわ」エリザが答えた。「最悪の事態になってしまう前に、自殺したほうがいい」

彼女は僕を見ながら暖炉まで後ずさり、両肩をマントルピースにつけた。背後でガウンに火がつき、足元から赤とオレンジの炎が上がった。彼女が僕に背中を向け、すでに熱のせいでぶつぶつと泡立つ裸を晒《さら》した。ガウンが肌にへばりついている。そして僕が飛び出そうとするよりも早く、エリザは頭から炎の中に飛び込んだのだった。僕が暖炉から引きずり出すころには、エリザの頭はすでに黒焦げで、虫の息になっていた。最後の苦しみに痙攣《けいれん》するその体の周りで、本たちが嘆くように燃え続けていた。

僕はすべてを炎の手にゆだねることにした。

xiii

〈ダンウィッチ&ドーター〉を後にして歩いていると、悲鳴と叫び声が、そして次々と窓が割れる音が聞こえた。そして半マイルも進まないうちに、遠くから消防車のサイレンが近づいてきた。

ねぐらに戻る気はなかった。僕は拳銃を持っているし、モールディングの屋敷に着替えも置いてある。街での僕の仕事は終了した。だが戻る前にあとひとつだけすることがあったので、僕はチャンスリーに足を向けた。クウェイル弁護士の事務所へと。

誰かにつけられている気配を感じたのは、目的地まであと一マイルほどの地点だった。振り向いてみると、青と白のドレスを着た小さな少女が道の反対側、およそ三十フィート後方にいるのが見えた。僕から顔が見えないよう、少女が背中を向けた。そのとき、街灯の間に拡がる影の中からひとりの少年が姿を現した。少女と同じくらいの距離だが今度は僕と同じ側で、後ろ向きに歩いている。半ズボンと白いシャツを着ている。ぎくしゃくとした不自然な身動きで、まるでゆっくりと逆再生で投影される映像を見ているかのようだった。

少年もさっきの少女と同じく僕に見つかったのを察知したのか、片足を宙に浮かせたままぴたりと身動きを止めた。それを見た僕は彼が素足で、その足が奇妙によじれているのに初めて気づいた。塹壕の中で見た、壊疽《えそ》を起こして崩れた足や、骨が折れて歪んでしまった足を思い出した。少女も同じく素足だったが扁平足で、なんだか大きく青白いペンギンみたいな印象を受けた。

「消えろ」僕は大声で言った。「消えろ！　家に帰れ。子供が外にいるような時間じゃないぞ」

だがそう言いながらも僕は、ふたりの家はここよりもずっと遠く、遙か遠くにあるのだと感じていた。いや、エリザ・ダンウィッヂの話が真実なのだとしたら、今やここが彼らのふるさとで、僕のほうがよそ者、侵入者ということなのだろうか。

僕も背中を見せたくはなかったから、同じく後ろ向きに歩きだした。周りに誰かいたならば僕たちの様子はさぞ奇妙に見えたことだろうが、あたりには人っ子ひとりいなかった。僕が動くと、少年と少女も動く。こちらに向かってくるふたりの関節が、この短時間で手脚が氷に覆われてしまったかのようにぱきぱき音を立てた。少年は足をよじらせながら、大股の異様な足取りで進んでくる。少女のほうはガニ股になり、よたよたと体を揺らしながら歩いていた。その姿はもうペンギンというよりも立ち上がって歩くことを憶えたヒキガエルさながらで、でっぷりとした腹回りのせいでなおさらそう見えた。

僕はたまりかねて逃げ出した。そうとも、尻尾を巻いて逃げ出したんだ。ふたりが僕を追ってくるのが分かった。地面を叩く足音が速くなっているのが聞こえ、僕は誰かが現れてくれるよう祈った。夜歩き人が現れてふたりを追い払ってくれはしないか、そうでなければ、せめて僕がまだ完全に狂いきっていないのを証明してはくれないかと。だが、誰も現れはしなかった。人も、車も、それどころか馬や荷車さえも見当たらない。街は眠りに就いてしまったのだろうか。それとももう残っていないのだろうか。僕が知っていたロンドンは、いびつな肉体の子供たちと眼球を持たない男たちだけが住まう影に取って代わられ、消えてしまったというのだろうか。

　走り続けていた僕は、ふと追っ手が消えたのに気がついた。子供たちがいなくなっていたんだ。僕は走るのをやめて両手を膝につき、苦痛にむせびながらなんとか息を吸おうとした。もうこの肺も、昔とは違う。フランスに行ったときは若者だったが、今はただ無駄に歳を取っただけの年寄りになってしまった。さらに進めばウエスト・エンドに着く。あそこまで行けばこの時間だろうと人がいるはずだし、夜明けももう遠くはない。僕はもう一度背後を振り返って追っ手がいないのを確かめ、また前を向いて進みだした。

　だが、追っ手が消えたわけはなかった。そんなこと、分かっていて当然だった。これまでに怪談なんていくらでも読んできたし、安っぽい推理小説を手に過ごしたことだってあるんだから。例の子供たちは――あれが本当に子供たちだというのなら――戦場の兵士たちと同じように、迫ってくる的を予想もつかない方角から迎え撃とうと僕を回り込んでいたんだ。ふたりはまだこちらに背中を向けたまま僕の十フィート前方にいて、ゆっくりと振り向きはじめていた。そう、糸に吊るされた重りがゆっくりと回るようにして振り向き、ついにその顔を僕に見せたんだ。

　化けものの子供だ。おぞましい獣《けだもの》だ。顔の上半分には小さな黒い目がいくつも、まるでパン生地に散らばるレーズンのようにばらばらと付いていた。鼻もなかったが、薄い肉の壁に隔てられた細長い裂け目がふたつ付いていた。ふたりの口には唇もなく、齧歯類《げっし》のようなぎざぎざの歯がはえた獰猛《どうもう》な口で、両端には蜘蛛の毒牙のように鋭い突起がふたつ突き出していた。

僕は立ち止まらなかった。考えもしなかった。純粋な恐怖に飲み込まれていた。少女の顔面に銃口を向け、引き金を引いた。弾丸が彼女のひたいに命中し、赤ではなく、昆虫の体液のような黄色い液体と一緒に飛び出した。少女が音も立てずに倒れるのを見て、少年が体のどこか奥底から金切り声をあげ、飛びかかってきた。僕も拳銃を撃ったが、少年の怒りに不意を衝かれて一発目を肩にはずしてしまった。身をよじりながら地面に転がった少年にとどめを刺すために見下ろしたが、彼は死にかけながらも僕を食ってやろうかとでもいうように、歯をがちがちと鳴らしていた。

息の根を止めた僕はふたりの死骸を路地に引きずり込み、腐った肉の悪臭を放つゴミ箱の山の陰に隠した。警察を呼ぶ時間も、説明する時間もありはしない。地図書を見つけなくては。見つけて、破壊してしまわなくては。

xiv

いつものように、フォーンズレイが先にやって来た。八時を回ったばかりだ。僕はわびしい中庭の隅で身を丸めて何時間も待っていた。鎧戸の閉まった暗い窓に囲まれたいくつものドアは、まるで眠れる巨人たちの顔のように見えた。クウェイルの事務所に押し入ろうかとも思ったんだが、鍵はどうしても開いてはくれなかった。クウェイルのやつめ、ありとあらゆることにかけてけちなくせに、警備にだけは金を注ぎ込んでいるらしい。

鍵を探しているフォーンズレイに背後から近づいたが、ドアに落ちる影で彼が気づいた。振り向いた彼のただでさえ青白い顔が、さらに色を失った。

「ソーター様、いったいなぜこちらに？」

フォーンズレイが震える声で言った。僕を見たまま鍵を探そうとして、鍵束がじゃらじゃらと音を立てた。

「クウェイルに会いに来たんだよ。ちょっと訊きたいことがあってね」

「こんなところに御用などおありになりますまい」

「いいや、そんなことはない。大事な用があるんだよ、君には想像もつかないほど大事な用がだ。モールディングの身に起きたことは知っているよ、おそらくはね。もうひと息で核心にたどり着ける。これを止められるんだ。世界は変わりかけているが、僕はまた元に戻せるんだよ」

「いったいなんのお話をされているのやら」フォーンズレイが言った。「もう何週間も経つんですぞ、何週間もです！　金を渡したら、あなたはぱっと消えてしまった。何も言わず、ひとことも言わずにです。最後ここにいらしたとき、警告したはずです。あなたにどうしてほしいか、ちゃんと説明したはずですぞ」

言葉を荒らげるフォーンズレイに、僕はぎょっとした。ここには何かがある。僕には分からない何かが。しかし僕は、彼が言ったことに気を取られた。嘘であってくれればいいと思っていた。

「何週間もというのは、どういうことだ？　ここに来て、まだ何日も経っていないじゃないか」

「くだらないことを。今は十一月十二日ですぞ。わけの分からないことを申されますな。まったく、おかしくなってしまわれたんじゃないですかね？」

僕は恐怖が顔に出ないよう、必死にこらえた。最後に残された正気を失わないよう、必死にこらえた。

「おかしいのは僕じゃない。世界のほうだ。世界がどんなざまかを見てくれれば、おかげで僕がどんな目に遭ったかも分かってくれるはずだ」

目の前のフォーンズレイは、勇猛な振りを装い自分までだましたかのように、いくらか自制心を取り戻した。手の震えが治まり、持ち前の狡猾さでおびえを隠している。

「いいでしょう、中にお入りください」彼が言った。「暖まるといい。ポットのありかはご存じでしょう。お茶でも淹れて、休んでおいでなさい。私がクウェイルさんを探してきます。今日はセッション・ハウスにお出かけになっておりますが、あなたが……ええ、あなたが取り乱してらっしゃると伝えれば、きっと戻っていらっしゃるでしょう」彼が生唾を飲んだ。「あの方はなにが起ころうとも、あなたを気に入っておいでですからな」

セッション・ハウスというのは、サウスウォークにあるインナー・ロンドン刑事裁判所の一般的な呼び名だ。クウェイルの事務所からはやや距離があるし、フォーンズレイもぱっと行ってぱっとクウェイルを連れ帰ってくるわけにはいかないだろう。僕が知っているフォーンズレイは、僕のためにそんな労力を払うような男じゃない。僕がよろめいても、助けるために道を渡ってきてくれるような、そんな男じゃないんだ。

僕が銃を取り出してみせると、フォーンズレイのズボンに黒々とした染みが広がった。

「そんな。やめてください」

「教えろ」僕は詰め寄った。「真実を教えるんだ」

僕は、彼にもことの重大さをしっかり分からせてやろうと、脇腹に銃口を押し付けた。

「警察です」フォーンズレイが答えた。「警察があなたを探してるんです。チープサイドで人殺しをしたとかで。安アパートの地下室で死体が見つかったうえに、女が……売春婦があなたを憶えているいると証言したのです。それに他の件でもお話が聞きたいとかで。火事とそれから――」

言葉が喉でつかえ、フォーンズレイは先が続けられなくなった。

「話せ！」

フォーンズレイは涙を流しはじめた。「子供です。死んだ子供たちが見つかりまして」

「あれは子供なんかじゃない」僕は声を荒らげた。「僕が子供を殺すような人間だと思うのか？」

フォーンズレイは首を振ったが、僕と目を合わせようとはしなかった。

「いいえ。とんでもございません」

「入れ」

彼が震える手で鍵を回し、ドアを開いた。

「殺さないでください。誰にも言いませんので」

「言われたとおりにするんだ」僕は答えた。「そうすれば、怪我をさせたりはしない」

「なんでも言ってください。金でも、食料でも。なんでもです」

僕は最後にここを訪れたときのことを思い出しながら、彼に階段をのぼらせた。あの時世界はすでにひび割れていたが、まだばらばらにはなっていなかった。

「どっちも要らないよ。ただ、モールディングの屋敷に関する書類を見せてほしいだけだ」

探していたものを手に入れ、僕は屋敷を後にした。モールディング家の業務は代々クウェイルの祖先たちが取り扱ってきたのだが、前世紀初頭にクウェイルの祖父が〈ブロムダン・ホール〉の購入をまとめたんだ。幸運にも法律事務所で見つけた綿密な記録の中に、モールディング邸の詳細な図面が含まれており、僕はちょっとツキが味方してくれているように感じた。

ハイ・ホルボーンで、〈タイムズ〉紙を一部買った。十一月十二日と日付が書いてある。フォーンズレイの話は嘘じゃなかったんだ。本当に嘘を付いているなどと思ったことはなかったが。

歩いていくと街はまるで迫ってくるようで、神の力がなければ建物が崩落して人々を瓦礫の下敷きにしてしまいそうに感じられた。路上に出ている人々は、低く雲が垂れ込めた空と、朝から漂う季節はずれの暑さにすっかり打ちのめされ、男も女もひどくそわそわしてふさぎ込んだ顔をしているようで、そういう連中は、いっそ街が崩れ去ったほうが救われるんじゃないかと僕には思えた。

チャンスリー・レーンを少し過ぎたあたりで角を曲がりそこねたオムニバス（二十世紀の初めまでは乗合馬車で、その後乗合自動車になった）が配達員の荷馬車にぶつかり、馬にひどい怪我を負わせた。可哀想に、馬は地面に倒れたまま無残にいないていた。後ろ脚が派手に折れ、大腿骨《だいたいこつ》が皮から突き出していた。オムニバスは、戦場で使われていた何百台というバスとよく似たB型だった。ちょうどあんなバスに兵士や移動砲台、はたまた前線との通信用の鳩を入れておく鳩小屋を運んだのだ。製造会社はK型とS型の登場によりB型の生産を打ち切っていたが、目の前のバスはひどくぼろぼろで、走れるのかどうかすら怪しかった。この一年、僕はB型なんて一台も見かけなかった。すでに前時代の遺物になっている。

スーツケースを横に置いた老人がひとり、事故を見ながら煙草を吸っていた。

「生涯のほとんどを、この道を通って過ごしてきたが、こんなの見たことがないよ」老人が言った。ニコチンでしゃがれた声だ。「ハンドルを握るのも初めての新米運転手だと思うかもしれんが、あの男は〈トマス・ティリング〉社が最初の乗合自動車をペッカムでおろしたときからバスの運転をしているんだよ。昨日今日の話じゃない」

「一九〇四年ですね」僕は言った。

「そのとおり」

「そこで育ったんです。憶えてますよ」

運転手は見るからに経験豊富そうだったが、事故のせいでひどく震えているのがひと目で分かった。調書を取る警察官の横、小さな声で配達員と話をしている。僕は帽子をまぶかにかぶり直し、歩道を見回した。

老人は深々と煙草を吸うと、まったくひどい話だといわんばかりに首を振った。

「前にあの運転手が、道幅が狭くなったとぼやいているのを聞いたことがあってな。てっきり飲んでるんだとばかり思っていたよ」

さらに大勢の警察官たちが、走ってくるのが見えた。その中に、ツイードのスーツに身を包んだ若い紳士がひとり交ざっていた。片手に黒いかばんを、そしてもう片手には粗末な拳銃を持っている。

「ありゃあきっと警察付きの獣医だぞ」老人が声をあげた。「いいところに来てくれたよ。わしが拳銃を持ってたら、この手であの馬を楽にしてやってるところだ」

僕は本能的に、ポケットに忍ばせた拳銃に手をかけた。老人が、怪訝《けげん》そうな顔で僕を見た。

「気分でも悪いのかね？」

「いや、大丈夫ですよ」僕は答えた。「あの……あの馬のせいですよ。痛みに苦しむ動物は、見ていられません」

「なに、すぐに終わるとも」老人が言った。するとその言葉に応えるかのように、しんと静まり返ったロンドンの街に、不気味な銃声が響き渡った。僕は目を閉じた。馬の血がにおってくるような気がした。

「倒れるといけないから座りなさい」老人が言った。

「いえ、もう行くところなので」僕は答えた。

「自分を大事になされ」

僕は人混みに紛れたが目眩《めまい》がして気分が悪く、表通りにいるのが恐ろしかった。リヴァプール・ストリート駅までトゥーペニー・チューブ（セントラル・ロンドン鉄道の地下鉄に付けられた愛称）で行き、そこから列車に乗った。そして午後遅くにノーフォークに戻った。〈ブロムダン・ホール〉はひっそりと静まり返り、鍵がかけられていた。僕は書斎の窓を一枚割り、そこから中に入り込んだ。一階のほうが安全な気がしたので、上階には行かなかった。キッチンに固くなったパンがあったので、紅茶を淹れてそれを食べた。

そしてようやく仕事に取り掛かろうとしたんだが、それまでの数時間のごたごたがどっとのしかかってきた。書斎のソファに寝転がり、毛布の代わりにコートをかけた。どのくらい眠っていたかは定かじゃなかったが、目が覚めるとライトの色が変わっているのだけは分かった。夜は糖蜜色で、闇が実体を持っていた。手を上げると、その感触があった。まるで引力の法則が変化し、大気が僕を窒息させようと企んでいるかのようだった。

どこかすぐ近くから、黒板に爪を立てて引っ掻くような、気持ちの悪い物音が聞こえた。僕の目を覚ましたのは、その音だった。音の出どころを探すと、窓のすぐ外に蠢く影が見えた。また引っ掻く音がした。僕は拳銃を手に取った。弾丸は三発残っている。

二枚の窓ガラスに平行して二本、引っ掻いた跡がついていた。ガラスはまるで、イカ墨のように黒い液体で染まっていた。窓の外に目をこらしてみたが、空には月も見当たらず、星々も出てはいなかった。ひょっとしたら水中にいるんじゃないかと思うほどに濃い暗闇だった。割れた窓から液体の闇が入り込んで部屋を満たし、ゆっくりと僕を溺《おぼ》れさせたとしても、まったく不思議には思わなかったろう。

割れた窓。僕がそこから手を突っ込んでかんぬきを外すことができたんだから、窓の外にいる何ものかにだって同じことができるだろう。なのになぜ、窓を掻きむしり、引っ掻いたりしているんだろう?

その答えは最初に音として聞こえ、続けて姿をなしていった。窓の外で深々と息を吸い込む音が聞こえたかと思うと、すぐさま闇に潜む何ものかが僕のにおいを嗅ぎつけ、あたりを嗅ぎ回る短い音がいくつも続けざまに聞こえた。灰色で皺だらけの怪物がおぞましい欲望を剝き出しにしてガラスに張り付いていた。細い手脚を広げ、そこから垂れ下がる皮膚はひび割れて体液が滲み、指はまるで関節が付いた鋭い針みたいだ。大きさは人間くらいだが髪は生えておらず目もなく、平らな鼻が僕のにおいを嗅ぐたびにひくひくと動いている。そのとき、今までは付いているのも分からなかった口がゆっくりと開いた。歯も生えていないまっ赤なその口の奥底から何かが突き出してきた。舌というよりも、短いひげを縁に生やした肉の管みたいな器官だ。それがガラスにしたたかぶつかり、その跡にあの黒々とした体液を残した。

またにおいを嗅ぐ短い呼吸音が聞こえ、怪物が体勢を変えた。窓の割れた部分へと低く身をかがめ、左手で窓ガラスを手探りしはじめる。やがて怪物は穴を見つけると、そこから中に手を突っ込んできた。

僕は発砲しようとして、ふと思いとどまった。外にはいったい何があるのだろう？　発砲の音で、いったいどんな恐ろしいものをおびき寄せてしまうだろう？　それに弾丸だ。もう残りわずかだが、こんなところでは補充もできやしない。

僕は他に武器がないか探してみた。モールディングの机に、ペーパー・ナイフが置いてあるのが見えた。刃は鈍いが、先は鋭くとがっている。僕はそれを怪物の腕に思い切り突き立てた。傷口からは血液も内臓も飛び出してはこなかったが、怪物は声も立てず、苦悶のあまり口を大きく広げた。何度も何度もペーパー・ナイフを突き立てると、怪物は窓枠に残っていたガラスの破片に肉を切り裂かれながら腕を引っ込めた。そして、暗闇の中に退《しりぞ》き、すっかり見えなくなった。

窓にはどれも、木の鎧戸が付いていた。埃と虫の死骸まみれで長いこと使われていないのは明白だったが、僕はそれをしっかり閉め、他の窓も片っ端から同じように閉ざしてしまった。そして眠らずに夜明けの訪れを待った。そしてようやく鎧戸の合間から光が漏れ込んでくると、涙が溢れそうになった。夜があまりにも黒々としていたものだから、心のどこかでもう二度と太陽の光など拝めないんじゃないかと思っていたんだ。僕は鎧戸を開けた。草は夜露に濡れ、太陽が黒雲を赤く染めていた。

そんなにも美しいものなんて、見たことがないような気分だった。

xvi

世界に朝がしっかり根付くやいなや、僕はすぐさま仕事に取り掛かった。屋敷の図面で各部屋の寸法を確認してから、自分の見積もりと実際の寸法を突き合わせるため足を使っての確認作業に着手した。書斎からはじめたのは、僕にとって幸運だった。そうでなければ、最後に残された論理性や分別もばらばらに引き裂かれてしまっていたことだろう。書斎は、前とは明らかに違って見えた。西側の端に並んだ書棚が、壁から七フィートほど離れて置かれているのがひと目で分かった。しかし、その裏側へとたどり着くのには、一時間以上もかかった。書棚を六フィートほどの高さまですっかり空にして、ようやくそこに隠されていたからくりが顔を出した。一七七六年に出版された、繊細な装丁が施された本の裏側に粗末なレバーが一本隠されていたんだ。ギボンの『ローマ帝国衰亡史』第一巻。一連の事件のせいですっかり本に取り憑かれはじめていた僕は、ついタイトルを胸に書き留めた。

レバーを動かすと、かちりと大きな音がして書棚の一部が開きはじめた。僕はいったいどんなものが現れるのかと固唾を呑んで、だんだんと広がっていくその扉を見つめていた。また腐敗臭が出てくるのだろうか？　あの恐ろしい熱い体で屍肉を掘り進むおぞましい怪物たちが出現するのだろうか？　それともふたつの世界を繋ぐ混沌が垣間見えるのだろうか？　しかし好奇心に飲まれた僕が目にしたものは、四角いテーブルとストレート・チェアがひとつだけ置かれた、今僕がいる書斎とまったく同じような小部屋だった。書斎のテーブルに火のついていないロウソクが置かれているのを見つけ、僕はマッチを探して芯に火をつけた。壊れているのかそう作られているのか、扉は完全に開いてくれず、なんとか体を押し込むようにして通り抜けるのが精一杯だった。ゆらめくロウソクの灯りの中に、ライオネル・モールディングのオカルト書庫が浮き上がってきた。山のように収められた本はほとんどが古びていて、ぱっと見ただけでも禁忌と穢《けが》れのにおいがぷんぷんした。

だが僕は、そんな本になどほとんど目もくれなかった。テーブルに置かれた一冊の本に、強烈に惹きつけられていたからだ。エリザ・ダンウィッヂの説明どおりだった。ぱっと見て何かの皮ででできていると分かる表紙が付いた、大きな本だ。表紙には皺や傷が刻まれており、それに、あろうことか血管が網目のように走っていた。さらにおぞましいことに本の表面がまるで息づいているかのように脈打って見えたんだが、これはともすれば頼りないロウソクの炎と表紙の見てくれ、そしてエリザから聞いた話のせいで、そんなふうに見えるだけかもしれなかった。そうはいっても、手を触れてみたいとは思えなかった。黄色い表紙と赤いページの端を眺めていると、まるで口みたいに思えて不安になってしまうんだ。それにあのブック・スカウト、マグスのことも忘れられないし、この本があいつの脳に産み付けたと思しき、彼の頭に穴を穿《うが》った怪物どもも頭を離れない。

しかし、地図書は僕に呼びかけてきた。はるばるこんなところまで来たんだ。僕は知りたかった。あの本のどこかに真実が眠っている。ライオネル・モールディングに降り掛かった災厄の正体もそうだが、それよりも重要なのは、僕が住む世界にいったい何が起きようとしたのか、いや、何が起きてしまったのかの答えが。

僕は本を開いた。そしてページを見た。

何も書かれていない。それもそのはずだ。なにせこの本は中身をこの世界に移し、存在していたものをすべて書き換えてしまったんだから。ゆっくりと、しかし着実に、オリジナルを埋め尽くしていくパリンプセストみたいに。
そして、すぐそばでありながら、図り知れぬほど遠いどこからか、確かに笑い声が聞こえた。忌まわしきものの笑い声が。

xvii

僕は本を燃やしてしまった。モールディングの図書室で暖炉に火を入れ、炎が十分に弱まるのを待ってから、薪と炭の上に平らに寝かせた。本は紙というよりもむしろ肉でも焼いているかのように、じゅうじゅうと音を立て、熱気を吐き出しながらぶつぶつと泡立った。そして、やがて耳をつんざく悲鳴のような甲高い音を発したが、表紙が黒ずんでいくにつれて消えていった。燃えながら、本は強烈な悪臭を放っていた。腐った肉をやっと火葬したような感じだったが、もっとひどい悪臭だった。

火かき棒を手に本を動かし、炎を掻き立てながら、どのくらいそこに座っていたのかは分からないが、やがて本はすっかり燃え尽きて灰の山に変わっていた。僕はうたた寝し、かつての地図書の姿を夢に見た。この世界とは別の複雑な世界の地図で、あちらこちらの領土に獣《けだもの》や悪魔の絵が記されていた。神ならぬ者の手が生み出した精緻な地図だ。だが、ページはどれも空白だった。かつてそこに記されていた世界は、まるで砂時計を落ちていく砂のように、この世界にばら撒《ま》かれてしまったからだ。もう本の中には何も残っておらず、変容は始まってしまっていた。ライオネル・モールディングの居所は、僕には分からなかった。もしかしたらマグスと同じように、本を開いたその瞬間から死にはじめてしまったのかもしれない。その頭の中で地図書が育ち、噴出し、最後にはモールディングを飲み込んでしまったんじゃないだろうか。

だがもちろん、仮説はそれだけじゃなかった。謎の世界がこの世界を冒し、滅ぼそうとしている可能性から顔をそむけてしまいたいのと同じくらい、断固そんな仮説など考えたくなかったが、地図書がそもそも存在していなかった可能性もある。すべてはダンウィッヂがマグスと共謀して行ったペテンで、騙しの一環として、そして口封じのため、念入りな計画のもとに不幸な死が仕組まれたというわけだ。僕もそれに巻き込まれ、自分の役割を果たしてしまった。操られる隙を与えてしまったんだ。

だが、だとすればマグスの頭に穴を開けたあの怪物どもや、まさにこの屋敷の廊下で破裂したあの物体は、いったいなんだったというのだろう？　街で僕を追ってきたあの奇怪な子供たちや、書斎の窓の外にいた灰色の怪物は、なんだったのだろう？　そしてフォーンズレイの言葉どおりに失われた、僕の数日間は――そして数週間は――どういうことなのだろう？

なにもかも、わけがわからない。

第三の仮説でも、あるというのだろうか？

†

午後遅くなっていたが、ミセス・ギッシングもウィロックスも、姿を見せなかった。僕は旅行かばんに荷物をしまってモールディングの屋敷を出て、駅へと歩いていった。ロンドンへの列車が来る。それに乗って帰るんだ。クウェイルに会わなくては。彼がどんな答えをよこそうと、それを受け入れるつもりだった。もし牢獄に囚われ、しまいには絞首刑に処されようとも、こんな世界よりはましというものだ。

券売所に行ってみたが誰もおらず、プラットフォームのほうから何やらざわめきが聞こえた。その音を追っていくと、駅員たちをとなりに従えた駅長が、一様に困惑の色を浮かべたロンドン行きの乗客たちを相手に何やら揉《も》めているところだった。

「何があったんです?」僕は誰にともなく質問した。

「ロンドン発の列車が今朝は来なかったんですよ」でっぷりとした女が教えてくれた。「ロンドンとはしょっちゅう列車が行ったり来たりしてるっていうのに、まったく来やしないのよ」

彼女が、駅長を指差した。

「あそこのロン駅長も私たちと同じで何も知らないんだけど、私はどうしてもロンドンに行かなくちゃいけないの。娘がもうすぐ初めての出産でね、ずっとそばに付いててあげると約束したものだから」

その場にいる誰よりも僕は背が高く体格もよかったので、人混みを掻き分けるようにして、駅長の真正面に立った。駅長はもう定年間近だった。白髪頭と太った体。カイゼルひげを生やしているせいで、ますますセイウチにそっくりだ。

「説明してくれ」僕の声の様子に、周囲の人々がぴたりと静まり返った。駅員たちも、口出ししようとはしなかった。

「ちょうど今、このお客様たちにお話ししたところですよ。今朝から列車は一本も来ず、全路線が運休しているのです。何がどうなっているか知ろうにも、誰にも連絡がつきやしません。何か分かるんじゃないかと思ってノーリッチに自転車で使いを出したんですが、まだ戻ってきておらんのです。お話しできるのはそれだけでして」

　僕はプラットフォームに立ち尽くし、南西を見つめた。光のいたずらかもしれないが、南西の空が暗いような気がした。それに、日の出からずいぶん経っているというのに、赤みを帯びている。この距離からだと、まるで大火災のようにも見えた。駅の時計に目をやり、長針が動いているのを確かめた。

「時計が……」とつぶやく。

「時計が何か?」駅長が首をかしげた。

　僕は時計を見つめ続けた。ちょうど正午を回ったところで、長針は動き続けていた。しかし、一時にではなく、この逆行世界の中、十二時に向かってだ。時計が逆回りしている。

†

　僕は人混みを離れて〈ブロムダン・ホール〉に引き返した。そして鎧戸を片っ端からおろし、すべてのドアにバリケードを作った。ここには食料も、そして水もある。空はだんだんと暗くなってきているが、二度と明るくはなるまい。二階からも、そして地下からも、物音が響いてくる。僕はライオネル・モールディングの秘密の図書室へと続く扉を閉めた。その向こうから、凍りついた湖にひび割れが走るのと似た、現実が砕ける音がした。

　神ならぬものが現れようとしているんだ。

　弾丸は三発残っている。

　いつでも来るといい。

5　そして我々は暗闇に住まう

どっしりと引かれたカーテンが、クウェイル弁護士の部屋を夜から、そして光につられてふらふらとやってくるかもしれない覗き見客の目から隠していた。だが覗き見るにはチャンスリー・レーンの中庭に入らなくてはいけないし、クウェイルに用事もないのにそんなところに入り込んでくる者など皆無なのである。そのうえ、クウェイルの部屋を覗くには中庭を取り囲んでいる建物のどれかに入り込まなくてはならない。建物はどれもひどく狭いため、上層はオランダ風に下層よりもややせり出している。中に置いてある家具はどれもこれも、切妻から突き出した獰猛な姿のフックを使い窓から運びこんだものばかりだ。

この中庭にある建物がどうしてこのような作りになったのかも、誰がそのように作らせたのかも、記憶している者はほとんどいなかった。奇妙なことに家具を搬入《はんにゅう》する目的でフックが使われたという記憶も誰ひとり持っておらず、そのような仕事が行われた記録を探したところで、何か家具やそれに類するものの配達に関わる領収証や荷札は、クウェイルの事務所を除いてどの建物のものもまったく見つからないのだった。建物の所有権はどれもはっきりせず、仮に時間と労力をたっぷり余らせた者が証書や登記簿を探し回ったとしても、その持ち主がクウェイル弁護士の顧客であるということしか突き止められなかった。

その尊敬すべき紳士は今、黒く巨大な樫材の机に着いて書類をわきにどかし、シェリーの注がれた小さなグラスを右手のそばに置いていた。向かいに置かれた椅子で一杯のお茶を前にしているのは、スコットランド・ヤードから来たハサードという名の刑事だった。クウェイルの秘書、フォーンズレイは消えていた。いつでも主人の元を離れようとせず常にクウェイルの事務所にいるものだから、自分の住処があると聞けば驚く者もいるだろうが、おそらくは自分の家に帰ったのだろう。

「ハサード」クウェイルが口を開いた。「ユグノーの名前のようですが？」

「低地帯《ロー・カントリーズ》によくある名ですよ」刑事が答えた。

まだ若い男だが、歳に似合わない白髪頭だった。年配なのに黒々として豊かなクウェイルの髪を、どうやら怪しんでいるように見受けられた。

「記憶が定かならば十六世紀、低地帯で迫害を逃れた者の中に、ピーター・ハサレットという人物がいたように思いますが」

「私はその子孫のひとりだと思ってますよ」ハサードが答えた。

「生きたまま火炙りにされたそうですね」

「それも、そのとおりだと思ってます。ユグノーの歴史にずいぶんお詳しいようですね、クウェイルさん」

「この事務所はもともと、私の先祖とクヴレという人物が共同で立ち上げたものなのですが、その御仁が、その信仰を持っていたのですよ」弁護士が説明した。「悲しい結末を迎えたんですがね。クヴレ氏が亡くなりまして」

「殺されたんでしたね？」

クウェイルは、刑事の中に新たな、そしてまったく歓迎できない一面を発見したとでも言いたげに、片眉を吊り上げてみせた。

「内臓を抜かれた、というのが正確ですな」ハサードが続けた。

クウェイルはもう片方の眉も吊り上げかけたが、なんとかそれをこらえた。

「歴史をよく知っているのは、なにも私だけじゃありませんよ」クウェイルが言った。「私の先祖、この事務所を立ち上げたクウェイル氏は、クヴレ殺害に関わった証拠などひとつもないのに長らく関与を疑われていたのです。こう言えば、あなたの手間もさぞかし省けるでしょう」

「事務所にとっては大変な不運でしたね」ハサードが言った。

「最悪の不運ですよ」クウェイルがグラスのシェリーをひと口飲んだ。

ハサードももう一度カップの紅茶を飲もうとしたが、中身は好みよりもやや濃すぎるうえに粘度があり、まるでカップから出たがっていないかのようだった。カップを置き、彼がノートを開いた。

「ソーター氏のことですが」

「どうぞ」

「確認ですが、彼からはなんの連絡もないのですね?」

「ひとことたりともね」

「恐ろしく異様な話です」

「まったくですね」

「彼のメモは、軍事精神医学者を含め、さまざまな分野の専門家によって精査されています。あれが自殺のために書かれた遺書だとしたら、誰も見たことのないような遺書だといえるでしょう」

「私は写ししか見せてもらえておりませんでね」クウェイルが言った。「あれには人生を終わらせようとするソーターの意思をはっきりと示唆する文面が記されていましたが、もしそのような行為に及んだとすれば、死体があるはずでしょう」

「だからまだ捜索を続けているわけですよ」ハサードが答えた。「あの男には、五人の殺害容疑がかかっています。エリザ・ダンウィッヂと父親、ブック・スカウトのマグス、そしてストリート・チルドレンふたりです」

「私の理解しているところでは、マグスは依然として行方不明のはずですがね」クウェイルが言った。「そしてマグスの身に降り掛かったことについては、ソーターのメモに記された情報しかないはずです」

「昨夜、テムズ川から一体の遺体を上げました。無残な遺体でしたが、我々はマグスに違いないと踏んでいますよ。それで五人です」

「モールディングの屋敷に入り込もうとしたとソーターが主張している、例の侵入者はどうなんです？」

「おそらくは、取り乱した精神が見せた亡霊のようなものでしょう」ハサードが言った。「屋敷の窓は確かに割れていましたが、地面に人や獣の痕跡はひとつも見つからなかったんですから。ソーターに関わった被害者は五人だけということになりますが、それだけでも、首に縄をかけて吊るすには十分でしょう」

「ソーターが有罪だと、ずいぶんな自信がおありのようですね」

「マグスの部屋に虫けらがいただの、死体が消えただの、ずいぶんと都合のいい手記だと思いましたよ。どうもソーターは、ダンウィッヂ老人がマグスの死体遺棄に関わっていたとほのめかそうとしているように思えますが、当のダンウィッヂに訊ねてみようにももういません。ソーターがはっきりと書いているんですよ。叩き殺してその遺体をマグス宅の地下に遺棄したとね」

「というのはあなたの主張ですよ」

「あなたが他の容疑者を挙げられるなら別だが、ソーターが最有力容疑者であるのに変わりはありませんね」

「心を病んではいますが、かつての英雄ですよ。戦争で病んでしまったんです」

「戦争で病んだ人は多いが、全員が人殺しになるわけじゃない」

「ええ、そのとおりですとも。だが殺人を生み出すに至った状況を理解するのは必要なことでしょう」

「そうおっしゃるなら」

クウェイルはため息をついた。どうやらこの刑事には、何を言っても無駄なのかもしれない。

「子供たちのことですよ」クウェイルが言った。

ハサードは椅子に掛け直した。

「聞いた話では……普通の子供たちではなかったと」

「くる病だった、とおっしゃりたいんですか？」

「私が聞いた話では、くる病よりも悪かったようです」

「くだらない」

「そうでしょうかね？　それじゃああなたが今のところふたりの身元を特定できずにいるのも、両親も保護者もいないのも、誰も遺体を引き取りにこないのも、くだらないことですかね？」

「おっしゃりたいことは分かりますよ」ハサードがうなずいた。「しかしだからといって、死んだことに変わりはありません。失礼かも知れませんが、クウェイルさん。どうやらあなたは、ソーターは過ちなど何もおかしていないとでもおっしゃりたいようなご様子ですね」

「私は弁護士ですよ」クウェイルが答えた。「私の使命は、質問することです」

「ならば私の使命は殺人犯を見つけ出すことです。そして、いるのならばそのまた共犯者もね」

「共犯者？」

「家政婦が警察を呼ぶ前に、何者かがモールディングの屋敷に入っているんです。手記の中でソーターは、モールディングの秘密の図書室に閉じこもる前にすべてのドアをバリケードでふさいだと書いていますが、玄関のドアも図書室のドアも、家政婦が到着したときには開いていたんです。どちらのドアも、外側から破られていました。跡を発見しています」

「跡というと、どのような？」

「最初は、バールのようなものでできた痕跡かと思ったんですが、どうやら熊手というほうが適切なようです。でなきゃ、木に引っかき傷を残せる、鉤状のものが何本も付いた器具ですね。管理人にも訊いてみたのですが、彼はずっと自宅にいたと証言し、家族もそれを裏付けていますよ」

「鉤爪か」クウェイルは、じっと考え込んだ。右手を前に出して指を伸ばし、きっちりと整えられた爪をじっと眺める。ハサードは何も言わず、その様子を見つめていた。

「それに、ソーターが書いていた本です」ハサードが言った。「燃やしたと主張していた、例の本ですよ」

「ああ」クウェイルが答えた。「『裂かれた地図書』ですか」

「暖炉には、なんの痕跡もありませんでした」

「本ですからね」クウェイルが言った。「本は燃えるものですよ」

「ええ、私もそう思います」

ハサードは、手にしたペンで自分のノートを叩いた。

「ソーターの頭がどうかしていたとお思いですか？」刑事がクウェイルの顔を見た。

「さっき言ったとおりです。病んでる、と思っていますよ」

「手記を信用するとしたら、時計は逆回りに動き、この世界が変容しているということになります。脱線事故で線路が二本塞がれて電信線が切れたのも、ソーターは何か恐ろしい目的があってのことだと考えていたようです」

「私が知っているソーターは、もっと違う善人でしたよ」

「ご存じですか？　何週間か前にソーターはウィリアム・パルトニー中将のお宅を訪ね、ひと騒動起こしています。中将が死体の仲間入りをしなかったのは、幸運というものですよ」

「それは初耳ですが、ソーターはパルトニーが好きではありませんでしたからね。ですから、その件に限って言うならば、病んだり狂ったりしてはいなかったわけです」

「モールディング氏の甥と話をしましたが、そうは思っていなかったようですよ」

「セバスチャン・フォーブズ氏ですな」クウェイルは、表情ひとつ変えずに言った。「モールディング氏が所持する不動産に関する詳細の転記が済めば、フォーブズ氏は多額の金を相続することになっています」

「フォーブズ氏は、自分が正当な相続者として手に入れるべきものを、叔父の遺志の執行人であるあなたが邪魔していると考えているんですよ」

「本当に？」クウェイルが言った。「それは妙なことを。時が訪れれば、フォーブズ氏はちゃんとご自分が権利を持つ財産を手に入れられるというのに」

ハサードは何か言い返したそうな顔をしたが、口を閉ざしてノートを横にどけた。

「お済みかな？」クウェイルが訊ねた。

「とりあえずはね」

「大してお役に立てず、申し訳ありませんでしたね」

ハサードは、作り笑いを浮かべた。

「本当に申し訳ないと?」

「刑事であることを考えても、あなたはかなりの皮肉屋だ」

「かもしれません。ところで、最後にひとつだけ質問を思いつきましたよ」

「どうぞ」

「ソーターは死んだと信じておいでですか?」

クウェイルは考え込んだ。

「この地上で、生きて発見されることはないと信じていますよ」

「興味深いご返答です」

「だが、そのとおりでしょう?」クウェイルが答えた。「さあ、お送りしましょう。階段がちょっと危ないものですからね」

†

夜はすっかりふけていた。事務所のカーテンの端からかすかに漏れ出していた薄明かりが消えてしまうと、クウェイルの姿が中庭に現れた。敷石を踏んでそこを突っ切り、事務所の正面にあるドアの鍵を開けて中に入り、そっとまた閉めた。誰かに見られないよう周囲を確かめたりすらしない。身の回りで起こった変化であれば、どんなに些細《ささい》なものにでもすぐ気づく。

なにせ彼はずっと長い間そこに事務所を構えていたし、これから先もそれはとこしえに変わらないのだ。

狭い階段をのぼり、クウェイルは居心地のいい我が家に入った。ダイニング・ルームがひとつ、リビング兼図書室がひとつ、小さなキッチンがひとつ、そして事務所の机と同じような色合いの樫材で作られた、巨大なアンティークのベッドがひとつ置かれている。時間が有り余っているうえにクウェイル弁護士の私生活に興味津々な者が中に入ることを許され、たっぷりと想像力を働かせたならば、きっとすべての部屋を合わせたとしても、壁に囲まれた空間よりも広いように感じたことだろう。書棚に並んだ本には、非常に珍しいオカルト書籍——名前は知っていても見たことのない本や、存在が知られるやいなや教会により禁忌とされた本など——も散見されるものの、ほとんどは法律関係の書籍ばかりである。

一冊だけ、棚に収められていない本があった。書見台に置かれたその本は、表紙が焼け焦げ、ページも黒ずんでしまっていた。クウェイルが部屋に入っていくと同時に表紙の一部がわずかに伸び——ほんの一インチかそこらだろうか——書見台の剥き出しになっていた部分を覆い隠した。地図書が復活しようとしているのだ。

クウェイルは持ち帰った書類のたばをわきに置き、上着を脱いでマフラーをはずした。それから、書棚に作り付けられた扉に歩み寄っていった。もし侵入者がその扉を開くことに成功したとしても、ただ何もない壁しか現れることはない。だがクウェイルはこの宇宙の神秘を、そして物事の真実とは常に見かけどおりとは限らないことを、誰よりもよく知っている。彼はズボンのポケットから一本の鍵を取り出して鍵穴に差し込み、回した。ほんのひとひねりしただけで、扉の背後からたくさんの錠前が動く音がいくつも響き渡り、無数の扉がゆっくり開いていくにつれて、だんだんと小さくなっていった。

クウェイルはノブに手をかけ、回した。そしてドアを押し開けると彼の目の前に、暗闇の中で無防備なまま宙に吊るされた、裸の男の姿があらわになった。

ライオネル・モールディングはひっきりなしに叫び続けたが、そこではどんなに叫ぼうとも声はまったく聞こえなかった。クウェイルは、しばらくじっと見守っていた。モールディングの頭皮が一部だけ剝がれたかと思うと、それがひたいへ、鼻へ、唇へ、喉へ、そして胸と腹へと着実に広がっていった……。

クウェイルは顔をそむけた。このショーを見るのは初めてではない。前には時間を計ることすらしたのだ。ライオネル・モールディングが筋肉、骨、血管だけの姿となり、それから再生しはじめるまで、およそ丸一日がかかった。モールディングにとってこの再生は、生皮を剝がれるのと同じくらいの苦悶であるようクウェイルには思えたが、同情心はまったく湧かなかった。モールディングは、知っていたはずなのだ。彼が取り憑かれていたオカルト書籍の数々にも、探求の終焉《しゅうえん》は素晴らしいものだなどとはまったく書かれていなかったのだから。

モールディングのとなりには、ソーターが吊るされていた。両目は閉じられていた。まぶたも、耳も、口も、鼻の穴も、すべて太い腸線《ガット》で綴じられており、そのうえ同じ腸線で両腕をまとめて縫い付けられ、両脚も縫い合わされてしまっているのだ。その中には未だソーターの意識が存在し、ハイ・ウッドと同じような地獄の中に囚われていた。ハイ・ウッドのような辛苦を味わった者をさらに苦しめる方法など、ほとんどないというのに。クウェイルは、同情にも似た気持ちをソーターに対して抱いていた。クウェイルには人間味などなく、弁護士としても人情などおよそ持ち合わせはしなかったが、今このときばかりはわずかばかりの人情が彼に染み付いていた。

モールディングとソーターの背後には、同じような人影が何百と吊るされていた。男も女も、巨大な蜘蛛の網にかかった昆虫の抜け殻のようにぶら下がっている。遙か昔から吊るされているせいでクウェイルにはもう名前すら思い出せない者も、いったいなぜこんな最期を迎えなくてはいけなくなったのかを忘れてしまった者もいた。だが、どうでもいい話だった。クウェイルにしてみれば、そんなものは観点の問題でしかないのである。

吊るされた死体の奥に拡がる闇の中に、まるで火山岩に走る割れ目のような赤い血管が何本も見えていた。宇宙はばらばらに引き裂かれ、薄い殻はひび割れはじめていた。ところどころ、ほとんど透明に近くなっていた。その殻に巨大な影が身を押し付けているのをクウェイルは見つめた。この影に比べれば、全銀河も彼方の湖に浮かぶただの泡と変わりはしない。節《ふし》くれだった何本もの脚と、幾重にも並んだ鋭い牙を、クウェイルは見つめた。そして池の底に沈んだ蛙の卵のような、無数の黒い目を。

今になってもクウェイルはまだ、神ならぬものの姿を見ると震えに襲われた。

その背後にはさらに他の神ならぬものが——それも膨大な数の神ならぬものたちが——群れ集まっていた。先頭のものほど大きくはないが、扉が開いて自分を受け入れてくれるそのときを待っていた。無論、長くかかるだろう。だがそのものたちにとっても、そしてクウェイルにとっても、時間など関係のないことだった。世界は書き換えられたのだ。地図書はその役目を果たしたが、やがて再び復活したときには新たな物語が始まり、最初の章ではまた新たな色の宇宙の創造が語られることになるのだ。

クウェイルは背を向け部屋を出て扉を閉めるとキッチンに行き、火傷《やけど》しそうなほど熱い紅茶を淹れた。

そして椅子に腰かけ、光を放つ『裂かれた地図書』を見つめたのだった。

ホームズの活躍：キャクストン私設図書館での出来事

〈キャクストン私設図書館&書物保管庫〉の歴史には、事故や事件のたぐいが皆無だったわけではない。現実世界に出てくる道を見出した、主に架空の登場人物たちが住まう無限にも等しい空間を内包する施設として、これは当然のことだろう。

たとえば一八七〇年のチャールズ・ディケンズ死去は、キャクストン史上かつてなかったほど多くの登場人物たちの出現へと繋がった。当時の司書であったトランス氏は、大量出現の発生をほのかに予期していた。というのも数日前、傷ひとつないディケンズの初版本が大量に郵便で届いていたからである。いつもと同じく、どれも茶色い紙で念入りに包んで紐をかけられており、発送元の住所は書かれていなかった。いったいどのような経緯《けいい》でこうした本が送られてくるのかを突き止めた司書は、未だかつてひとりもいなかった。トランス氏の前任者であるジョージ・スコット老人は、本が勝手に包まれ、紐をかけられてくるのだという結論に達したのだが、そのころスコット老人はもう頭がかなり怪しくなってきており、もっぱら『トリストラム・シャンディ』のアンクル・トウビーと、実りなどまったくありはしない堂々巡りの会話をしながら、ほとんどの時間を過ごしていたのである。

この施設をよく知らない読者のために説明しておくが、〈キャクストン私設図書館〉は一四七七年のある朝、創設者であるウィリアム・キャクストンが目を覚まし、ジェフリー・チョーサーの『カンタベリー物語』の登場人物たちが彼の自宅の庭で言い争いをしているのを見つけたことがきっかけで誕生した。キャクストンは、すぐに悟った。彼らは大衆の空想に強烈に根付くあまりに、単なる物語の登場人物を超越して実体を持ってしまったのだと。このままでは、誰にとっても厄介なことになるのは間違いない。彼らの住処《すみか》をどこかに見つけなくては。そうして〈キャクストン私設図書館&書物保管庫〉が設立されることとなり、偉大なる者、善良なる者、そしてときとして善人とは言いがたいが欠かすことのできぬ文学的登場人物たちの、いわば養護施設のようなものとして、本が一冊売れるにつき半ペニーを回収したりした資金によって運営されてきたのである。

無論トランス氏は、ディケンズがこの世を去るずっと以前から、登場人物たちがやって来ることも、著者の死後に初版本が図書館に届くことも予期していた。登場人物たちの中には初めて印刷されたその瞬間からキャクストン行きが運命付けられていた者もおり、トランス氏はときおり〈キャクストン私設図書館〉の奥に広がる暗がりに足を踏み入れ、まだできかけの部屋をあれこれと眺めながら、どの部屋にどんな登場人物が住まうことになるのだろうか見定めてやろうとしてみた。ディケンズの登場人物たちの場合には、古い馬車宿を示す案内板の存在がサミュエル・ピクウィックの未来の住処を言い当てるための手がかりとなったし、安物のボウルやトースト用フォークが置かれた部屋は、オリヴァー・ツイストが乗り越えた無残な幼少期を思い起こさせた(トランス氏にはそんなものがわざわざ必要であるようには思えなかったのだが、キャクストンは実に謎めいた場所なのである)。

だが彼が唯一気がかりなのは、自分にはとても歓迎できないほどに不愉快な連中が登場人物たちに交ざって現れるのではないか、ということだった。もし、クウィルプやユライア・ヒープといった連中の相手をしなくてはならない事態になったら、どんなことになるか想像すらできない。そんなわけで、老ファギンただひとりを除けば——その彼も絞首刑のせいか、いくらか毒が抜けているように思えた——ほとんどが気持ちのいい連中しか現れなかったのを見て、トランス氏は大いに安《あん》堵《ど》した。吊るされると人はこうなるのか、と胸の中で言う。

しかし、ディケンズの登場人物たちの話は、また別の機会にしておこう。今はキャクストンの年代記においてもっとも不可思議なできごとのひとつを見ていきたい。長い時を経て作られてきた〈キャクストン私設図書館〉の規則を山ほど破り、放っておけばこの繊細な施設そのものを滅ぼしてしまうのではないかとまで思われたできごとを……。

†

一八九三年十二月、〈ストランド・マガジン〉に「最後の事件」が掲載されると、イギリスの読書愛好者たちは近年稀《まれ》に見る衝撃に見舞われた。作中でアーサー・コナン・ドイルが最愛なるシャーロック・ホームズを、宿敵であるモリアーティ教授との格闘の末、ふたりまとめてライヘンバッハの滝から転落させ、殺してしまったのである。挿絵画家のシドニー・パジェットはモリアーティと格闘する名探偵最後の瞬間を描いた。今まさに転落しようとしているふたりが右に傾いているところだ。モリアーティの帽子はひと足先に滝壺に落ちており、ふたりの落下はもう食い止めようがないと感じさせる挿絵である。

その結果は〈ストランド〉にとって最悪なものであった。怒り狂った二万人の読者が即座に購読をやめてしまったせいであわや廃刊に追い込まれかけ、その後何年にもわたり、社員たちはホームズの死を「とんでもないできごと」として語り継ぐに至ったのである。人々はホームズの死を悼んで黒い喪章を腕に巻いたという。こうした大衆の反応にコナン・ドイルはショックを受けたが、この結末を悔いたわけではなかった。

当時、トランス氏の辞職を承《う》けて後継者となっていた司書のヘッドリー氏も、人々と同様に衝撃を受けた。彼は〈ストランド・マガジン〉の定期購読者であり、ホームズとワトスンの冒険を、個人としても司書としても目を離すことなく追い続けてきたのだ。個人としてはシリーズを愛する熱心な読者であったし、司書としては、やがてコナン・ドイルが死去すればシャーロック・ホームズとワトスン博士が〈キャクストン私設図書館〉に出現するのを知っていたからである。とはいえヘッドリー氏はまだまだ何年もホームズとワトスン博士の冒険を読みたいと心待ちにしていたので、「最後の事件」を読み終えて〈ストランド・マガジン〉をわきに置いたときの失望は大変なものであった。己に名誉と富の両方をもたらしたホームズをこのような目に遭わせるとは、いったい何がコナン・ドイルにそんなことをさせたのだろうか、と彼は頭を悩ませた。

だが作家でもないヘッドリー氏には、作家が何をどう考えるかなどさっぱり見当も付かなかったのである。

†

ひとまず〈キャクストン私設図書館〉の話を忘れて、「最後の事件」を発表したその年にコナン・ドイルが味わった苦難について考えてみるとしよう。一八九一年、彼は母親のメアリー・フォーリー・ドイルに手紙をしたため、「ホームズを殺そうかと考えています（中略）。そして、すべて終わりにしてしまおうかと。ホームズは私に、さらなる志《こころざし》を忘れさせてしまうのです」と告白している。コナン・ドイルのいうその志とは、歴史小説のことであった。彼はシャーロック・ホームズを自ら「初歩的」なものと言い、歴史小説のほうに時間と才能を費やすべきだと確信していたのだ。おかげで物語の中でホームズが使うこの言葉に、読者を不快にさせる裏の意味を持たせてしまうことになったのである。

これがホームズを殺すに至った明白な理由であるわけだが、コナン・ドイルの死後、「最後の事件」が収録された一八九四年刊行の『回想のシャーロック・ホームズ』の初版本に挟み込まれた奇妙な手稿が〈キャクストン私設図書館〉に届いたのである。手稿はコナン・ドイルの筆跡によく似ていたが大文字には明らかな違いがあり、そのうえ教授（professor）という単語の語源について、コナン・ドイルらしからぬ膨大な脚注が付けられていた。

これには間違いなくコナン・ドイルの直筆である一通の手紙が添付されており、そこには一八九三年のある朝目覚めてみたところ机の上にこの手稿が置かれているのを発見したときの様子がこまかに記されていた。その手紙によると、潜在意識が——はたまた超自然的な力が——作品を生み出すために作家を操る可能性に魅了されていたコナン・ドイルは、この手稿は自分が知らぬうちに書いたものではないかと頭を悩ませたという。そして、内容が自分の考えていたものと似通っているのを見て、もしや自らが夜中に起き出し、寝ぼけたまま書いたのではないかと推測した。手稿を発見したコナン・ドイルは自分の右手を調べてみたが、インクの跡はまったく付いていなかった。しかし左手を見て、指と手のひらの端が黒く汚れているのに気づくと、彼は驚愕し、不安と心細さのあまり手近な椅子にへたりこんでしまった。

こいつはいったいどういうことだ？　コナン・ドイルは胸の中で言った。もしバッティングに影響があったりしたら大変ではないか。よもや彼は両手利きになりかけているのだろうか？　それともまさか、不吉な左利き《シニスター》になってしまうとでもいうのだろうか？

クリケット場において、左利きのボウラー（投手）にはおおむね何も問題がないものだが、左利きのストライカーとなると、フィールド上の配置変更を行わなくてはならなくなり、ありとあらゆる諍《いさか》いや面倒、そして退屈を生み出す迷惑者でしかない。コナン・ドイルは、己の肉体が自分に背《そむ》こうとしていたらどうすべきかと、恐ろしいことを考えた。もうメリルボーンのピッチに立てなくなってしまうかもしれないのだ（コナン・ドイルはアマチュアのクリケット選手としても活躍していた。チームメイトにはA・A・ミルン、J・M・バリー、ラドヤード・キップリングなど、著名な作家陣も名を連ねていた）！

コナン・ドイルはゆっくりと心を落ち着かせた。すると恐怖が消えて興奮が沸き起こってきたが、目の前の手稿を読み終えるや、その興奮もすっかり消えてしまった。手稿には、シャーロック・ホームズとモリアーティ教授の間にかわされた会話が、詳細に書かれていたのである。どうやら教授は会合の場所として、客のプライバシー保護とワインの質には定評のあるハイ・ホルボーンの宿、〈ベネキーズ〉を選んだようだ。手稿には、モリアーティがベーカー街二二一Bにメモを送ってこの会合を提案し、それに興味を引かれたホームズが、犯罪の天才との同席を受け入れた経緯が書かれていた。

手紙の中でコナン・ドイルは、初めてこの手稿にじっくりと目を通し、もっとも不可解だったのは、モリアーティについてはまだほんの数日前に書きはじめたばかりで、題名も決まっていない物語の中で少々触れた程度だったことであると説明している。だというのに〈ベネキーズ〉で腰かけたモリアーティ教授はシャーロック・ホームズと、想像を絶するような話をしようとしていたのである。

手稿からの抜粋（キャクストン　CD／MSH94：MS）

　ホームズは神経をざわめかせながら、モリアーティを睨《にら》みつけた。目の前にかけている狡猾《こうかつ》にして冷血な犯罪の黒幕、イギリスで最大の危険人物である。ナプキンの中に隠した回転式拳銃《リボルバー》を膝《ひざ》の上に用意してはいても、ホームズは長年感じたことのなかった真の恐怖を覚えていた。

「ワインが口に合うといいんだがな」モリアーティが言った。

「毒でも入れたんじゃないのかね?」ホームズが答えた。「君がお手製の恐ろしい化合物でも入れたかもしれないと思うと、グラスに手を触れることすらためらわれる」

「なぜ私がそんなことをしなければならないのかね?」モリアーティが訊ねた。ホームズの言葉に、本気で困惑したようだ。

「君は私の宿敵だ」ホームズは言った。「もっとも極悪非道な悪党の性癖を受け継いでいる。犯罪者の血が流れているんだ。社会を君から自由にできたなら、私は探偵として頂点を極めたと感じるだろうね」

「そうそう、宿敵という話だがね……」モリアーティが言った。

「それがどうした?」

「ふむ、それにしても今までこうならなかったのは不思議じゃないかね?　もしも私が君の宿敵であり、犯罪界のナポレオンであり、千もの邪悪な網の中心にいる蜘蛛《くも》であり、ロンドンで起こる犯罪の半数を企てているとするのならばだよ。そのうえ君は何年もこの私を追い続けているというのに、一度も私の名を口にしたことはないのだからね。君だって分かるだろう?　会話のどこかで私の名が話題にのぼるのが当然というものではないか。いやはや、大それた陰謀の中心にいる犯罪の黒幕を忘れるというのは、なかなかどうして考えにくいことだろう?

私が君の立場なら、私の話ばかりしてしまうと思うがね」

「私は――」ホームズは口ごもった。「私はそんなふうに考えたことはなかったよ。ごく近ごろになって君が心に、それもくっきりとした形で入り込んできたのは認めなくてはいけないがね。もしかしたらどこかで頭でも一発殴られたのかもしれない。もっとも、そんな怪我をしていたなら、ワトスン博士が見つけていただろうがね」

「あの男は、他のことなら何もかも記録しているだろうに」モリアーティが首をひねった。「そこだけ書き漏《も》らすとは、まったく分からん話だ」

「まったくだ。彼がいてくれるのは、本当に幸いだとも」

「私なら少々鬱陶《うっとう》しいと思うだろうね」モリアーティが冷ややかに笑った。「まるでサミュエル・ジョンソン（英国の詩人・批評家。一七〇九－八四）にでもなって、コーヒー・カップを取るたびに、その指がどんなだったかをボズウェル（英国の弁護士・著述家。一七四〇－九五）に書き留められ、そのうえ何か気の利いたことでも言ってくれといちいち頼まれるようなものだ」

「まあ、そのへんが我々の違うところだね。だから私は悪党じゃないのさ」

「いちいち誰かに一挙手一投足を書き留められてたんじゃあ、悪党になるのもひと苦労というものだ」モリアーティが言った。「なんならスコットランド・ヤードまで出向いていって何から何まで白状し、法と秩序の番犬どもがてんやわんやしなくていいよう計らってやるほうがましだと思う者もいるだろうな。だが、言いたいのはそこじゃない。本題に戻るとしようじゃないか。私がとつぜん表舞台に現れた話にね」

「どうもぞっとする話だね」ホームズが答えた。

「私の角度から考えてみて欲しいのだよ」モリアーティが言った。「ぞっとするなど、そんなのは大事なことではない。さて、まず手始めに言うが、私は自分に数学的才能がある気がしているのだよ」

「あるに決まっている」ホームズがうなずいた。「二十一歳にして、ヨーロッパを驚かせた二項定理に関する論文を執筆したのだからな」

「いいかね、私は二項定理とはなんなのかすら知らん。なぜヨーロッパが驚いたりしたのかも、どうでもいいことだ――なんというか、まったく意味のない言葉の羅列《られつ》にしか見えないのだ。二項定理の論文かどうかは元より、フランス訛《なま》りで読み上げられたとしても気づかんだろうよ」

「しかし君は数学の才能のおかげで、小さな大学に教授の椅子を得たんだろう！」ホームズは声を荒らげた。

「教授になったというなら、大学の名前を言ってみたまえ」モリアーティが言い返した。

ホームズが椅子にかけたまま身じろぎした。思い出せずに頭を悩ませているのが、はっきりと分かる。「どこの大学だったか、ぱっと思い出せそうにない」

「それは私が、教授などになったことがないからだ」モリアーティが答えた。「私は、初歩的な足し算すら苦手なんだぞ。牛乳屋に金を払うのにすら苦労するというのに」

ホームズは顔をしかめた。「何かの間違いに決まってる」

「そいつはむしろ、こっちの台詞だ。何か大変な間違いがあったからこそ、私はありえないような話ではあるが、元教授になってしまったのだよ。そもそも教授になるような男ではないはずだし、それがまったく知らん分野の教授ともなればなおさらだというのにな。そう思うと、新たな疑問が浮かんできた。君は毒物やら泥の種類やら物置棚やら専門家並みに詳しいが、いったいどこでそんな知識を？　講座でも受けたのかね？」

ホームズはこの質問に、考え込んだ。

「自分があらゆる分野の専門家などと、私は公言しちゃいない」彼が答えた。「文学と哲学、それから天文学にはほぼ興味がないし、政治への関心だってほとんど皆無だ。それでも化学や解剖学の分野であれば自信を持っているし、君が指摘したとおり、地質学と植物学においてならば、特に毒物についてはかなりのものだと自負しているとも」

「そこについては何の問題もない」モリアーティが言った。「問題は、君がどのようにしてその知識を手に入れたかなのだよ」

「本を山ほど持っているからね」ホームズは答えた。だが、言い終えるやいなや小さな疑問符が頭に浮かび、知らず知らずのうちにびくりとしていた。

「では、それをすべて読破したということかな?」

「そうなのだろうね、おそらくは」

「読んだのか読んでいないのか、ふたつにひとつだ。さあ、思い出してみろ」

「いや……あまりたくさんは」

「そうした知識は、道で拾えるようなものではないぞ。長年にわたり泥を研究したところで、君ほど博学になれん者もごろごろいるのだからな」

「何が言いたい?」

「泥や毒のことなど、実のところ君は何も知らんと言いたいのだ」

「いや、知っているはずだ。でなきゃ、そうした知識を必要とする犯罪なんて解決できるわけがない」

「いやいや、それは他の誰かが熟知しているのだ――でなければ、君が熟知しているようその誰かが見せかけているのだよ――だが、君じゃない。私が犯罪の黒幕になったのと同じことだよ。昨夜、私はこのうえなく単純な犯罪に手を染めてみることにした。宝石店と、窓、そしてレンガを使ってな。宝石店に歩いていき、レンガで窓を叩き割り、宝石を盗んで脇目も振らずに逃げ出す手はずさ」

「それでどうなった？」

「できなかった。レンガを持って窓の前に立っても、どうしても投げられないのだ。私は諦めて帰宅すると、六人の小男と腰の曲がった禿《は》げ男、さらに飛行船まで使った、宝石商まで地下トンネルを掘り進める入り組んだ計画を立てた」

「地下トンネルを掘るのに、なぜ飛行船なんかを？」ホームズが首をひねった。

「そこだよ！」モリアーティが叫んだ。「いや、さらに言うなら小男六人と腰の曲がった禿げ男など、なぜ必要なのかね？　小男六人が必要になる状況も、人前に連れ出さなくてはいけなくなるような状況も、とても死ぬまであるとは思えん！」

「しかし考えれば考えるほど、実に単純な泥棒行為をそのようにひどく複雑にしてしまうのは理解ができないな」

「だが、単に窓を割って宝石を盗むということが、どうしても私にはできんのだ！」モリアーティが叫んだ。「どうしても不可能だったのだ！」

「いったいどうして？」

「そのように私が書かれていないからだ」

「失礼？」

「私はそのように書かれていないのだ。奇怪で狡猾な犯罪計画を生み出す悪の黒幕として、私は書かれているのだよ。単純に道をまっすぐに歩くことすら、私の性質に反するのだ。本当だとも、実際に試したのだからな。身をかがめたり物陰に隠れたりしてばかりで、最後には目眩《めまい》がする始末だったとも」

ホームズは背もたれに体を預けた。自分の本当の姿を知り、手にした回転式拳銃を取り落とさんばかりだった。突如として、すべての辻褄《つじつま》が合ってしまった。過去らしきものが自分には何もないことも、マイクロフトとの間に親密な絆がないことも、ときに自らも戸惑うほど飛躍的な超推理をすることも。

「私は、作られた物語の登場人物だったのか」

「まさしく」モリアーティがうなずいた。「誤解しないでくれたまえよ。君は優れているとも──明らかに私なんかより優れている──。だが、それでも作られた登場人物なのに変わりはない」

「私は実在しないということか?」

「そうは言っていない。君はある意味実在していると言ってもいいが、初めからそうだったわけではないということさ」

「しかし、私の行く末はどうなる?」ホームズが言った。「私の自由意志はどうなる? もし本当にそういうことならば、私の運命は他人の手に握られているということだ。自分ではない誰かの力で、私の行動があらかじめ決められているということだ」

「それは違う」モリアーティは首を横に振った。「もしそうだとしたなら、私たちは今ここで話などしていない。私の推測では、著者が言葉を綴《つづ》るたびに君はだんだんと本物に変わっていて、それがわずかに私にも影響しているのだ」

「しかし、それでは私たちはいったいどうすれば？」ホームズが答えた。
「私たちにはどうしようもないことさ」

そこまで読み、コナン・ドイルは顔を上げた。

†

手稿はこうして、架空の人物が著者と次元を超えた睨み合いをしている場面で終わっていた。コナン・ドイルは手紙の中で、手稿を床に取り落としたと綴っていた。その瞬間に、シャーロック・ホームズの運命は決まったのだと。
ホームズは死んだのだ。

†

〈キャクストン私設図書館＆書物保管庫〉を危機に追い込んだ驚嘆すべき事件は、このようにして始まった。コナン・ドイルはホームズをライヘンバッハの滝に落とし、彼が確かにそこにいた印として愛用の登山杖《アルペンストック》だけを後に残して「最後の事件」を締めくくった。世間は騒ぎ立て、悲嘆に暮れ、コナン・ドイルは己の名声を高めるはずだと信じていた歴史小説の執筆に打ち込みはじめた。
さて、一方のヘッドリー氏はといえば、〈キャクストン私設図書館〉の仕事をこなしていた。主に、ポットでお茶を沸かしたり、埃《ほこり》を払ったり、読書をしたり、ふらふらと出ていってしまった登場人物たちが日暮れ前にちゃんと帰ってくるよう計らったりすることである。いつだったかは仏頂面の警察官を相手に、なぜお手製の甲冑をまとった老人が、グロッサム緑地のまん中に立つ観賞用の小さな風車を攻撃しようとしているのかを説明し、二度とそんなことはさせないようにすると釈明させられるはめになったこともある。だいたい、もともとの本がスペイン語で書かれたことを鑑《かんが》みれば、いかにしてドン・キホーテが〈キャクストン私設図書館〉にやって来るに至ったかを理解するだけでも相当に困難なのである。ヘッドリー氏は、セルバンテス作によるスペイン語の原書が刊行されたのが前後篇それぞれ一六〇五年と一六一五年、そして初英訳版の刊行年が一六一二年と一六二〇年と、両者があまり間を置かずに刊行されていることと何か関係があるのではないかと疑っていた。おかげでキャクストンに混乱が起きたのだと。キャクストンには、ときおりそうしたことが起こるのである。

だから、ある水曜の朝、茶色い紙に不器用に包まれて不格好に紐をかけられた小さく平たい荷物が図書館に届けられると、彼は少々驚いた。包みをほどいてみると、「最後の事件」が収録された、その月の〈ストランド・マガジン〉が出てきた。

「こりゃあいったいどういうことだ！」ヘッドリー氏は大声をあげた。定期購読ですでに一部を受け取っており、二冊目など届いたところで使いみちはないのである。しかし茶色い紙でくるまれ紐をかけられた荷物を見て、彼はしばし考え込んだ。そうしてよく調べてから納得した。そうだ、包み紙も紐も〈キャクストン私設図書館〉に初版本を送るために使われてきたものとまったく同じではないか。だがしかし、ジャーナルや雑誌のたぐいが包まれてくるとは前代未聞の話だ。

「大変だ」ヘッドリー氏が口走った。

彼は猛烈な不安を感じてきた。そしてランプを手に取ると、図書館の奥におりていった――いや、逆にのぼっているのかもしれないが、ヘッドリー氏にはいつもこれがまったく分からなかった。〈キャクストン私設図書館〉の構造的性質は、この図書館にまつわるあらゆることと同様に独特かつ奇妙なのである。初版本が届くたびに決まって新たな部屋ができる深みへと（もしくは高みへと）、ヘッドリー氏は進んでいった。部屋ができている様子はなかった。ヘッドリー氏は安堵した。本が届いたのはきっと〈ストランド・マガジン〉側の手違いで、荷造りに使われた包み紙と紐が、彼がこのうえなくよく知るものと酷似していたのは、単なる偶然なのだ。彼はオフィスに戻ってマグカップにお茶をそそぎ、あとで暖炉にくべてしまおうと、到着したばかりの〈ストランド・マガジン〉をねじりあげてしまった。それから、確実に眠気をもたらしてくれる、サミュエル・リチャードソンによる書簡体小説『クラリッサ』を少し読んでから、椅子でくつろぎ居眠りを始めたのだった。

目が覚めると外はもうすっかり暗くなっており、どうやら思ったよりも長く眠りこけていたようだった。そこで暖炉に火をつけたのだが、ふと、さっきねじったはずの〈ストランド・マガジン〉が薪《まき》カゴの中から消えているのに気がついた。それどころか、皺《しわ》ひとつないまったく無傷の姿で机に置かれていたのである。

「おやおや、これは」ヘッドリー氏がつぶやいた。

そのときオフィスのドアの上から真鍮《しんちゅう》のベルの音が聞こえたので、ヘッドリー氏は我に返った。〈キャクストン私設図書館〉の玄関には呼び鈴が付いておらず、ヘッドリー氏も、呼び鈴も付いていないドアが鳴るということに慣れるには、少々時間がかかった。ベルの音が意味することはひとつしかない。図書館に、新たな本が届こうとしているのだ。

ヘッドリー氏が扉を開けた。戸口に立っていたのは、背が高く痩せこけた男だった。眉は高く鼻は長く、鹿撃ち帽とフードのついたコートを身に着けている。その後ろには、戸口の男よりもさらに深い困惑を顔に浮かべた、運動神経のよさそうな口ひげの男が立っていた。やや大きすぎる山高帽をかぶっている。

「ホームズから、ことのあらましは学んでいるよ」ヘッドリー氏が言った。

「なんと?」山高帽の男が、さらに困惑の色を深めた。

「パジェット。一八九二年の『〈シルヴァー・ブレーズ〉号の失踪』だ」ヘッドリー氏が続けた。

なにせ目の前のふたりは、「〈シルヴァー・ブレーズ〉号の失踪」の挿絵からそのまま抜け出してきたかのようなのである。

「まだ分からないな」

「ここは君たちの来るべき場所ではないよ」ヘッドリー氏が言った。

「だが、もう来てしまった」痩せたほうの男が口を開いた。

「何か手違いがあったからだ」ヘッドリー氏が首を横に振った。

「だからといって、私たちをこの寒い中に立たせておいても、何も解決はせんよ」

ヘッドリー氏は、がっくりと肩を落とした。

「ああ、そのとおりだ。それじゃあ、中にお入りなさい。ホームズさん、ワトスン博士。ようこそ、〈キャクストン私設図書館〉へ」

†

ヘッドリー氏は暖炉に火を入れながら、図書館でのことをホームズとワトスンにかいつまんで説明しようとした。図書館に来たばかりの者の中には、しばしば取り乱す者もいる。実在する自分と作られた登場人物としての自分という、本来矛盾するはずのふたつの自分が両立している現実がなかなか飲み込めないのである。だが、ホームズとワトスンのふたりは、ほとんど気にしてなどいないようだった。すでに我々も知っているとおり、モリアーティ元教授の尽力によりホームズは自らが架空の人物である可能性に気づいていたわけだが、創造主の手で早すぎる死をもたらされてしまう前に、なんとかしてそれをワトスンにも理解させようとがんばっていたのである。

「ところで、我が宿敵もここにいるのかな？」ホームズがあたりを見回した。

「ここには来ないと思うね」ヘッドリー氏が答えた。「そら、まったく現実味のない御仁だからな」

「ああ、確かにそのとおりだ」ホームズがうなずいた。

「正直に言うと」ヘッドリー氏が続けた。「もう想像がついているかもしれんが、私は君たちが来るとも思っちゃいなかったんだよ。登場人物がここにやって来るのは通常、作者が死んだときなのだから。作者がまだぴんぴんしているというのにここに来たのは、君たちふたりが初めてだよ。極めて異常なことだ」

ヘッドリー氏は誰かに電話をかけてしまいたくなったが、トランス老人はとっくの昔に死んでしまっているし、キャクストンには弁護士、銀行員、政府機関の手助けもなければ、そうしたものがあからさまに関わっている様子もないのである。ヘッドリー氏が指ひとつ動かすこともなく、請求書は精算され、家賃は支払われ、あらゆる料金が、支払われるべき相手にしっかりと支払われていく。こうしたキャクストンの仕組みは、もはや人々が気づきすらしないほど深く、英国社会に根付いていたのである。

ヘッドリー氏はふたりの客人のためにお茶を淹れ、ケーキを出してやった。それから図書館の奥底に――もしくは屋根裏に――戻ってみると、ホームズとワトスンにぴったりの部屋が、パジェットの挿絵とワトスンの説明どおり、ベーカー街二二一Bそっくりに作られはじめているのだった。ヘッドリー氏は心の底からほっとした。もしこうなっていなければ自分のオフィスにふたり分のベッドを用意しなくてはいけなかっただろうが、そのような寝床をホームズがどれだけ気に入ってくれるかまったく自信がなかったのである。

深夜を回ってすぐ図書館は二二一Bを完成させ、窓の外には活気に満ちたヴィクトリア朝の町並みが広がっていた。〈キャクストン私設図書館〉は現実と虚構の間に存在するどちらでもない空間を専有しており、仮に登場人物たちがしばらく部屋から出たいと言えば、より広々とした架空の次元へと出かけることも許していた。しかし多くの登場人物たちは、時には何十年にもわたってうたた寝をしたり、なんとなく目新しく面白い、グロッサムの村やその周辺を散歩したりすることを好んだ。村人たちのほうは、登場人物たちが槍《やり》で風車を突いたり、スコットランド訛りで魔女の話をしたり、身分の高い男と結婚する気はないかと見知らぬ独身男が――ときには既婚男が――声をかけたりしてこない限り、彼らを気に留めることはなかったのである。

ホームズとワトスンが自分たちの部屋に移ってしまうと、ヘッドリー氏はオフィスに戻って大きなグラスにブランデーをそそぎ、未来の司書に自分がした経験が伝わるよう、〈キャクストン私設図書館〉の記録簿に一日のできごとを細かく書き留めた。それからベッドに潜り込むと、雷鳴のように轟《とどろ》きながら落ちていくライヘンバッハの滝で断崖に指先だけをかけて摑《つか》まり、ぶら下がっている夢を見たのだった。

†

このちょっとした事件から数年、図書館はおおむね何ごともなく存続したが、ヘッドリー氏にしてみれば、ホームズとワトスンの活動にまったく問題がないとは言えなかった。ふたりは子猫が行方不明になったり、牛乳容器が壊されたり、午後のペンバリー行き列車からペニー・バン（かつて一ペニーで買うことができた小さなパン）を入れた袋が盗まれたようだと聞いたりすると、グロッサムやその先にまで出かけていっては、手を焼いている警察にいそいそと助力を申し出るのである。すっかりホームズとワトスンを愛している地元の読書好きたちは、ふたりを無害な奇人として受け入れた。名探偵と助手の衣装をまとっているのは、ふたりだけではなかった。奇人変人のたぐいでなくとも、この扮装は人気があり、よく人がしていたのである。しかし、誰ひとり気づいた者はいなかったとはいえ、このふたりこそ唯一無二、本物のホームズとワトスンなのであった。

また、定期的に図書館に持ち込まれるコカインも、ちょっとした問題であった。ヘッドリー氏には出どころがまったく分からず、図書館そのものが出現させているとしか思えなかったのだが、それでもこれは不安の種であった。ホームズが麻薬を使っている証拠を鋭い警察官が嗅ぎつけ、図書館まで尾行してきたりしたら大変だ。麻薬の温床を放置していたとなればどんな罰を受けるかヘッドリー氏には想像もできず、そもそも知りたくもなかったので、使用はくれぐれも慎重にして、自室で平穏と静寂を手に入れるために使うのみに留めてくれるよう懇願したのであった。

それを除けばヘッドリー氏は心の底から夢中になった名探偵たちを図書館に迎えられたのが嬉しくてたまらず、本で読んだ事件の詳細を語り合うふたりの話に聞き耳を立てたり、謎の毒物や煙草の種類に関するホームズの知識を試したりしながら、彼らとともに幸福な夜をいくつも過ごしたのだった。〈ストランド・マガジン〉の購読は続けていた。彼にとって内容はおおむねとても楽しいものであったし、今やホームズ自身と同じ屋根の下で過ごす特権にあやかる身として、「最後の事件」の収録にもなんの不満も感じてはいなかったのである。とはいえ相変わらず読書のほうを好んでいたので、〈ストランド・マガジン〉は、たいてい何ヶ月か遅れで読むのだった。

だが一九〇一年八月、この平穏な暮らしはまったく予想だにしなかった事件によって乱されることとなった。ヘッドリー氏は妹のドリーを訪ねてクレックヒートンに出かけていたのだが、帰ってきてみると、ホームズとワトスンがひどい状態になっていたのである。ホームズは〈ストランド・マガジン〉の最新号を振りかざしながら、「なんだこれは！　なんだこれは！」と怒鳴り散らしていた。

ヘッドリー氏はなんとか落ち着いてくれるよう懇願し、続けて問題の〈ストランド・マガジン〉を返してくれるよう頼み込んだ。そして無事に返してもらうと手近な椅子に腰かけ、ようやく驚きから立ち直ると、『バスカヴィル家の犬』の第一回を読みはじめた。

「事件の前に一度死んだのに、そのことにまったく触れられていない」ホームズが言った。「たったのひとこともだよ。滝から落ちたというのに、濡れてもいないんだぞ！」

「早とちりはやめておくべきだよ」ヘッドリー氏が言った。「私の読んでみた限りでは、事件の舞台はライヘンバッハの滝よりも前に設定されているようだ。でなけりゃコナン・ドイルも、君の再登場について事情を説明しなくちゃいけなかっただろうからな。ホームズさんは、この事件の記憶を何もお持ちでないのかな？　ワトスンさんも、記録を付けてはいらっしゃらない？」

ホームズもワトスンも、『バスカヴィル家の犬』の詳細については読んだことしか知らないと答えたが、その記憶が連載の第一回を読んで生まれたものなのか、それとも新たなる物語に合わせて自分たちの人格が変容した末に生まれたものなのか、はっきりとは分からないのだと説明した。ヘッドリー氏はふたりに注意を促し、物語のことがもっとよく分かるまではあまり取り乱さないように伝えた。ヘッドリー氏は〈ストランド・マガジン〉に連絡して探りを入れてみたが、ストランド側はホームズの復帰については固く口を閉ざしていた。ホームズの復活によって購読者が一気に増えたことへの感謝を口にするばかりで、ヘッドリー氏の苦労もまったく水の泡なのであった。

そんなわけで彼もホームズやワトスンと、そしてイギリスの読者たちとともに、コナン・ドイルがこの新作に込めた意図を見極めるため、毎月毎月物語の続きを待たされるはめになった。そうして時が過ぎるにつれ、この物語が「最後の事件」に書かれたできごとよりも昔のものであることが判明してきた。ヘッドリー氏は実験として、その結論を知らせぬまま、内容についてホームズに質問してみた。するとホームズは、ロジャー・バスカヴィルがヴァンデルーアと名乗って南米で金を横領したことや、ヨークシャーに学校を開いたものの悪名が高じて閉校に追い込まれたことなどをつぶさに説明してみせたのだが、こうした事実はどれもこれも、ホームズがまだ読んでもいない物語の最終部で明らかにされることばかりであった。この結果から、コナン・ドイルは登場人物たちを再び描くことによって、ホームズとワトスンにしてみればやや戸惑いを伴いこそしたものの、ふたりに悲劇ではない新たな記憶を着々と授けているのが立証できた。だがしかし、ヘッドリー氏には、今にも破裂しそうな破滅の恐怖をどうにも鎮《しず》められなかった。彼は〈ストランド・マガジン〉や同様の雑誌によくよく目を光らせ、コナン・ドイルの執筆活動に関する噂があれば特に念入りに確認した。

†

嵐は、一九〇三年の秋に始まった。ヘッドリー氏は必死にホームズから隠し続けていたのだが、ついに〈ストランド・マガジン〉の十月号がキャクストンに届けられ、彼が抱いていた最悪の恐怖が現実のものとなってしまったのだ。十月号にはパジェットによる見事な挿絵がついた「空屋《くうおく》の冒険」が掲載されていたのだが、ここに最初こそ老いた本の蒐集家《しゅうしゅうか》に変装していたものの、シャーロック・ホームズの帰還が描かれていたのである。ヘッドリー氏はキャクストンの奥で自分のオフィスに立てこもり、ドアに鍵をかけた。そして念のために机をドアに押し付け、ホームズを含む図書館の住人たちの誰にも邪魔をされぬようがっしりと閉ざして「空屋の冒険」を読んだ（ヘッドリー氏は、ビスケットをくすねている犯人と睨むアートフル・ドジャー（『オリヴァー・ツイスト』に登場するスリの少年）に捕まり、何度も気まずい会話に付き合わされていたのである）。

心底あけすけに言うならば、ライヘンバッハの滝での転落からホームズが生還するに至った経緯たるや、ヘッドリー氏にはとても信じがたいものであった。バリツなる格闘技と、断崖から落ちてもなぜか元の道に着地するという重力的にありえない能力。いや、それとも滝から落ちずにぱっと道の上に戻ったように見えたのか、それとも落ちたかに見えて――。

いや、それはいい。ともあれ、転落に続くチベット、ラサ、そしてハルトゥームでのあれこれも、ノルウェー人に扮したのも、どれもこれもヘッドリー氏に頭痛を起こさせたが、その頭痛の一部は、このシャーロック・ホームズがキャクストンにいるホームズの元に帰ってくるかもしれないという可能性からも生じているのは、彼も理解していた。ホームズも、突然記憶が変容したり、興味すらなかったはずのノルウェー語が喋れるようになっていたりして、もうその可能性に気づいているかもしれない。だが、そうでないとするならば、ヘッドリー氏から話さないわけにはいかないのである。

ヘッドリー氏は、ホームズとワトスンの部屋を訪ねて自分の目で確かめてみるしかないと感じた。机をどかし、ドアの鍵を開け、書庫に向かう道すがら、辞書の置いてある区画で足を止めた。ソファでワトスンが居眠りしており、ホームズは薬瓶と、ヘッドリー氏が麻薬の製造とまったくの無関係ではないはずと踏んでいるブンゼン・バーナーを使い、何やら作業中であった。

ヘッドリー氏は、うたた寝中のワトスンに目をやった。「空屋の冒険」には非常に伝えにくい情報がもうひとつ書かれていた。それはワトスンの妻、メアリーの死である。幸いなのは、キャクストンにいるワトスンが結婚した記憶をまったく持っていないことだった。これはおそらく、物語の中で妻について触れられることがほとんどなく、触れられたとしても大して影響がない程度でしかなかったので、登場人物にも読者にも印象が残っていないからであろう。

とはいえ、メアリーの死について話をしないわけにはいかない。隠しておいていいようなことではないのだ。

だが、とりあえず今はホームズに集中することにした。

「ホームズさん、何も問題はないかな?」ヘッドリー氏が訊ねた。

「何か問題がなきゃいけない理由でも?」ホームズが答えた。

作業台から顔をあげようとすらしない。部屋には甘やかで、かすかに鼻を突くようなにおいが漂っていた。そのせいで、ヘッドリー氏は頭がくらくらした。

「いや、何もあるものかね。しかしこのにおい、麻薬か何かかね?」

「実験をしているのさ」ホームズがぶっきらぼうに答えた。ヘッドリー氏が聞くかぎり、何かを隠そうとする様子は皆無である。

「そうかね、いや、いいんだ。ただ、その……よくよく気をつけてくれたまえよ」

ホームズの向こうの壁には、通気孔がひとつあった。どこに通じているのかヘッドリー氏はよく知らなかったが、警察官があたりを嗅ぎ回っているのではないかという恐怖にまだ囚われていた。においに気づいて踏み込んできたりしたら、大ごとである。

ヘッドリー氏は咳払いをすると、できるだけはっきりと発音しながら大声で言った。

「God dag, hvor er du?（初めまして。ご出身はどちらですか?）」

ホームズは、怪訝そうな顔で彼を見た。

「なんと?」

「Lenge siden sist（お久し振りですね）」ヘッドリー氏は続けた。

「どうかしたのかい?」

ヘッドリー氏は、頭の中で薄っぺらいノルウェー語表現集を見ながら答えた。

「Jo takk, bare bra. Og du?（ありがとう、元気です。あなたは?）」

「それは……ノルウェー語かい?」

ワトスンが目を覚ました。

「いったい何ごとだね?」

「ヘッドリーが頭でも打ったようなんだ」ホームズが説明した。「どうやら自分をノルウェー人だと思い込んでいるらしい」

「そいつは大変だ。座るように言ってくれ」ワトスンが言った。

ヘッドリー氏は、表現集を閉じた。

「頭を打ってもいなければ、座る必要もないよ。ひょっとして君がノルウェー語を話せるんじゃないかと思って、試してみただけのことなんだ」

「ノルウェー語など、これまで学ぶ必要もなかったがね」ホームズが首をかしげた。「若いころに頑張って『ベーオウルフ』を読んだものだが、古英語とノルウェー語には確かな類似点がはっきりと見受けられるからね」

「シゲルソンというノルウェー人探検家に聞き覚えは？」ヘッドリー氏は、相手の表情を窺《うかが》った。

「あるとは言えんね」ホームズは答えた。疑念をありありと顔に浮かべている。「なぜそんなことを？」

ヘッドリー氏は、とにかく椅子にかけることにした。作中でホームズが復活したにも拘《かか》わらず、キャクストンのホームズには新たな記憶が生まれていない。これがいいことなのか、それとも悪いことなのか、彼には判断がつかなかった。いずれにせよ、新たな物語の存在をホームズに隠しておくことなどできはしない。遅かれ早かれ、突き止められるのがおちなのである。

ヘッドリー氏はジャケットの中に手を入れ、〈ストランド・マガジン〉の最新号を取り出した。

「これを読んでみたほうがいい」そう言って彼は、ホームズに差し出した。

それから、ワトスン博士のほうを向いた。

「悪い報《しら》せで心苦しいのだが、奥さんが亡くなられたそうだよ」

ワトスンはそれを聞くと、しばし考え込んだ。

「奥さんとは、どういうことかね？」

三人は目の前のテーブルに〈ストランド・マガジン〉を置き、ヘッドリー氏のオフィスで座っていた。コーヒーよりも強いものを何か飲《や》らなくてはやっていられず、ヘッドリー氏はブランデーのボトルを取ってくるとそれを三人分のブランデー・グラスにそそいだ。

「もしこの本に出てくるホームズが私で、私がこのホームズなら」ホームズは、すでに何度も口にした言葉をまた繰り返した。「私も彼の記憶を持っているはずだ」

「私もそう思う」ヘッドリー氏がうなずいた。

「だが私にはその記憶がない。ということは、私はこのホームズではないということだ」

「ああ、別人だ」

「ということは、今ふたりのホームズがいることになる」

「どうやらそのようだね」

「では、コナン・ドイルがいずれ死んだら、そのときはどうなる？　ふたりめのホームズもここに現れるというのか？」

「それに、ふたりめのワトスン博士もだ」ワトスンが言い足した。自分がかつて結婚していたという事実を知った動揺が未だに治まらず、そればかりかおかげでぼんやりとした記憶――おそらくは『四人の署名』のころにまで遡《さかのぼ》る記憶だろうか――が蘇《よみがえ》りつつあった。「我々がふたりも……いや、四人もここにいるだなんて、とても受け入れられるものか。落ち着かないったらありゃしないよ」

「それに、どっちが本物のホームズとワトスンなんだ?」ホームズが言った。「無論、私たちが元祖なのだから、私たちこそ本物であるべきだが、そのライバルたちに立場を説明して分からせるというのは、なかなか面倒な仕事になるはずだよ。それに、新たなホームズとワトスンのイメージのほうが読者の中で私たちよりも強くなってしまったらどうなる? 私たちの存在が消えてしまうのか?」

その可能性に、三人は衝撃をあらわにした。ヘッドリー氏は、目の前にいるホームズとワトスンが心から好きだった。そのふたりがいつか別の彼ら自身と入れ替わるためにゆっくりと消えていってしまうなど、とても受け入れられはしない。だが、新しいホームズとワトスンの来訪がキャクストンにとってどんな意味を持つのかも気がかりだった。それをきっかけとして、さまざまなややこしい邂逅《かいこう》が起こるようになってしまうかもしれないのだ。正規ではない登場人物たちが戸口に現れ、自分たちも本物だと主張して動揺の種を蒔《ま》き続けたら、めちゃくちゃなことになってしまうに違いない。

そして、図書館自体はどうなるだろう? キャクストンのように複雑かつミステリアスな施設は、非常に繊細なものであるとヘッドリー氏は理解していた。その図書館の壁の中、何世紀にもわたり、現実と非現実とが完璧なバランスを保ち続けてきた。コナン・ドイルがホームズ復活の決断を下したせいで、今やその均衡が脅《おびや》かされているのだ。

「すべきことはひとつしかない」ホームズが言った。「コナン・ドイルのところに行き、執筆をやめるよう言うんだよ」

ヘッドリー氏は狼狽《うろた》えた。

「だめだ。それはやめてくれ」

「なぜそんなことを言うんだ？」
「キャクストンは秘密の施設だし、公《おおやけ》に知られるわけにはいかないんだよ」ヘッドリー氏が答えた。「作家たちにこの存在を知られてしまえば、己が生み出した登場人物と自分自身こそ、不朽の名声を得るべきだと騒ぎたてはじめるだろう。だが不朽の名声とは死後に手に入れるべきものだし、死後にしか手に入らないものなんだ。作家とは、そうした分別がまったくつかないものなのだよ。このグロッサムに登場人物たちの偉人の霊廟《パンテオン》みたいなものがあると知れば、彼らの要求は止《とど》まるところを知らなくなってしまう。

それだけじゃない。このキャクストンの存在が一般社会に知れ渡ってしまえば、何が起こりえるか想像できるかね？　ロンドン動物園さながらになってしまうに決まっているよ。昼も夜も人々が戸口に押し寄せては、ヒースクリフを――どんな人物か君たちもよく知っていると思うが――ひと目だけでも見られないかだとか、こともあろうにデイヴィッド・カッパーフィールドと話がしたいだとか頼み込んでくるんだよ」

一同がため息をついた。デイヴィッド・カッパーフィールドに質問をすれば、それがどんなに単純なものであろうとも、その日膨大な時間を奪われることになるのは、キャクストンでは有名な話なのである。

「それはそうとしても」ホームズが口を開いた。「他に選択肢があるとも思えないな。私たちの存在が危機に直面しているんだ――そして恐らくは、キャクストンの存在もね」

ヘッドリー氏はグラスの中身を飲み干すとほんの刹那《せつな》動きを止めてから、またなみなみとブランデーをついだ。

なんてことだ。彼は胸の中で言った。なんてことだ、なんてことだ、なんてことだ。

†

出発の準備はすぐに整った。ヘッドリー氏は、留守にする理由を比較的分別のある数人の登場人物たちに告げ、図書館を戸締まりした。とはいえ、自分たちが消えたところでほとんど誰にも気づかれないはずだとは思っていた。登場人物たちは何週間も何ヶ月も——ときには何年も——眠り続け、自分たちが登場する本の新装版を出版社が出したときや、批評研究の結果により彼らの存在に再び注目が集まったときにしか目を覚まさないのである。

「あまり人目を引かないよう、頼むから十分に気をつけてくれよ」ヘッドリー氏は、ロンドン行きの一等乗車券三人分の代金を支払いながら訴えたが、口にした瞬間、そんな言葉はまったく無意味なのだと思い知らされた。なにせ、自分はふたりの男と列車に乗ろうとしているわけだが、その片方はケープの付いたコートを着て鹿撃ち帽をかぶり、白いスパッツが付いたぴかぴかでおろしたての靴をはいており、どこから見てもシャーロック・ホームズそっくりであるうえに、もし口を開いたりしようものなら——

「The game is afoot（獲物がとびだしたぞ）、ワトスン！」すぐそばで、楽しげな大声が響いた。

「獲物がとびだしたぞ！」

「まったく、先が思いやられる」ヘッドリー氏はため息をついた。

「失礼ですが」券売員が怪訝《けげん》そうな顔で口を挟んだ。「お連れ様はご自分をシャーロック・ホームズだと思い込んで……？」

「ああ」ヘッドリー氏はうなずいた。「そんなところだよ」

「お乗せしても大丈夫でしょうか？」

「だと思うがね」

「他のお客様がたにご迷惑をかけられては困りますので」

「お客が犯罪でもしない限りは大丈夫だとも」ヘッドリー氏は答えた。

券売員は、白いコートを着た体格のいい駅員たちを呼ぶべきか本気で悩んでいるような顔をしていたが、ヘッドリー氏はおかしなまねをされる前にチケットを引ったくり、急ぎ足で自分たちの客室へと歩きだした。そして座席に着き、やがて誰に引きずり出される様子もないまま列車がゆっくり発車すると、ほっと胸をなでおろしたのだった。

何年も後、ヘッドリー氏は新たな司書であるギデオン氏に職を任せて引退するにあたり、このときのことを、もうすぐコナン・ドイルと顔を合わせるのだと思うと緊張したが、それでも人生でもっとも幸せな旅であったと回想している。ドアのとなりの席からホームズとワトスンを見ていると――右ではホームズが楽しげに身を乗り出して話しながら、要点を強調しようと右手の人差し指で左の手のひらを叩いている。その向かいでは葉巻を手にしたワトスンが脚を組んで座っている――まるでパジェットが描いた〈ストランド・マガジン〉の挿絵に入り込んだようだ。ヘッドリー氏は自分の人生から抜け出して、コナン・ドイルが書き綴る冒険の一ページに入り込んだかの気分だった。愛書家とは例外なく偉大なる本にのめり込むものだが、そうした人々にとって長年にわたり愛し続けてきた登場人物たちとともに過ごし、人生を重ね合わせ、その邂逅によってすべてが変わってしまう以上に素晴らしいことが他にあるだろうか？　ヘッドリー氏の心臓はレールを踏むリズムに合わせて打ち、朝日が彼に祝福の光を投げかけてくるのだった。

†

サー・アーサー・コナン・ドイルはメリルボーン・クリケット・クラブで、右腕にバットを抱えてクリース（クリケットでゴールを囲む白線内）を後にした。シーズン・オフに行われる午後の練習は楽しく、今日はあらゆる局面を念入りに振り返っても存分に実力を発揮できたと感じていた。イングランド代表選手になれるような力こそないものの、強打の持ち主であったし、ボウリング（ウィケットというフィールド上にある杭に向かって肘を曲げずに投球すること）をすれば自分より遥かに優れたバッツマンたちを手こずらせることもできる。

何年か前、まるで夢遊病のようなありさまで左手を使い、身に憶えのないホームズの原稿を書き散らしたショックは、ほとんど忘れてしまっていた。あれから何ヶ月にもわたり、恐怖感をいだきながらクリケット場にやって来た。いつか、絶対しくじるわけにはいかないチャンスの場面で、ヴィルヘルム・ハウフかリチャード・マルシェのホラー小説よろしく、自分の左手が憑依でもされたかのように勝手にバットを操ろうとするかもしれないのだ。幸いそのような失態を演じることはなかったものの、それでも彼は折に触れバッティングが不調なときには、もしやと疑うようなまなざしで左手をじっと見つめるのだった。

着替えをし、別れを告げ、仕事が待つホテルに帰る準備をする。当初はシャーロック・ホームズの執筆をやめてしまいたい気持ちもあり、書かなくてはいけないと思うと苛立ちを感じたものだが、「空屋の冒険」は想像を超えるできばえになった。事実、コナン・ドイルはすでにこの作品をホームズ・シリーズ最高傑作のひとつに数えるようになっていた。そして〈ストランド・マガジン〉へのホームズ復活を受けた人々の歓喜と称賛が、前年の栄誉称号授与と合わさりコナン・ドイルに再び活力をみなぎらせていたのだった。彼を悩ませているのは、最愛のトゥーイー（最初の妻、ルイーズ・ホーキンズの愛称）がずっと体調を崩してしまっていることであった。彼女はサリー州にあるふたりの屋敷、アンダーショウ（結核に苦しむルイーズを療養させるために建てられた屋敷。一八九七年から一九〇七年にかけて、コナン・ドイルたちが居住した。その後、ホテルとしても使用された）に逗留しており、コナン・ドイルは翌日、週末を妻子と過ごすべくそこを訪れることになっていた。妻の病状を診《み》てくれる専門家を新たに見つけてはいたものの、内心ではほとんど希望など持ってはいなかった。結核が妻を殺そうとしているというのに、彼には救う手立てが何ひとつなかったのである。

コナン・ドイルがウェリントン・プレイスに折れたところで、痩せた小男が近づいてきた。まるで事務員のような風貌だが身なりはよく整っており、靴は太陽の光に輝いていた。コナン・ドイルは、靴を大事にしている男を見るのが好きであった。

「サー・アーサーですか？」男が訊ねた。

コナン・ドイルはうなずいたが、足は止めなかった。ホームズがもたらしてくれた名声にまったく慣れることができず、作家として早い段階で、断じて立ち止まるべからずと学んでいたのである。足を止めてしまえば、それで一巻の終わりだ。

「そうですが？」

「私はヘッドリーという者です」男が答えた。「司書をしております」

「高潔なお仕事ですな」コナン・ドイルは感銘を受けたような口ぶりで答え、足取りを速めた。まったく、司書とは。好きにさせたら、一日じゅうでも付きまとわれかねない。

「実は、その……どうしてもあなたとお会いしたいという知人を連れてきておりまして」ヘッドリー氏が言った。

「心苦しいが、時間がないのですよ」コナン・ドイルが答えた。「とても多忙なものですからね。

〈ストランド〉に一筆書いて頂ければ、きっと手を尽くしてくれるはずですよ」

ヘッドリー氏の不意を突いてコナン・ドイルはいきなり左に曲がると、生死に関わるほどに重大な仕事を抱えているかのような印象を与えるため、さっさとコクラン通りに向かって道を横断した。そして曲がり角に差し掛かろうかというとき、いきなり目の前にふたつの人影が現れた。ひとりは鹿撃ち帽を、もうひとりは山高帽をかぶっている。

「なんてことだ」コナン・ドイルは口走った。どうやら話は想像以上に面倒なようだ。あの司書は、自分たちをホームズとワトスンだと思い込んでいる馬鹿者ふたり組を連れてきたのである。そうした連中には、ずっと泣かされてきた。もっともほとんどは、道端で声をかけてこないくらいの常識を持ち合わせた人々ではあったのだが。

「ははっ。諸君、こいつは傑作だ。傑作だよ」彼は、にこりともせずに言った。

そしてふたりを迂回しようとしたのだが、ホームズに仮装した男がさっと目の前に歩み出て、行く手をふさいだ。

「自分が何をしているか分かっているのか?」コナン・ドイルは男を睨みつけた。「警察を呼ぶぞ」

「どうしても話をする必要があるんだよ、サー・アーサー」ホームズ――いや、コナン・ドイルが直感的に胸の中で〝ホームズ〟のレッテルを貼った、というべきだろうか――が言った。このような芽は、さっさと摘み取ってしまうに限る。そのために、本物と贋物《にせもの》の区別が容易に付くよう引用符が発明されたのである（引用符には囲んだ語句の妥当性を疑問視したり、「本人が自称している」という含みがあったりと、皮肉な意味で使われることもある）。

「そんな必要などありはしない」コナン・ドイルが答えた。「そこをどくんだ」

目の前の厄介者を威嚇《いかく》するように、彼は杖を振り回した。

「私の名はシャーロック・ホームズだ」と、〝ホームズ〟が言った。

「断じてありえん」コナン・ドイルは首を横に振った。

「そしてこちらがワトスン博士だ」

「いや、違う。今すぐやめないと、この杖を味わうことになるぞ」

「左手のお加減はどうかな、サー・アーサー?」

その言葉に、コナン・ドイルが凍りついた。

「今なんと?」

「左手の調子を訊ねたんだよ。インクの跡がまったく付いていない。ということは、あれっきりその手では書いていないというわけだね?」

「どうしてそのことを?」コナン・ドイルは目を丸くした。一八九三年の四月に味わったあの怪奇は、誰にも話していないのである。

「私も〈ベネキーズ〉にいたからさ。あなたが私を行かせたんだ、モリアーティとともにね」〝ホームズ〟が——いや、もうホームズと呼ぶべきだろうか——片手を差し出した。

「ようやくお会いできて嬉しいよ、サー・アーサー。君がいなければ、私は存在していないのだからね」

†

四人の男たちはハンサム馬車に乗ってフリート通りに立つ〈ジ・オールド・チェシャー・チーズ〉に行き、静かなテーブルを囲んだ。道中ヘッドリー氏は言葉を尽くしてコナン・ドイルに状況を説明しようと頑張ったが、大作家は〈キャクストン私設図書館〉とそこに住まう登場人物たちの現実を受け入れようとするだけで、まだ精一杯だった。ヘッドリー氏には、責められなかった。当の彼自身、初めてトランス老人からキャクストンの正体を明かされたときには、しばらく横になって休まなくてはいけないほどの衝撃を受けたのである。コナン・ドイルにしてみれば、そのうえさらに、自らが生み出したもっとも有名な人物ふたりが目の前に座ってエンドウ豆のスープでランチをしているという複雑な状況が加わるのである。それがどれほど衝撃的な光景か、ヘッドリー氏には想像もつかなかった。コナン・ドイルはシングルモルトのスコッチしか頼んでいなかったが、どうやらすぐにもう一杯が必要になりそうだった。

彼の提案によりホームズは鹿撃ち帽を脱いでおり、今はロング・コートとともにフックにかけてあった。帽子とコートを脱いだホームズは、〈ジ・オールド・チェシャー・チーズ〉の常連客にしか見えなかった。もっとも、ぎらりと鋭いまなざしだけは別であったが。

「諸君、突然そのような話を聞かされ、正直に言ってまだ信じられずにいるよ」コナン・ドイルが口を開いた。ホームズからワトスンに視線を移し、またホームズを見る。ほぼ無意識に彼の右手が動き、ふたりが本当に目の前にいるのかをつついて確かめてみたいとでも言いたげに、人差し指が伸びた。ワトスンがスープをすする音は、確かに聞こえていたのだが。

「驚くには値しませんとも」ヘッドリー氏が言った。「言わばこのふたりは、あなたの想像力の強さと、創作物が持つ深遠さの証明なのですよ。キャクストンの歴史において、自らが生み出した登場人物たちと対面を果たした作家はあなたが初めてです」

コナン・ドイルはもうひと口ウイスキーを飲んでから答えた。

「他の作家も同じ目に遭ったなら、死人が出てもおかしくはないよ」

ホームズが、スープの皿をわきにどかして口を開いた。

「サー・アーサー。ヘッドリー氏はできる限り精一杯の説明をしてくれた。状況は極めて深刻かつ逼迫《ひっぱく》しているわけだが、我々はこの問題に対する解決策が、ひとつしか思い浮かばないんだよ。君を微妙な立場に追い込んでしまうのは承知だが、シャーロック・ホームズの執筆を、金輪際やめてもらわなくてはいけない」

コナン・ドイルは首を横に振った。

「できない相談だ。〈コリアーズ・ウィークリー〉誌と契約の合意に達してしまったからな。それだけじゃない。ホームズの冒険がまだまだ読めるのだと大衆に期待させるだけ期待させ、結局裏切ったりしたら、私は吊るされてしまうよ。それにだな、私には少々経済的な問題があるのだ。病気の妻と子供がひとりいるうえに、維持せねばならん家も一軒だけではないんだよ。他の作品がもっと売れてくれればいいんだが、ロドニー・ストーンをホームズやワトスンと同列に語ってくれる御仁などいやしないし、『愛の二重奏』に付いた書評の数々を思い出すと、地下室に隠れてしまいたくなるほどなんだ」

「しかし、今後さらにホームズを書き続けるとなると、また新たなホームズと……ああ、それとワトスンを……」

「ありがとう、ホームズ」

「出現させてしまう可能性は高まるばかりになってしまう」ホームズが続けた。「もし第二のサー・アーサーが通りをうろついたり、君の家に越してきたりしたら、君はどう思うね？　ウィリアム・ウィルソン（エドガー・アラン・ポオの小説の語り手）を思い出してごらん。最後には自分を剣で貫くはめになるかもしれないんだぞ！」

ヘッドリー氏が身を乗り出した。

「サー・アーサー。現実というものは、あなたが想像なさるよりも遥かに繊細なものなのだとお分かりいただきたいのですよ。異なる流れから出現した、ふた組のホームズとワトスンが存在したとしましょう。個人的にも業務上でも難儀することはあるでしょうが、そうひどいことにはならないかもしれません。しかしキャクストンの存在そのものが脅かされる可能性もあるのですよ。読者たちがホームズ転生を信じれば信じるほど、私たちの身に問題が降りかかる危険もいや増すのです」

コナン・ドイルはうなずいた。一瞬のうちに疲れ果て、年齢よりも老けてしまったかのような顔だ。

「では、私に選択の余地はないようだな」彼が言った。「ホームズはまた転落し、今度こそ二度と戻ってこないということか」

ワトスン博士が意味ありげに咳払いをした。三人が、一斉に彼のほうを向く。最高に美味なエンドウ豆のスープに舌鼓を打ってはいたが、飲み干してしまうまでずっと話には聞き耳を立てていたのである。博士は、人々が考えているよりも遥かに頭が切れる男だった。単に、ホームズという鮮烈な輝きの横に並ぶと、相応の輝きを放てないだけなのである。

「私が思うに、これは信仰の問題なのではないかね。ヘッドリーさん、あなたがご自分でおっしゃっていたとおりだ。登場人物たちの命は、作者と同様、読者たちからも与えられる。とすれば解決策は……」

ワトスンは、結論を言わずに他の三人を見回した。

「新たなホームズを、以前のホームズに比べて信じるに足らん男にすることだ」ホームズがそう答えてワトスンの背中をひっぱたき、友人が今飲んだスープをあわや吐き出させかけた。「ワトスン、まったく驚かせてくれる！」

「幸甚だよ、ホームズ」ワトスンが答えた。「さあ、食後にプディングでもどうかな？」

†

公式に招待を受けても、サー・アーサー・コナン・ドイルが〈キャクストン私設図書館〉を訪《おとな》うことはなかった。キャクストンには近づかないのが最善であると感じており、ヘッドリー氏にも伝えたとおり、文学史に残る偉大な登場人物と過ごしたいと思ったら、そのときは本を手に取って過ごすことにしたのである。ホームズとワトスンにも、二度と会わなかった。ふたりとも自分の想像の中で、それぞれの人生をちゃんと生きているのだ。

代わりに彼は自らの手で生み出したふたりめの名探偵を貶《おとし》める作業に、慎重に取り掛かった。よく書けている新作の中に、読者の信頼を限界まで試すかのような、およそありえないと思しきプロットや推理を織り交ぜた物語を意図的に鏤《ちりば》めていったのである。とりわけ顕著なのは「サセックスの吸血鬼」だが、純粋に良作とはいえない「スリークオーターの失踪」、「金縁の鼻眼鏡」、そして「白面の兵士」といった作品も含まれていた。さらに実際に名前こそ明記しないものの、ワトスンにはさらに複数の妻がいたこともほのめかした。そのような物語を世に送り出しても、彼は以前ほどくよくよすることがなくなっていた。創作に飽き飽きしてはいても、矛盾を含んだ物語のひとつひとつによって、自分が〈キャクストン私設図書館〉の存続と、オリジナルのホームズたちの幸福を確かなものとしているのを理解していたからである。

そして〈キャクストン私設図書館〉との奇妙な遭遇は、コナン・ドイルにある種の静かな安らぎを与えてもいた。ホームズとワトスンに出会って数年のうちに、彼は最初の妻を失い、そのうえ第一次世界大戦の終戦まであとわずかというころ、息子のキングスレイを失った。彼は死後も人は生き続けるのだという証《あかし》を何年にもわたって探し続けたものの何ひとつ見つけることはできなかったが、〈キャクストン私設図書館〉の存在と、そして小説の登場人物たちを転生させ、本の外に広がる別の現実に息づかせる信仰の力は、現世で彼が奪われてしまった人々もまた同じようにどこかで生きているのではないかという希望を与えていたのだった。〈キャクストン私設図書館〉はこの世を超越した、完全な、そして独立した世界である。そのような世界が存在しえるのであれば、さらにまた他の世界も存在するかもしれないではないか。

一九三〇年七月、コナン・ドイルの死去から間もなくのこと、ホームズ・シリーズの初版本の数々がきっちり〈キャクストン私設図書館〉に到着した。その中には、解説のような追加原稿が添えられた『回想のシャーロック・ホームズ』も見つかった。当時の司書であったギデオン氏、そしてホームズとワトスンは、もしやワトスンが発案してコナン・ドイルの手により実行に移されたあの計画が失敗しているのではないかと、そこはかとない不安に駆られながら数日を送った。だが戸口に新たなホームズとワトスンが現れることはなく、代わりに妙に暖かな一陣の風が〈キャクストン私設図書館〉を吹き抜けていった。まるで巨大な老図書館が、安堵のため息をついたかのようであった。

現在〈キャクストン私設図書館〉では、コナン・ドイル全集がしまわれた書棚のすぐ上に、小さな青い表彰板が立てられている。そこには、次のように彫られている。「サー・アーサー・コナン・ドイル（一八五九―一九三〇）を偲《しの》んで。〈キャクストン私設図書館&書物保管庫〉への寄与に感謝を捧ぐ」

訳者あとがき

本書は、二〇一五年にイギリスで刊行された*Night Music: Nocturnes 2*に収録されている四編を邦訳したものです。本来は全十三編からなる短編集なのですが、今回は、本や物語をテーマとする四編を邦訳刊行することになりました。ちなみに短編集と書きましたが、本書収録の「キャクストン私設図書館」と「裂かれた地図書——五つの断片」は短編というよりノヴェラ（中編）というほうが適切な長さになっており、短いものから長いものまで実に巧みに書きこなす、コナリーの筆致をお楽しみいただけるのではないかと思います。

まず、著者のジョン・コナリーについて少々触れておくとしましょう。コナリーはアイルランドのダブリンで生まれ、ダブリンシティ大学でジャーナリズムの修士号を取得。フリーランスのジャーナリストとして〈アイリッシュ・タイムズ〉紙の記事を書いていたのですが、その仕事に嫌気がさしてしまったのが、小説の執筆を始める動機になったそうです。

ジャーナリストをやめたコナリーは、バーテンダー、公務員、ウェイター、ロンドンの百貨店ハロッズの雑用係と数々の仕事を渡り歩きながら小説を執筆。そうして一九九九年、デビュー作となる〈チャーリー・パーカー・シリーズ〉の第一作目、*Every Dead Thing*を出版するとその年のブラム・ストーカー賞で最優秀新人賞に、二〇〇〇年にはバリー賞最優秀英国ミステリ賞にノミネートされ、同年に私立探偵小説を対象とするアメリカの文学賞、シェイマス賞において最優秀新人賞を受賞しました。ちなみに、アメリカ国外の作家が同賞を受賞したのは、これが初となる快挙だったそうです。

さて、この*Every Dead Thing*は日本でも北澤和彦氏に翻訳され、二〇〇三年に『死せるものすべてに』の邦題で講談社文庫より刊行されました。そして二〇〇五年にはシリーズ第二作*Dark Hollow*も『奇怪な果実』として邦訳刊行されたのですが、残念ながら同シリーズの邦訳はここまで。コナリー自身の邦訳も、アンソロジー以外では『失われたものたちの本』（*The Book of Lost Things*）が東京創元社から刊行される二〇一五年まで途絶えてしまいます。

しかしコナリーはその間にも、アガサ賞やアンソニー賞など、主にミステリ関連の文学賞に次々とノミネートされて六回の受賞に輝くなど、作家として華々しいキャリアを積み重ね続けています。本書に収録されている「キャクストン私設図書館」も二〇一四年にエドガー賞およびアンソニー賞の最優秀短編賞を受賞。日本では二〇一四年、富原まさ江氏の翻訳で『BIBLIO MYSTERIES III』（ディスカヴァー・トゥエンティワン刊）に「カクストン私設図書館」のタイトルで収録されており、今回が二度目の邦訳になります。

そんな業績を持ちながらも日本ではまだまだ知られていないジョン・コナリーですが、訳者としては正直なところ、もっと多く邦訳されてほしい作家です。それはコナリーが、どう見てもただ者ではない作家だからです。物語を作る力も、それを文章にする力も、並大抵のものではないと感じます。『失われたものたちの本』を翻訳してから、なぜこんなすごい作家が日本ではほぼ無名だったのかと頭を悩ませたのですが、それはもしかすると、日本の読書事情にも原因があるのではないかと思うようになりました。

日本では小説が、まずそのジャンルから語られることが少なくありません。インターネット上のレビューサイトなどを見ていても、最初に作品をジャンル分けするところから始まるような投稿も数多く見受けられ、「もしかしたらこういう背景が、コナリー作品にとっての壁になるのかな」という印象を受けます。いや、もしかするとコナリーに限らず、日本ではジャンル分けしづらい多くの海外作家にとっての壁なのかもしれません。たとえば『失われたものたちの本』でコナリーのファンになった方がコナリーの著作一覧を見ると、「え、ファンタジー作家じゃなかったの？」と驚かれるのではないかと思います。本書を読み、抱いていたイメージとずいぶん違うと意外に思われる方すらいるのではないでしょうか。たとえばファンタジー作家やミステリ作家、はたまたホラー作家としてひとつのジャンルに留まることのないコナリーのような作家は、ともすれば日本では評価されにくい側面があるのかもしれないと感じます。コナリー自身は、自分が表現したいものを書くにはミステリ小説という形式がもっとも適していると考えているらしく、英国の老舗《しにせ》書店FOYLESによるものを始め、数々のインタビューでは影響を受けた作家としてロス・マクドナルド、ジェイムズ・リー・バーク、エド・マクベインの名を挙げてはいますが、彼が単純にミステリ作家という枠組みに収まる作家でないのは、本書を見ただけでも明白でしょう。

コナリーの作品からは「こういうジャンルであればこういう仕掛けやお約束を使って、こういう展開で……」といった、ジャンルに特化した定石《じょうせき》などにはまったく目もくれずに飛び越えていくような、力強く、そして潔い想像力の羽ばたきを感じ、それが彼の作品が持つ最大の魅力なのだと実感します。そしてここに、伏線やどんでん返しを巧みに仕掛ける作家的手腕とは大きく違う、作家としての、なんの混じりけもない、より純粋な生《なま》の根幹を感じさせられてしまうのです。無論、ジャンルというものをまったく意識していないわけではないのでしょうが、それを読者に感じさせないのが非常にうまい作家なのです。

次に思いつくのは、日本においては読みやすい作品、分かりやすい作品が評価される傾向がある点です。本書に収録されている四編の中でも「裂かれた地図書」は顕著なのですが、コナリー作品は、決して読みやすいとはいえません。文章もあちらこちら複雑で長いですし、物語の時系列も入り組んでいたりして、「一読してさっと頭に入る」という作品ではないように感じられます。デビュー作邦訳版の『死せるものすべてに』のオンライン・レビューを検索しても、「分かりにくい」「読みにくい」という感想がいくつも出てくるのですが、おそらく本書でも、同様の印象を持つ方が少なくないのではないかと予想しています。

しかしこれは当然、作品の質が低いということではありません。むしろ「だからこそ面白い」のです。今さら書くようなことではありませんが、他人の頭の中とは読めないもの、分からないものです。だからある意味では、他人が書いた作品もまた読めない、分からないものであるのが自然だともいえますし、それが文化的、思想的な土壌のまったく違う外国のものとなれば、「分からなくて当然」とまでいえる部分もあるわけです。ここはおそらくコナリーにとって、ひいては海外小説にとって、普遍的に立ちはだかる壁となっているのではないかという気がします。

こうしたことは「特定ジャンルの分かりやすい小説」が求められる傾向の中ではマイナスにもなりえますし、だからこそデビュー作が日本で今ひとつ評価されなかったのではないかとも思えるわけですが、一方では「分からないからこそ面白い」という大きなアピール・ポイントになっているともいえます。たとえば、娯楽として探検ごっこをするのであれば、何があるか分かっている、もしくはどんなことが起こるか想像がつく歩きやすい森のほうが楽しいかもしれませんが、本格的に冒険の興奮を味わうのであれば、何が飛び出してくるか予想もつかない、どんな場所かも分からない、そして決して歩きやすいばかりではない森のほうが、純度の高い冒険ができるに決まっています。コナリー作品は、なんの期待や予測も抱くことなく足を踏み入れ、踏み出していかなくては存分に味わうことができない森のようなもの。何が飛び出してくるか分からない曲がり角を曲がり続けていく緊張感を持ちながらページをめくってこそ、なのです。

さて、本書収録の四編がどれも本や物語を題材としているのはすでにご紹介したとおりですが、ここでほんの少しだけ解説をしておきます。このあとがきから先に読んでいる方がいらっしゃいましたら、まずは本編に戻っていただくほうがいいかもしれません。

四編のうち二編はタイトルをご覧いただければお分かりのとおり、〈キャクストン私設図書館&書物保管庫〉で起きる奇妙奇天烈な事件についての物語で、まったく異なるできごとを描きこそすれ、地続きの世界を描いた小説です。両者ともに、コナリーの物語愛が存分に表現されている小説なわけですが、面白いのは「こうだったらいいのに」が許されなかった表題作の「キャクストン私設図書館」に、それが許される「ホームズの活躍：キャクストン私設図書館&書物保管庫での出来事」と、二編が両極端な性質を持っていることです。また、前者がアンナ・カレーニナという小説の中の女性の運命に対してスポットを当てている一方、後者はシャーロック・ホームズというよりも、むしろ作者のコナン・ドイルにスポットを当てているのです。無論、ただ小説として読んでもじゅうぶんに楽しめるのですが、僕がとにかく好きなのは、両作ともに、作品や登場人物に対してコナリーが抱いている気持ちや不満がしっかり浮き彫りになっているところです。先にも書いたように、コナリーは特定ジャンルの作家として読者におもねるようなことをあまりしない作家なわけですが、「ホームズの活躍」を、「ああ、そういう性格だからこそ、こういう不満を持ったんだろうな。そりゃあ腹が立ったろうな」などとコナリーの気持ちを想像しながら読むと、格段に面白さが増すように思います。一方の「キャクストン私設図書館」では、アンナ・カレーニナに心惹かれるバージャー氏が描かれるわけですが、これも、ともすればコナリー自身の心情を反映したものかもしれず、非常に切なく感じられます。個人的には、この〈キャクストン私設図書館〉という舞台を使い、他にもあらゆる登場人物についての物語を書いてほしい、読んでみたいと思わずにはいられません。

「虚《うつ》ろな王」では、『失われたものたちの本』の物語を牽引《けんいん》する重要な登場人物である、ねじくれ男のドラマが描かれます。これは原書にして数ページ程度の掌編なわけですが、その短い中に、物語の持つ不条理が描かれており、このねじくれ男というトリックスターを決して純然たる悪として捉えてはいないコナリーの想いがあらわになっているといえるでしょう。未読の方は、ぜひとも『失われたものたちの本』をご一読ください。

そして「裂かれた地図書」ですが、これはおそらく、本書の中でもっともコナリーらしい作品といえるかもしれません。不条理で、ダークで、何が真実で何が虚構なのかまったく分からない混沌を描いた強烈な作品といえます。本というものをひとつの宇宙として捉えるコナリーだからこそ描くことのできる人智を超えた地図書の物語を読むと、「やっぱりコナリーは、そもそも分かりやすくある必要なんて感じてないんだろうな」ということがよく分かる気がします。

このように、まったく違う性質を持つ四つの物語が本書には収録されているわけですが、どうかお楽しみいただけるよう祈っています。

また、本書を読了後、そこに登場した古典作品の数々を改めて読み返してみるとなかなか楽しいので、ぜひともお勧めします。アンナ・カレーニナに対する想いの中にもまた新たな感情が湧いてくるのに気づきますし、〈シャーロック・ホームズ〉シリーズでも、本書に書かれたことを思い出すと思わずニヤニヤしてしまうような箇所がちらほらあること請け合いです。それに、ドラキュラ伯爵にせよハムレットにせよ、やはり元の物語に書かれている主人公としての生彩ある姿を知っていると、本書に登場する彼らがよりはっきりと見えてくるようなところは当然あるので、未読の作品がある方は、ぜひともこれを機会にそうした古典作品に触れてみてはどうでしょうか。

最後になりましたが、今回もとても幸せな仕事をさせてくださった編集者の佐々木日向子さんと、素晴らしい装画を描いてくださった齋藤州一さんに、そして、その装画を使い素晴らしいカバーを作ってくださったデザイナーの藤田知子さんに、心からの感謝を捧げたいと思います。ありがとうございました。

田内志文

ジョン・コナリー
John Connolly

1968年アイルランド生まれ。犯罪小説、ホラー、ファンタジーなどを執筆。ダブリン大学およびダブリンシティ大学で学んだ後、フリーのジャーナリストとして活動。1999年のデビュー作『死せるものすべてに』はシェイマス賞を受賞したほか、ブラム・ストーカー賞とバリー賞にノミネートされた。2007年に『失われたものたちの本』で全米図書館協会アレックス賞を、2014年に「キャクストン私設図書館」でアメリカ探偵作家クラブ（MWA）賞とアンソニー賞の最優秀短編賞を受賞した。

田内志文
Simon Tauchi

1974年生まれ。カウフマン『銀行強盗にあって妻が縮んでしまった事件』、コナリー『失われたものたちの本』、ジャクソン『10の奇妙な話』『こうしてイギリスから熊がいなくなりました』、エイヴヤード〈レッド・クイーン〉シリーズ、コルファー〈ザ・ランド・オブ・ストーリーズ〉シリーズ、オーウェル『1984』など訳書多数。元スヌーカー選手で、アジア選手権、世界選手権の出場歴もある。

キャクストン私設図書館

著　者　ジョン・コナリー
訳　者　田内志文

2021年5月21日　初版

発行者　渋谷健太郎
発行所　(株)東京創元社
〒162-0814　東京都新宿区新小川町1-5
電話　03-3268-8231(代)
URL　http://www.tsogen.co.jp
装　画　齋藤州一
装　幀　藤田知子
DTP　キャップス
印　刷　理想社
製　本　加藤製本

乱丁・落丁本は、ご面倒ですが小社までご送付ください。
送料小社負担にてお取替えいたします。

ISBN978-4-488-01109-3 C0097